# 異聞 シャーロック・ホークス

The Rumor of Sherlock Hoax

ホームズ、君という人間は、時として、いささか気にさわる存在になるね ――― ジョン・H・ウトスン（恐怖の谷）

# はじめに

## 最初の挨拶

シャーロック・ホームズ・クラブなる団体があることは知っていた。子どもの頃からホームズやルパンに親しみ、大人になってからも何度も読み返し、それなりに興味はあった。しかし秘密結社みたいに入会儀式で口頭試験とかがある？というので何となく避けて来た。例えば「Q：サイアネア・カピラータとは何かね？」「A：はい、ライオンのたてがみに出てくるキタユウレイクラゲです」こんな問答をするのも億劫だ。

日本に於けるシャーロッキアンは千人～とも言われ世界最大だそうである。（「マルタの鷹協会」という本家アメリカではなくなったがハードボイルドを研究する百名ほどの団体もあり参加したこともある）。好きなんですね、日本人は！ホームズ・クラブ関西支部は仏滅の日に会合が開かれるので「仏滅会」という。もう一昔前になるだろうか、友人の英文学教授様が講演をするというので恐るおそる覗いてみた。シャーロッキアン（英国ではホームジアン）の老若男女およそ三十数名、ホームズ譚のあれこれを真剣に討議している。もちろん口頭試験なんてあるわけがない。二次会は「ディオゲネス・クラブ」、あのホームズの兄マイクロフトが創設した倶楽部で、一切口を聞いてはならぬという固い掟があるそうだ。緊張して参加したのだがホームズを肴に皆んな話すは喋るは！どうなっているんだ？でも楽しそうだ。教授の肘を突っついて「ぼくも入会しようかな？」「止めとき！ビョーキが感染る（うつる）で！」と。それからも何度か参加したのだが、いつの間にか入会させられていた。ぼくはあんな重箱の隅を突ついて、またほじくるほど酔狂じゃないし、とてもそこまで……と、おとなしく聞いていたのだが、ある時、会長より次回は神戸の日本最古のスポーツクラブ「レガッタ&アスレティック・クラブ」で行うからと「研究発表」を命じられた。まあホームズの研究書など大量に読んではきたのだが、もっとユニークな発表ができないものか？考えた末、そうだ！画像と物的証拠だ。正典（カノン：原作長短六十編をシャーロッキアンはそう呼び、著作者はあくまでワトスン博士でありコナン・ドイルは出版代理人である）に基づき一九世紀末期ヴィクトリア時代の雰囲気とホームズを実在の人物であると本当に信じ込んでいる？生真面目なシャーロッキアンに諧謔、そしてスケルツォで見せるのだ。

この連中を手玉にとってウィットのシロップでたっぷりと。天邪鬼気とおちょくり心が込み上げてきた。超真面目を装ってパロディでやってやレ。真っ赤なブレザーを着込んでタイトルは「緋色の検索」。ダンディズム云々と真紅のジャケットの話をあれこれと。二回目は「シャーロック・ホークス（でっち上げ）の逸品を披露。世紀末の怪しげな妙薬やらホームズが死んだと思われていた大空白期にお忍びで日本に来ていた？……等々。三回目は「名探偵が多すぎる」と題して古今東西の探偵たちを……。法螺吹きの面目躍如という設定だ。

そんな発表を楽しんでいると仲間たちから、ぜひ本にして出版しろ！との声が次々と上がって来た。それじゃやってみるか、と、作り始めたのが本書である。ところが出版を目指すとうろ覚えと知識不足のため、また読み直したり、画像制作がやたらと面倒である。構想数年？制作数年？やっと漕ぎ着けたという感慨と待てよ？あれはこうした方が？悩みに悩んだ末になんとかという次第である……。

他にもホームズのルーツであるE・A・ポーのデュパンも外すわけにはいかないし、その衣鉢を継ぐ作家たち、「奇妙な味」や「怪奇幻想」「ホラー」などの珠玉の短編の思い出やら「極端小説」「回文」やらあれやこれやと雑多に詰め込んでしまう羽目となった。

探偵小説にしてもミステリーにしてもまず原型としてのアーキタイプから類型が生まれステレオタイプが登場する。まあ、古代ギリシャから創作の三原則は「アナロギア」（類推）と「ミメーシス」（模倣）と「パロディア」（諧謔）と言われるし、先人たちの肩の上に乗って模倣から連想し類推する。和歌でも本歌取というのがありますしね。

小難しいことはさておき、ホームズ以来、夥しい探偵たちが誕生し、それぞれの個性を発揮させるため珍奇とも思える風貌と行動と超人的能力で小説を駆け抜けるのだ……。

この楽しみを「パロディ的遊びのあそび」としてまとめたのが本書である。

どのページからでも開いていただいても結構。気楽に楽しんでいただければ幸いである。

# 目次

## 数奇者　シャーロッキアンたる者の心得

シャーロッキアンというのは「マニア&オタク」である。こう断定するとお叱りを受けるかも知れないが、コナンドイルの著した架空の探偵シャーロック・ホームズを調べ尽くすことに情熱を注ぐ「ほとんど御ビョーキ」の方々である。一説によるとホームズ研究書の類は聖書についで多いとも聞く。またパロディやパスティーシュも夥しい数があり枚挙にいとまがない。シャーロック・ホームズ・クラブ、わたしもその末席を汚しているのだが、とてもあんな細部にこだわるメンバーには歯が立たない。彼ら言う「ホームズは実在したのだ、長短六〇編を詳細に読めば分かる。記述の背景に隠された真実を読み解くのだ」と。そこで彼らが納得する証拠集めに奔走した。「バスカビル家の犬の牙と足跡」「ブルース・パーティントン事件の薔薇のドライフアワー」、「モリアーティの肖像画」等々。そこで思い出すのが、わが国にも古来より数奇者という人たちがいたのだ。「数寄」とは本来「好き・好き者」が転じて数奇者になったという。調べてみれば古より平安時代にも大先輩たちがいるではないか!。

加久夜の長の帯刀節信は数奇者なり。
始めて能因に逢ひ、相互に感緒有り。
能因云はく、「今日見参の引き出物に見るべき物侍り」とて、
懐中より錦の小袋を取り出だす。
その中に鉋屑一筋有り。示して云はく、
「これは吾が重宝なり。長柄の橋造るの時の鉋屑なり」と云々。
時に節信喜悦甚だしくて、また懐中より紙に包める
物を取り出だす。
これを開きて見るに、かれたるかへるなり。
「これは井堤の蛙に侍り」と云々。
共に感嘆しておのおのこれを懐にし、退散すと云々。

加久夜の長（東宮の警護の長）帯刀節信（たてわきときのぶ）は数奇者である。初めて能因と逢いお互い感動した。能因は「今日お逢いできた記念の品を見てください」と、懐中より錦の小袋を取り出した。その中には鉋屑が一筋。「これは私の

宝物です。長柄橋（ながらばし）を造った時の鉋屑です」。節信はとても喜び懐中より紙に包んだものを取り出した。これを開いてみると、干からびた蛙で「これは井手（京都井手玉川）の蛙です」とのこと。お互い感嘆して、それぞれ懐にしまい別れたという……「長柄橋」は淀川に架かっていた橋、古来より歌枕として有名である。当時の歌人にとって長柄橋は古い物、尽きた物の代名詞であり「井手の蛙」も山吹と並んで名高い。数奇者どうし「お主なかなかやるな」といったところであろう。

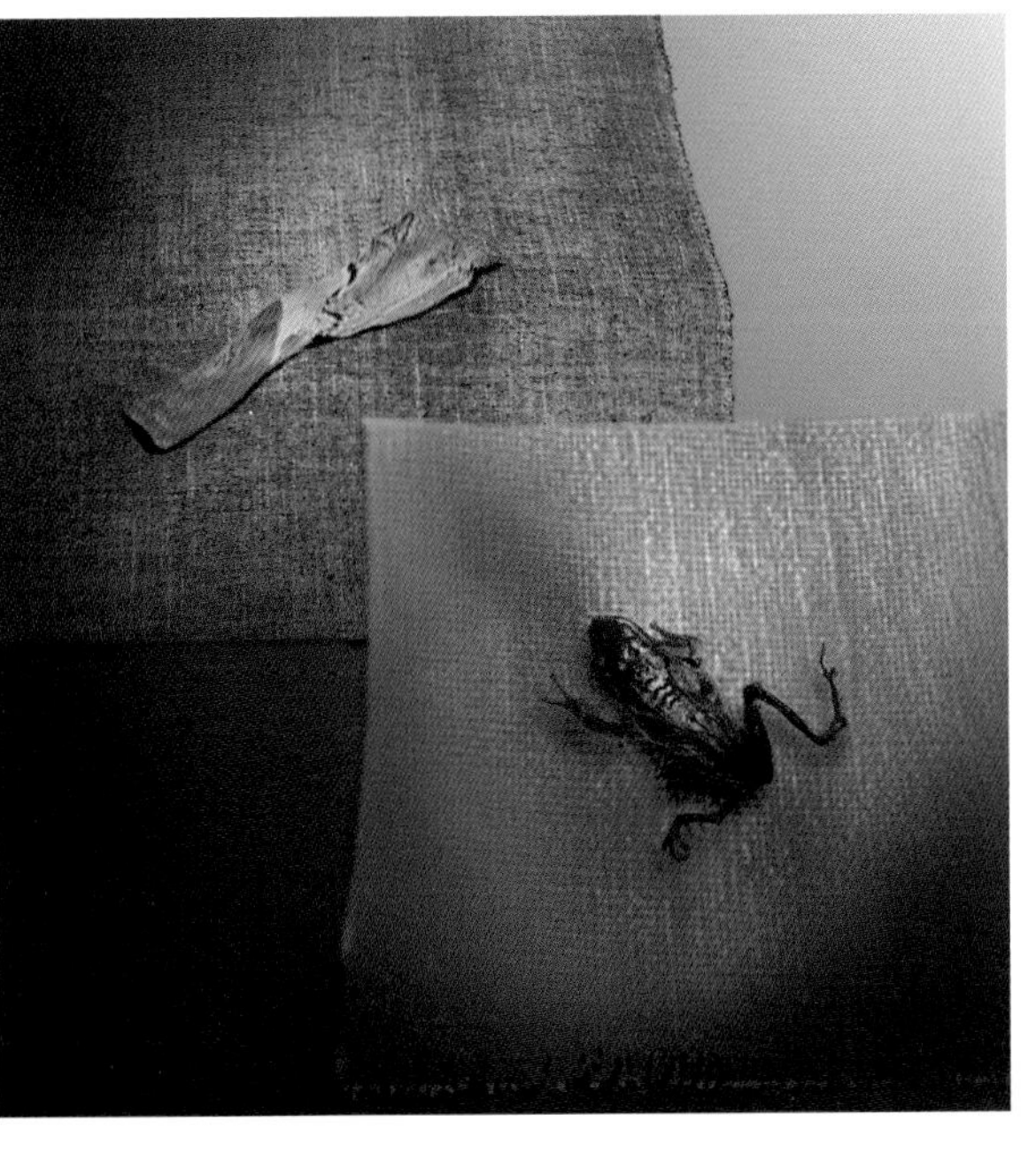

◇有りけりと　橋は見れどもかひぞなき　船ながらにて渡ると思へば　――　和泉式部

◇色も香も　なつかしきかな　蛙なく　井手の渡りの山吹の花　――　小野小町

能因は　◇都をば　霞とともに立ちしかど　秋風ぞ吹く　白河の関　――　という歌を詠んだ。その出来栄えに喜んだが、実は白河を旅したことがなかった。

そこで自分は旅に出たという噂を流し、家に隠れこもってひたすら日焼けをし、いかにも旅をしてきたかのように装い満を持してから発表したという。

これをあの江戸のホームズ「半七捕物帳」を描いた岡本綺堂も現代喜劇と名付けた「能因法師」という戯曲でユーモラスに描いている。

うーむ、わが国には雅というか、こんな遊び精神が一千年も前から脈々と流れているのだ。

ホイジンガは人間を「ホモ・ルーデンス」（遊ぶひと）と呼び、遊び（ルードゥス）こそが人間を人間たるものにし、人間の文化はすべて「遊びの精神」から生まれたという。

なるほど、この精神こそシャーロッキアンの必須心得であろう。

# 最初の挨拶

Ｗ　ホームズ、僕たちの冒険譚は、長短六十編で厚めの本数冊に納まるが、研究書、パロディ、パスティーシュなど集めるとこの部屋にはとても入り切らないね。それを研究するグループが世界各地にあり、あの日本でもＳＨＣＷ「仏滅会」なんてのもあるぞ！　最近も「ホームズ！まだ謎はあるのか？（弁護士はシャーロッキアン）」とか、女性研究者が「ホームズと推理小説の時代」なんてのもね。そして「なんでも・まるわかり辞典」では、まあ、よくもそこまでと！調べ尽くされた観があるね。面白く読んだよ。

Ｈ　君が事件簿を綴ってくれたからこそだよ。ただしセンセーショナルに書き過ぎだよ。もっと事件を感情を無くして記録的・数学的に書いてほしかったね。まあ、出版代理人のこともあるがね。

Ｗ　じゃ、君が書いた二編はどうなんだい。あんまり人気が無いぞ。白面のと、あれサ。

Ｈ　……。

Ｗ　しかし、僕たちの後に、妙な口髭のベルギー人の小男やら、隅の老人やら、太った美食家やら、これだけ探偵たちが大勢いるということは、この世に不可解な事件や犯罪が絶えないということだね。

Ｈ　おお、ワトスンよ。この天と地の間には君の哲学では思いもよらない出来事がまだまだあるぞ。僕たちの出番はまだまだあるということだ。僕たちは決して消滅しない。世界中にその存在を「信じて」いる人たち、彼らの信仰心が生きる糧であり、それがある限り僕たちの命は永遠なんだよ。そして、僕たちのファッション・コーディネイターであるシドニー・パジェット氏の功績は大きいよ。絵は見りゃわかるからね。ディアストーカーとインヴァネスコートさえあれば誰でも変身できるからさ。視覚と映像の力だ。

Ｗ　しかし、出版代理人はあっちの人（心霊術）になっちゃったぞ。

Ｈ　ン、時代観というやつだ。あの頃は近代科学が始まったばっかりだったし、骨相学や心理学、スネークオイルなんてサプリメントが大流行りしているしね。

まさに「這う男」事件なんてその典型だ。例えばフランス人医師ブロン・セカールは、猿の睾丸エキスや血液を注射し

Hoax and Whatson

若返りをもくろんだ。これが下敷きだね。世相とはそういうものだ。世界観のパラダイムシフトが必要なんだよ！物理学の革命は、しばしば「思考実験」から生まれる。実際に実験をするのではなく、頭の中で実験や観測を設定して、どのようなことが起きるのかを理論的に考えるのが「思考実験」だ。そして実験し「架空」の存在を「実存」という揺るぎない理論にする。ここだね。

W　君の推理のやり方と同じだ。

H　そう、その背後に隠れた見えないものを見えるようにするのが推理であり思考実験だ。実体だと思い込み、確信だって怪しいものだ。われわれが現実に見ているものは、本質の「影」に過ぎないのかもしれない。

Mundus vult decipi, ergo decipiatur.　世界は騙されることを欲している、それゆえ世界は騙される。

Fere libenter homines id quod volunt credunt.　人は、彼らが信じたいものを容易に信じる。

と、ローマ時代から言われているよ。

W　ところでこの本のタイトルはホームズの名前がホークスになっているぞ。「でっちあげ」とは失礼だね。おまけに僕たちの下宿がフェイカー・ストリート（Faker・イカサマ師通り）だし、僕の名前もファットソン（Whatson）だ。

H　「ホークス」でもいいんだよ。舞台劇、映画、TV、画像、インターネットなんてフェイクとスパムが満載だ。僕たちだってもともと架空の存在だからね。小説家と映画人なんて「でっちあげ」ばかりじゃないか。でも、誰も嘘つきなんて言わないよ。

W　そうか！　そこを楽しむんだね。もともと「架空のお話」だから何を言ってもいいんだ。でも「聖典」は守ってほしいね。暗黙のルールを秘めて「聖典・正典」（カノン）をベースに空想を広げるんだね。

H　でもね。科学にしても数学にしても人間が知ることが「できない」ものがあるんだ。理性の限界だね。第一は量子力学の世界観を支えるヴェルナー・ハイゼンベルクの「不確定性原理」、第二はクルト・ゲーデルの「不完全性定理」そして第三はケネス・アローの「不可能性定理」だ。

W　どんなホークスが出るか楽しみだ。さあ！“The game is afoot!”獲物が飛び出したぞ！You ain't heard nothin' yet！お楽しみはこれからだ！……眉にたっぷり唾をつけ涼しげに行こう！

**★文中ではホームズ=ホークス、ワトスン=ファットスンが出てくるが適当に使い分けてお読みください。**

**人間の文化は遊びの中において、**
**遊びとして発生し、展開してきた。**

ホモ・ルーデンス・(遊ぶ人)
ホイジンガ

# I

# 異聞シャーロック・ホークス

自ら正直者ですと言う者は、その時点で嘘をついている。何でも知っているという者は法螺吹きである。ン？　「一滴の水からも、ナイアガラ瀑布や大洋が存在し得ることを推定できる」だって？

## ブリキ箱

ロンドン・チャリングクロス、旧コックス銀行の地下室を改装工事中、古びたトランクや雑多な梱包品など大量のガラクタが出てきた。粗大ゴミとして廃棄されそうになった時、一人の作業員が「もしかしたら金目の物でも出て来るのではないか？」と膨大なゴミを持ち帰った。百年余の時が覆う分厚い埃を払うとトランクにはJohn H. Watson, M.D.と記されていた。開てみるとブリキの書類箱があり一九世紀末から二〇世紀初頭の新聞やメモ、切り抜き、書類などジャンクで一杯である。箱の持ち主ワトスン博士という男が、どうも異様な事件に関する探偵の記録を集め、いつか執筆・出版しようとしていたようだ。あの時代を生きた人間の証である。大量の論文や未発表原稿もあった。金になりそうなものは何も無い。それをパブで愚痴っていると、隣の見知らぬ男が是非譲って欲しいと言う。古文書や古物のコレクターであるそうだ。交渉の末に飲み代とそこその金で全てを売り払った。世の中は偶然というサイコロの転がり一つで後世に得難いものを残すことがあるのだ。あのアインシュタイン博士には悪いのだが「神は賽子を振るのだ」……

整理してみると「各種煙草の灰の鑑別について」（四つの署名）「生命の書」（緋色の研究）「足跡の詮索、その保存に石膏を応用する問題」「職業が手の形におよぼす影響」（四つの署名）「耳に関する短い論文二編」（ボール箱）「刺青の構図に関して」（赤髪組合）「暗号に関する小論文・一六〇種の暗号記法を分析」（踊る人形）「書類の年代の鑑定」（バスカヴィル家の犬）「初期イギリスの勅許状に関する研究」（三人の学生）「中世の音楽の問題」（ブルース・パティントン設計書）「チベット探検記」（ジーゲルソン著・空家の冒険）「実用養蜂便覧」付・女王蜂の分封に関する諸観察」（最後の挨拶）「探偵の仕事における犬の用途」（這う男）「仮病について」（瀕死の探偵）その他に「タールトン殺人事件」「ぶどう酒商ヴァムベリ事件」「ロシア老婦人の冒険」「アルミニューム松葉杖の怪事件」「えび足のリコレット事件とそのいやらしい細君の事件」（マスグレーブ家の儀式書）（括弧内は発表作品名）その他、肖像画、注射器、レコード、書籍、写真、スケッチ、鹿狩帽やパイプなど雑多な山であるがヴィクトリア朝時代の貴重な資料だ。勿論ブリキ箱には「スマトラの大鼠」の記録もあった。掘り出し物は大空白期に冒険家シーゲルソン氏として秘かに来日し、数件の事件を解決し、旧友との交友を深めた話など、このまま秘すのはあまりにも勿体無い。そこでその一部を御紹介することにしよう。

……「正典六〇編」ワトスン博士が書き残してくれたからこそ、いまここに二人の実像に迫れるのである。そこにはワトスンの文才に対するホームズの微かな嫉妬さへ感じる。

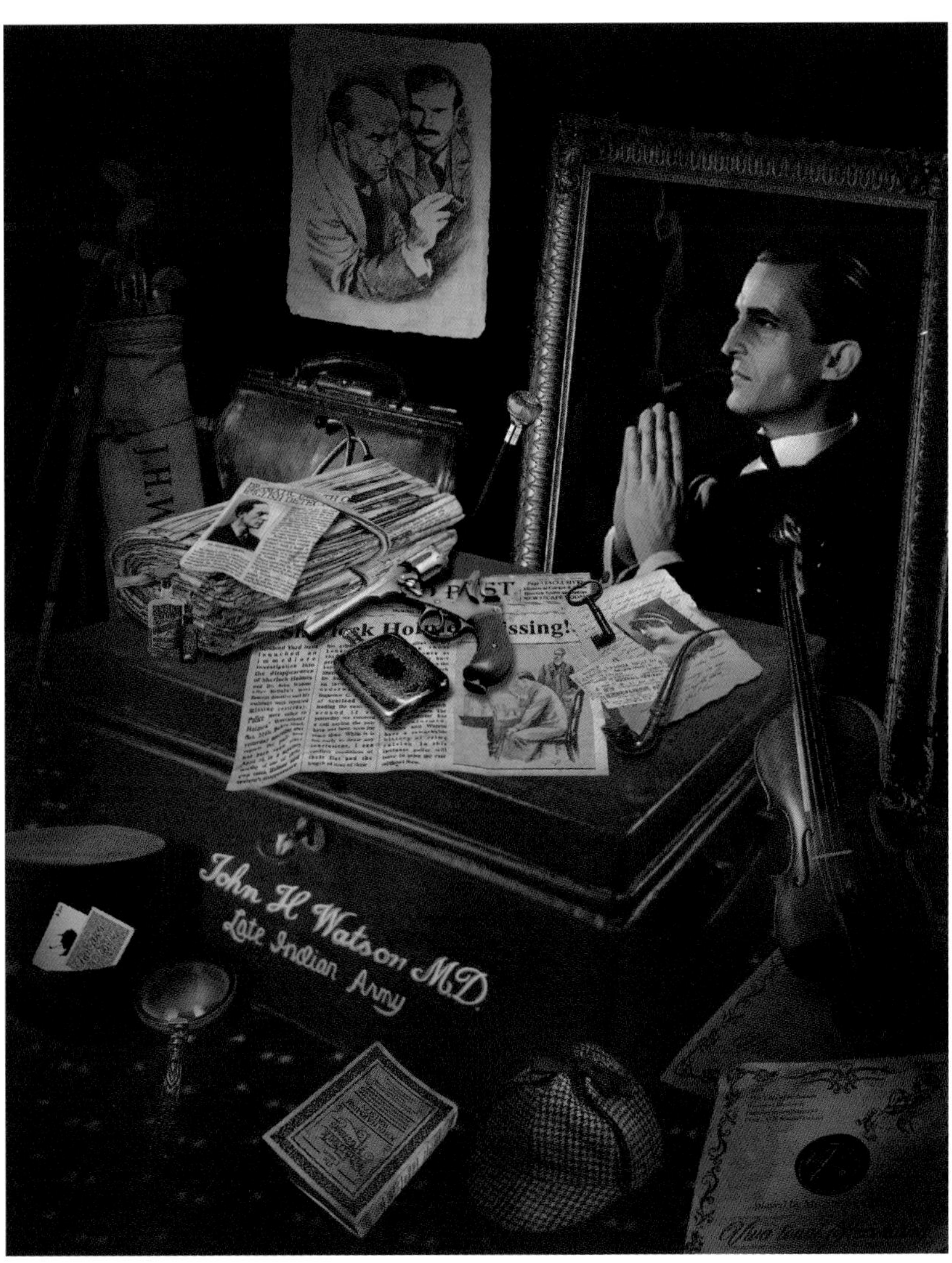


そのブリキ箱から流失したと考えられる品々が秘密組織によってオークションに出されている。シャーロッキアンにとって垂涎の的であろう。あらゆる手を尽くして、ジョン・H・ワトスン著「S・ホームズの思い出」を落札した。（注：ホームズ・シリーズはサー・アーサー・コナン・ドイル作といわれるが、それは大いなる誤解であって、彼は出版代理人であって著者はあくまでワトスン博士である。これは誰が何と言おうと歴史的事実である。期待に胸を膨らまし包みを開けてみた。アレレッ！……（その画像も後ほどお見せする）これは！複雑な装丁の本を何とか広げてみた。おお！SHのモノグラムが打たれた注射器が出て来たのだ。そしてホームズの小箱も。その中には王冠の破片が入ったすべり蓋つきの小さな箱や論文、証拠品などが多数あった……。

# 知られざるシャーロック・ホークス

人はしばしば贋物の方を賞賛し、本物をあざける。――イソップ寓話

ホームズの研究書の類は夥しいものがあり、世界中から毎年新たに超真面目な研究から膨大なパロディやパスティーシュが溢れ出している。ホームズ譚は我が国でも古くから親しまれており、明治二七年（1894）に「乞食道楽（唇のねじれた男）」訳者不詳がある。当時は翻案が普通であり題名に思わず笑ってしまう。「赤毛連盟」は何と「禿頭組合」である。「若禿組合員募集広告」を見て試験場に行くと……お馴染みのお話しなんだが、質屋の話を聴いて、上泉博士（ホームズ）と中尾学士（ワトスン）が爆笑すると、「何も可笑しい事は毛頭無いと心得ますが」だって。おいおい！明治・大正期からホームズ譚を楽しんでいたのだ。そしてあの山本周五郎も昭和十年（1935）に少年雑誌に「シャーロック・ホームズ異聞」を執筆しているのである。凡太郎少年は丸の内の帝国ホテル、その十五号室に三週間程前から滞在している英国人ウィリアム・ペンドルトンの元を訪れた。彼は名探偵シャーロック・ホームズ偽名である。日本を舞台に快刀乱麻！秘宝「モンゴール王の宝玉」めぐって巻き起こるその謎は如何に！……と、まあ。

そこまでの筋金入りのシャーロッキアンではないのだが、ホームズ関連の物を密かに収集していることをここに告白しよう。「木乃伊取りがミイラになる」というやつだ。だが一世紀以上前の事件であり、現代のように防犯カメラ画像や写真、書類や報告書、ＰＣデータなどは望めない。多くの研究書を調べてみても殆どが状況証拠であり、証言などの人的証拠である。記憶や証言は時間経過とともに簡単に変化してしまうし間違いを起こす。その点、物的証拠の証明力は変化しないので非常に高いものである。そう、動かしがたい事実の証明になるのだ。後述するが有名な「バスカヴィル家の犬」も、あれだけの大事件でありながら、犬の死体やスティプルトンの最後は曖昧なままである。刑事事件としては物的証拠が欲しい。チャリングクロスのコックス銀行に預けてあるワトスン博士の「ブリキ箱」には膨大な証拠品があると聞く。ところがそこから密かに持ち出された事件のブツが秘密オークションで販売されているとの情報を得た。英国ではThe Return of Sherlock Holmes: The Case Notes なる麻紐で縛られたた資料集があり、ワトスン博士の膨大なメモや書類、事件写真などが纏められている。それらの元資料がどこかにあるはずだ。やっと秘密オークション組織にコンタクトが取れた。厳重な審査を経てアクセスし何点かの宝物を手にしたのである。左ページにある「正典」の装丁には混乱させられたが、知恵の輪を解くように散々苦労して開いてみると、何と！ホームズのコケイン注射器が現れた。

JOHN HARMISH
WATOSON
THE MEMOIRS OF
SHERLOCK HOLMES

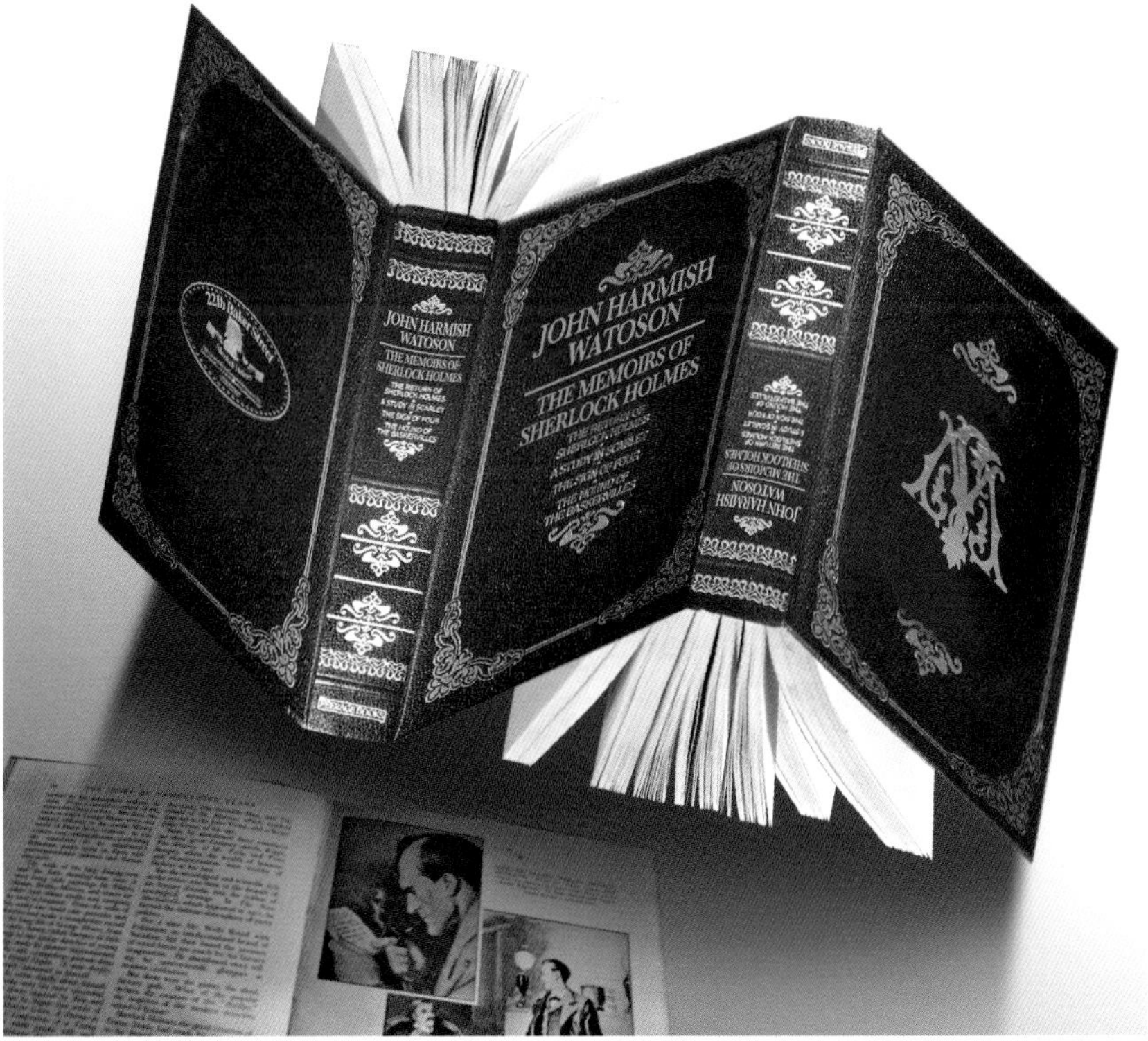

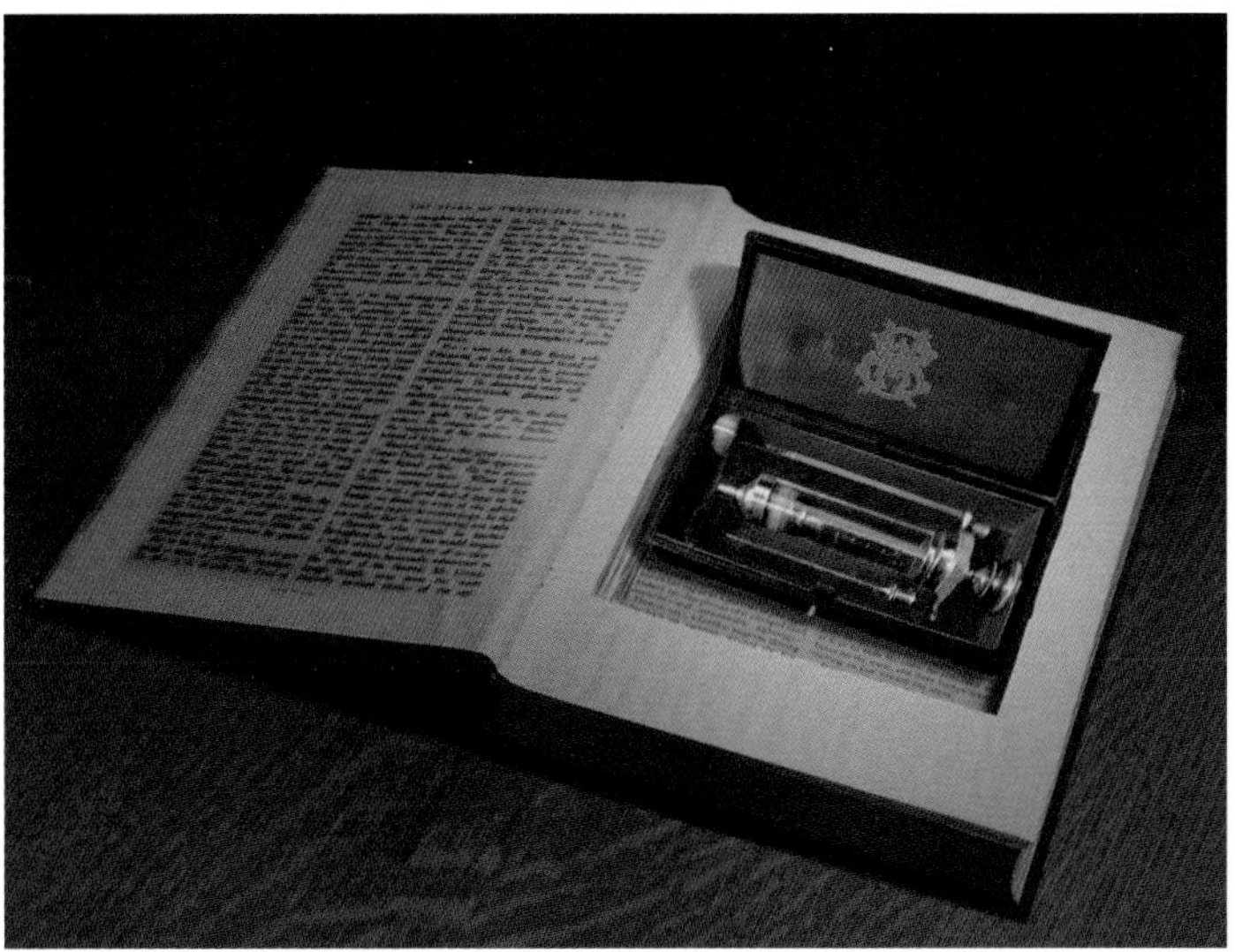

「……君が筆にすべきことも犯罪そのものではなく、犯罪を分析し統合する推理の上にこそならなければならないのだ。一連の講義であるべきものを、君は物語にまで低級化させている」（ぶな屋敷）

「じゃ、自分で書いてみたまえ」と反論され「白面の兵士」「ライオンのたてがみ」（ホームズ自筆）の二編があるがワトスンにはとても敵わないので止めたようだ……。他にも「マスグレーヴ家の儀式」「グロリア・スコット号事件」はワトスンがホームズと知り合う前の事件なので著者は解らない。おそらくスタンフォード青年か出版代理人コナン・ドイルの作であろう？

特筆すべきものがあった。分厚い大型の封筒にWhitechapel 1888となぐり書きしてある。中身は変色した事件メモ、新聞、X印の書き込みのある地図、写真、スカーフの切れ端などである。ホワイトチャペル一八八八年とは、あのロンドン・イーストエンドを恐怖に陥れた猟奇事件「切り裂きジャック」ではないか！その年は「ギリシア語通訳」「ボール箱」「四つの署名」特に秋には「バスカヴィル家の犬」など事件など相次ぎ大いに活躍していた絶頂期である。バスカヴィル家の犬では「他の事件で忙しく、ロンドンを離れられない」と言ってワトスン一人を調査に行かせたのではなかったか。後半にようやく登場し「実は身を隠して事件を探っていた」と言うが、これは「切り裂きジャック事件」を追っていたのではないか？その証拠には一八八八年一〇月一三日のイラストレイテッド・ロンドン・ニュースの記事の挿絵「怪しい人物を発見した自警団」の中央にはディアストーカーとインヴァネスコートの男、その左には口ひげの男。これはホームズとワトスンそのものではないか。その背後はスコットランドヤードの刑事たち？挿絵画家はいかなる想像で描いたのだろうか？恐らく自警団に同行して彼らをスケッチしたのであろう？この世紀の大発見の資料はいま綿密に整理解読中である。今後の発表に世界が驚嘆するであろう。

裏蓋にH・Wという文字があるワトスンが兄から譲り受けた懐中時計もあった。このブリキ箱は驚くべきタイムカプセルである。

Illustrated London News for October 13, 1888

Professor Challenger
HOLMES
PRESUMED
EVIDENCE
PROPERTY TAG
The Home of Sherlo
THE MUTILATED BOD
WESTERN UNION
TELEGRAM
SAME.
SHERLOCK HOLMES

ペテン師をペテンにかけるほど愉しいことはない。――ラムネー「寓話集」

# シャーロック・ホークスの肖像画研究

さる昔、倫敦（ロンドン）はトッテナムコートの寂れた古道具屋でこの絵を見つけた。埃を拭ってみると端正な男の肖像ではないか。どこかで見た事がある顔だ？　そう、あの諮問探偵シャーロック・ホームズのイメージに酷似しているではないか。嬉しくなって因業な親父と交渉、値切に値切って手に入れた。どうせ偽物だろうサ、そうに決まっているサ。

……学者の友人にも頼み分析を試みた。まずキャンバスと木枠、ともに相当古く一世紀以上は経っているだろう。炭素C14による年代測定では一八九九年誤差五年と出た。また絵具による時代測定も当時の顔料であると分析された……。ということは百年以上前の材料を見つけてきて現代に描いたものだろうか。いや本当に当時に描かれたものか？　……謎は深まるばかりだ。イコノロジー（図像解釈学）などと大袈裟なものではないが、まずこの肖像画の男はあまりにも正典（カノン）通りである。秀でた額、鷲鼻、尖った顎、長い指、パイプ、微かに左隅にはストラディバリウスらしきものも見えるではないか！　当時は肖像画の時代だ。何かの記念に描いたものではないか？　もしかしたらホームズがレジオン・ドヌール勲章を受章した時か、それとも一九〇〇年サーの称号云々の時か。ホームズが辞退し絵だけが残った？　絵から読み解けば年齢から見て恐らくライヘンバッハの滝から三年の時を失踪、その帰還後だろう。なぜなら思索に耽る時に両手を合わせるのは、彼がチベットのラサでダライ・ラマと親しく会話してからその癖がついたという。

それでは肝腎の画家は誰か？　出版代理人の父親？　また妖精画家・風刺画家である叔父リチャード・ドイルとは明らかに世界が違う。それではシドニー・パジェットか？　彼なら描いただろう、しかしタッチが違うし油絵を描いた記録もない。それとも当時の無名の肖像画家か？　いやワトスンか？　……彼には文学的才能はあるが芸術的センスはないし、まして絵筆を握るなんて……。

不可能なことを排除していけば、そこに残ったものが、どんなに信じられないようなことでも、真実なのだ。……推理と熟考の末、ホームズ本人が描いた自画像であろうとの結論に至った。そのためには決定的な証拠が欲しい。X線による鑑定、そして汚れを丹念に落としてみれば何と署名が出て来たではないか。S.Hoaxとある。ははーん、これこそ彼のやりそうなことだ。ホームズに発音が似ているしHoaxは（でっち上げ）である。ホームズは芸術家ヴァルネの血を引き画才もある。ヴァイオリンも巧みに演奏する。稀代の贋作家ハン・ファン・メーヘレンやエルミア・デ・ホーリーの例もある。まあ、贋作云々を論議してもはじまらないが……。とにかくホークスを楽しむことに尽きるのだよ。

模写、レプリカ(複製)、オマージュ(敬意)、リスペクト(尊敬)、トリビュート(賛辞)、インスパイア(示唆)、パロディ(もじり)、パクリ(盗作)、贋作(フェイク)、ホークス(担ぐ・いっぱい食わせる)

★ハン・ファン・メーヘレン(1889〜1947)はオランダの画家画商。20世紀で最も独創的・巧妙な贋作者である。特にヨハネス・フェルメールの贋作を制作したことで有名。傑作なのはフェルメールの絵をナチスの高官、おそらくゲーリングに売ったことでナチス協力者、オランダ文化財の略奪者として禁錮1年の判決を受けたが、獄中でフェルメール風の絵を描き、売ったのは贋作であると証明してみせた。それにより売国奴から英雄となった。

★エルミア・デ・ホーリー(1906〜1976)は、ハンガリー出身の贋作画家。贋作者としては天才であり、1946〜67年までの21年間にルノワール、モディリアーニ、ドラン、デュフィ、マティス、ヴラマンクなどの贋作を1000点近く描き続け、それらを世界中の美術館やコレクターに売却した。オーソン・ウェルズ監督の映画「フェイク」に本人自身が登場している。

赤いテールコートを着た男、ウィスキー、世紀末、ダンディズム……

## 緋色の研究・ダンディズム

シャーロック・ホームズ登場! それは「緋色の研究または習作」である。「人生という無色の糸かせには、緋色の糸が混りこんでいる。それを解きほぐし、分離して、隅々まで白日のもとにさらけだすことだ」と、ホームズは語る。

緋色、赤と聞くと鮮烈な印象が浮かぶ。血、太陽、炎、薔薇、熱情、危険、最も刺激的な色である。太陽光線に含まれる六四〇~七七〇nm領域の電磁波である。赤が強烈に心理に与えるのは人の血を連想されるからだろう。それは生命の根源であり、活力であり。よって精神である。衣服においても「赤」は誇りのシンボルである……と。

赤いテールコートを着て闊歩する男。そう、スコットランド・キルマーノック(Kilmarnock)出身のジョニー・ウォーカーだ。

彼は言うまでもなくスコッチ・ウイスキーの世界的に有名なブランドのアイコンだ。現在、ジョニー・ウォーカーは世界最大級の総合酒類メーカー・英国ディアジオ社(Diageo)の傘下に属するブランドの一つであり世界の国々で年間数億本以上が売れているという。もとは「ウォーカーのキルマーノック・ウイスキー(Walker's Kilmarnock Whisky)」として知られ、その銘柄は、ジョン・ジョニー・ウォーカーがスコットランドのエアシャー(Ayrshire)の食料品屋でウイスキーを売り始めて、それが受け継がれたものである。しかし、このウイスキーを有名にしたのは息子のアレグザンダー・ウォーカーと孫のアレグザンダー・ウォーカー二世によるところが大きい。初代ジョン・ウォーカーは一八五七年に亡くなったが、一八七〇年に孫のアレクサンダー・ウォーカーは象徴的な四角いボトルと斜め二四度に貼られたラベルで発売した。そして、一九〇八年名前がジョニー・ウォーカーに変わり、スローガン「創業一八二〇年、今も続く、力強く!」(Born in 1820 - Still going Strong!)ができきた。赤いテールコート、シルクハット、片眼鏡、ブーツ、ステッキで闊歩すダンディは創業者ジョン・ウォーカーがモデルである。漫画家のトム・ブラウンが、ウォーカー

Johnnie Walker "the Striding Man", by Tom Browne

Johnnie Walker

Beau Brummel

兄弟との昼食会で、メニュー裏に描いたスケッチが歩き始めだ……。
この紳士は誰かに似ていないか? そう、世紀の伊達男ジョージ・ブライアン・ブランメル(1778~1840)だ。貴族階級では一番下の郷士(エスクワイヤ)と呼ばれる出自である。ボゥ・ブランメル(洒落者ブランメル)の異名を取り英国摂政時代のファッションの権威である。彼の寸言に「街を歩いていて、人からあまりじろじろと見られているときは、君の服装は凝りすぎているのだ」と。素っ気ない口調、クールでポーカーフェイス。伊達者で詩人で貴族であるバイロン卿をして「ナポレオンになるより、ブランメルになりたい」と言わしめたとか。ダンディは、とりわけフランス革命後の一八世紀後半から一九世紀のロンドンとパリにおいて登場した。彼は中産階級であるにもかかわらず、貴族的な生活様式を模倣しようと努めた。それゆえダンディは一種のスノッブである。

ダンディズムは最先端を気取り「完璧なるジェントルマン」を目指しながら、貴族趣味を理想とし、封建的・懐古的な価値観を引きずっていた。ダンディは懐疑主義的な物腰を洗練させ、シニシズム(皮肉・冷笑・軽蔑)を「知性のダンディズム」と呼称するまでになった。まさにシャーロック・ホームズそのものではないか! 兄であるマイクロフトは「ディオゲネス倶楽部」を創立。遠くギリシャ・シノペのディオゲネス、つまり犬のような生活を送ったから犬儒派と呼ばれた一派である。「嘲笑する、皮肉屋な、人を信じない」という意味の「シニカル」という語は、キュニコス派を指すcynicalに由来する。ここにも世紀末のダンディズムがある。そして、皮肉屋哲学者トマス・カーライルは、ダンディはただの「着道楽」でしかないとも、「流行? それは君がいま着ているものだ」とか……。ガストロノミー「美味礼讃」のブリア=サヴァランも食通のダンディズムを実践した。「ふだん何を食べているか言ってごらん、あなたがどんな人だか言ってみせよう」とか「新しい星を発見するよりも新しい料理を発見するほうが人間を幸せにするものだ」と。

そいつは倦怠というやつだ。……偽善の読者よ、同胞よ、兄弟よ。——と、悪の華で語ったシャルル・ボードレールはダンディについて「美学を生きた宗教へと高める者」「ダンディは鏡の前で生き、死ななければならない」とも。曰く、ダンディズムはある霊性と禁欲主義なのだナ。単なる格好ツケではダメなのだ。うーむ、ダンディであるためには痩せ我慢も必要だし、自惚れ屋は鼻にはつくし、自意識過剰でも困るし、キザは軽薄だし、難しいもんだな。

世紀末（FIN DE SIÈCLE・ファン・ド・シエクル）は、多くのダンディを生み出した。ベル・エポック（美しい時代）そして退廃（デカダンス）である。時代が変わることへの期待と絶望、そこに象徴主義芸術（サンボリスム）が現れた。オスカー・ワイルドやユイスマンスがその代表だろう。ユイスマンス「さかしま」の主人公フロルッサス・デ・デゼッサントは貴族の末裔で、文学や放蕩などで遺産を食い潰す。そうした生活に飽き、性欲も失い、隠遁生活を送る。徹底的に彼の美意識にこだわった郊外の一軒家に隠って趣味的な生活を送る。デゼッサントは俗悪なブルジョワ的生活を嫌い、自分の部屋をラテン語の文献、好みの書物（ボードレール、マラルメなど）などに囲まれ、幻想的なモローの絵、ルドン、ゴヤの版画が飾られた、美と廃頽、ペシミズムに満ちた「人工楽園」を築いてゆく……。デカダンスという病気である。ポーのアッシャー的人物だ。かつては放蕩を快楽を蕩尽し、一九世紀末のブルジョワ民主主義と効率至上主義を嫌い、ひたすら趣味と洗練と美意識のために人工楽園を作り上げる。自己趣味に徹した内装とラテン文学、食虫花や人工花、香水幻想、口中オルガンと称するリキュールの微妙なカクテル、音楽、幻想美術について延々と語られるのだ。デカダンス文学の聖書とも評されるが、誰だって自分の趣味嗜好の世界。そう、自己の糸で紡いだ繭のなかで、温々とした羊水に浮かぶ胎児のように幻想に漬りたいのだ。

船を模した造りにアクアリウム、奇矯なオレンジ色の部屋、東洋の絨毯をより引き立てるために黄金と宝石を散らした鎧を亀に着せ、神経症による幻覚と、空想のなかで人工的技巧美を熱愛し、反自然的なものを求め続けるのだ。「本物の花を模した造花はもうたくさんで、彼がいま欲しいと思っているのは、贋物の花を模した自然の花であった」。またジャック・カロやヤン・ロイケンの残酷さに満ちた絵画、そしてルドンの不安をかき立てる版画、モローの「サロメ」は淫蕩とヒステリーの呪われた女神である。ゴヤの絵を（カロは一六三三年にエッチングによる「戦争の惨禍」を描き、ゴヤも一八一〇年に「戦争の惨禍」を同じく版画で描いている）壁に掛け、趣向と追求の饒舌ぶりは果てがない。

旅に出ようと思いパリの駅まで行くが、結局想像力でどこへでも行けるとすれば行く事も無いと帰ってる……。衰頽した精神、沈鬱な魂、移ろいやすくも繊細な神経。無為と懶惰と倦怠の裡に身を沈めるのだ。最後には医師から、このままでは神経症は快癒しないので、パリで普通の生活を命じられる。……デゼッサントは「己の投影・夢の宮殿」住居を引払うのだった。……ただ根底にあるカトリシズムへの憧憬と反発、その奥にあるものは日本人の私にはとても掴むことが出来ない。文化の根本的差異であろう。全編に流れるのは第六感ともいえる「美意識」。通俗と俗悪を嫌い、意識と知性の高揚のために「美」を求めるのだ。

「さかしま」澁澤龍彦／訳 光風社出版：翻訳は流麗で訳者による丁寧な註がまた素晴らしい。

そして、一九世紀末、ロンドン・ベーカー街２２１Ｂに「孤高のダンディズム」の男が現れる。そう、シャーロック・ホームズだ。

世紀末にホームズによって示される「ダンディ」は世紀末に相応しい矛盾に満ちたボヘミアンだ。頭脳の刺激を求め七％溶液のコケインに耽溺し、ヘビースモーカーであり怠惰と行動、楽天と悲観、秩序と無秩序、神秘性と仮面性、捜査のためなら法を無視し、神の喪失と科学の台頭、人生のアンニュイと空疎感などの二重人格性は近代へ換わる世紀末という時代の矛盾と二重性そのものである。精神的貴族性は無粋への無言の蔑視、飽くなき推理、闘争、その孤独、崇高性……。キザで堕落した「ダンディ」ではなく、自らの美学が矜持であり徹底したストイシズムなのだ。

ホームズの女性蔑視も、恋愛や

感情によって自制を無くす「女」というものが、彼の美学に反しているからで、アイリーン・アドラーのような孤高の自我を持ち、決断力と行動力を持った女には敬意を感じるのだ。ダンディはプレイボーイではない。フランスに於ける堕落（デカダン）集団化したダンディは「新快楽主義・ニューヘドニズム」を標榜した。新しい時代に対して彼は言う、「ワトスン、君は移り変わる時の流れの中の一つの岩だ。だがやはり、東の風は吹き付けるんだよ」「ワトスン君、ダンディに生きることは孤独であり人を不安にさせる。それを知り尽くしているからこそダンディなのだよ。高雅な個人主義者だ。孤独であることの喜も知って欲しいね、無限のイマジネーションに遊べるからね」「ぼくはこの時代の常識人かどうか知らないが、デカダンスやこれ見よがしのダダイズムはどうも受け入れ難いね」「彼らも時代の価値観や概念を変えようと必死なんだよ。そんな流れに逆らって生きるのは難しいが、矜持というか自分だけの美学で粋に生きたいものだね。孤高という言葉もある。ちょうどいい酒を届けてくれた人がいるよ、一杯どうだい？ ガソジンで割ったのは最高だよ」

さて「ボヘミアの醜聞」に「ガソジン」なる自家製炭酸水製造機が登場する。「―― 何も言わず、あたたかい目をし、肘掛椅子を手で示すと葉巻入れを投げてよこし、部屋の隅にある酒瓶台とガソジンを指し示した」。これはソーダ水を作る装置で「ウィスキー ＆ ソーダ」のための必需品だったのだ。外側を網で補強し内部にガラス管が通った二個の球形のガラス容器で下の球に水、上の球に重曹と酒石酸を入れ少量の水を上の球に注いで栓をすると中和反応で発生した二酸化炭素が管を通じて下の水に溶け込む。管の途中にコックがありここから炭酸ガス飽和水を取り出すことになるのだ。そもそも酸素の発見者ジョセフ・プリーストリーが炭酸ガス飽和水が清涼飲料として好適だと発見した。「gasogene」つまり gas generator（ガス発生器）だ。なお歴史あるホームズ研究クラブ「Baker Street Irregulars」の会長は代々「ガソジン」と呼ばれることになっているそうだ。

Gasogene and Tantalus

そして卓上デカンタキャビネット＝Tantalusというのもある。目の前にウイスキーがあるのに鍵がかかっていて飲めない！これはギリシャ神話のタンタロスの苦しみだ。神の怒りを買い泉の上の木に吊るされたタンタロスが渇きに耐えかね水を飲もうとすると水が引き、空腹のあまり頭上の果実を食べようとすると一陣の風が枝を押しやる。何ともじれったい苦しみを表す。「タンタロス」上手い命名だ。——おっと！緋色の研究だ。

**緋色のジャケットにおけるダンディズム。**

赤いジャケットといえばまずブレザーが思い起こされる。多くの説があるが、一八二九年、テムズ川においてケンブリッジ大学とオックスフォード大学の初めて両校対抗のレガッタによるボートレースが開催された。その際、ケンブリッジのSt. John's College選手が、真紅のジャケットをユニフォームとしていた。それが川面にユラユラ映りまるで炎が燃えるように見えた！ブレイズ！（Blazer）が語源とされる説が夢があり美しい。いまもヘンリーオンテームズではレガッタの日には、トラデショナルな装いを凝らして楽しむのだ。いかにも貴族的な「狐狩り」（フォックスハンティング）のライディング・ジャケットも赤である。ブラッド・スポーツと呼ばれる残酷な遊びということで禁止になってしまったが、七〇年代後半に取材したことがある。場所はアイルランド西部チューム。タイムスリップしたような世界である。ヨーロッパ中から貴族の末裔たちが集まり「ハント」が始まる。主催者はピンク・コートと呼ばれる真紅のコート、ゲストは黒いコート、白のストック・タイ、真っ白なブリーチェス（乗馬ズボン）、トップ・ブーツ、黒いベルベット・キャップという出で立ちだ。犬を放ち喇叭を吹き、丘を超え畑を横切り、石塀を飛び越えて……アナクロニズムの世界である。

「狐狩り」という浮世離れしたスポーツ？を映画で見せたのが「The List of Adrian Messnger・秘密殺人計画書（63）だ。

残念ながらモノクロ映像で緋色のジャケットは想像するしかないが、監督は巨匠ジョン・ヒューストン（1963）、原作はフィリップ・マクドナルドの「The List of Adrian Messenger」。莫大な遺産を狙い、邪魔者を抹殺してゆく殺人鬼を追って、謎のリストを手懸りに元イギリス情報局の秘密捜査員が活躍するサスペンだ。フォックスハンティングを背景に何が面白いといっても当時のハリウッド超大物俳優たちが変装して大挙出演していることだ。ジョージ・C・スコット、トニー・カーチス、カーク・ダグラス、バート・ランカスター、ロバート・ミッチャム、それにフランク・シナトラという多彩で豪華なキャストである。そして最期に彼らが変装をはがして、分かりましたか？ だって。……人を食っている痛快さだ。

大英帝国が権勢を極めていたヴィクトリア朝時代、まだ軍隊は「戦列歩兵」という数百から数千人の方陣密集隊形で太鼓に合わせて一糸乱れず前進し、命令により一斉射撃する。隣の兵士が倒れても陣形を崩さない。それが合戦の常識であった時代だ。士気と威圧感のため軍服は派手で大げさであった。

ズールー戦争での兵士たちは真紅の軍服で戦った。そしてコナン・ドイルも参加したボーア戦争も兵士たちは真紅の軍服であった。赤は誇りの色だったのである。しかし目立ち過ぎ、格好の標的になったので、ボーア人農作業服の色である目立たないカーキ色が登場した。

我が国でも「緋」は魔除けであり、「甲山の猛虎」とも謳われた飯富虎昌以来、甲冑を赤で固め甲斐武田軍団の代名詞とされる「赤備え」。これは井伊直政も赤備えで編成し井伊の赤鬼と恐れられたとか。

「赤」と言えば、反対語は源平の昔から「白」である。真紅には断然ホワイトがよく似合う。クリケットという競技は何度見てもルールがよく分からないが、ユニフォームは素敵である。テニスもかつては白一色であったがいまやメーカーの広告塔になってしまった。「白」こそフェアプレイを表明する色だ。「ホワイトスポーツ」と呼ばれる所以である。

It's not criket.（それはフェアじゃない）。という言葉はここから生まれたのだ。また、映画「チャリオット・オブ・ファイアー（炎のランナー）」にはユニフォームの美しさが満載である。もう真っ白なユニフォーム姿は珍しくなってしまったが、クリケットは英国を始め、インド、パキスタン、オーストラリアやニュージーランドで今も盛んなスポーツである。そしてローンボール、別名ジャック&マットもユニフォームはすべて白一色である。（日本のグランドゴルフ同様老人が多いが）……。花嫁の白無垢も同じ発想なのでしょうね。

はたして「白」は色なのだろうか？　いや、白は燃え上がるファイティング・スピリットという「真紅の炎で染め上げる」ことができるのだ。

我が国においても赤を表す言葉は無数に存在する。緋、丹、朱、茜、猩々緋、唐紅……真っ赤な嘘や赤っ恥なんて言葉もある。そこで……

### 赤い気炎

独身主義者であるホームズには独特の女性観がある。「恋愛は感情的なものだ。すべての感情的なものは、ぼくが何物にもまして尊重している理性とは相容れないのだ。判断を狂わされては困るから、ぼくは一生結婚なぞしないつもりだよ」。こう嘯くのだが……ヴィクトリア朝時代1837 - 1901年代のイギリス小説にはヒロイン像の大きな変化が見られた。従来の良妻賢母型のヴィクトリア朝における伝統的な女性像「家庭の天使」のヒロインに代わって、「新しい女」と呼ばれる一群のヒロインたちが登場する。この「新しい女」は、当時「当世風の娘」「翔んでる女」「野性の女」「放縦な女」などという名前で呼ばれ、結局最後には「新しい女」と命名された。ジェンダーの問題は複雑であるので、ここはホームズ流に控えさせて頂きお許しを乞う次第だ。

# 魔犬伝説再考

「バスカヴィル家の犬」……怪奇なる魔犬伝説、荒涼たるダートムア、委細ありげな執事のバリモアとその妻、脱獄囚セルデン、荒地に住む昆虫学者ステイプルトンとその美しい妹ベリル、底なし沼グリンペンから立ち昇る瘴気、月光を浴び岩上に立つ男の影、青白く光る魔犬、ミステリアスで不気味さの舞台装置は整った。ホームズ・シリーズの中で最高作と呼ばれる長編だ。最初にモーティマー医師が登場、――しがないM.R.C.S.（王立外科医師会会員）です。「科学はかじっただけで、大きな未知の海の浜辺で貝殻を拾っているだけです。と、自己紹介。ニュートンの言葉を引用しているところを見ると明晰で科学にも造詣が深そうである。そして初対面のホームズに向かって「お会いできて光栄です。こんなに長径頭顱や眼窩上が大きく発達している人に会えるとは！　失礼ですが、ちょっと顱頂縫合を触らせていただけませんか？あなたの頭蓋骨の鋳型は、本物が手に入るまでは、どの人類学博物館でも一番の展示品になるでしょうね。まったく、お世辞ではなく本心から、是非ともあなたの頭蓋骨をいただきたいものです」と語るから相当なものである。ホームズも「青いガーネット事件」で不明人の帽子を推理して、この大頭は知性が高い証拠だ。と、これはF・J・ガルの骨相学の影響だろう。いくら時代とはいえ脳容積や形態から知性や性格が解るはずもない疑似科学そのものだが……。

モーティマー医師によってバスカヴィル家にまつわる異様な物語が語られ、サー・チャールス・バスカヴィルの不審な死、ものすごく巨大な犬の足跡、そしてサー・ヘンリー・バスカヴィルの登場。まずは警告の手紙が来たり顎髭を付けた男に尾行されたり、靴が片方盗まれたりと不可解な出来事が起こる……。しかし何故、名探偵の誉高いホームズに興味を湧させさるよう仕向け、わざわざ事件に引き込むようなことをするのだろうか？　名探偵をミスディレクションに巻き込み真犯人をはぐらかすためだろうか？　それにしてはやり口が少々稚拙である。その警告文の活字は「タイムス」から切り抜いたものだとホームズは喝破する。（P34～35資料1）……事件が大団円し解説に移り「我々をロンドンでつけ回したのはステイプルトンかい？」「僕の解釈ではそうだ」「あの警告文、……あれは妻が出したに違いない！」「その通りだ」と……。

また、モーティマー医師の報告によるとチャールズ・バスカヴィルは魔犬伝説の恐怖で心臓発作を起こして死んだのか？じゃ、なぜ襲うのを止めたのか？　犬に生死が分かるのか？　ステープルトンが犬を調教して命令で止めたのか？　数々の疑問点がわき起こる。これについてフランス文学教授・心理分析家のピエール・バイヤールが推理の検証により、事件の解決はホームズの独断であり、真犯人は別にいると導き出す。（『バスカヴィル家の犬の誤謬』平岡敦／訳　創元ライブラリー）

……だがまてよ！ ステープルトンはグリンペン底なし沼に本当に呑まれて死んだのか？ ホームズは捨てられた靴を見つけ沼に呑まれて死んだのだろうと暗示するが死体を発見した訳ではない。底無し沼とは？

今まで底無し沼や流砂で飲み込まれて死んだという実例は無い。身体が動けなくなり飢餓・脱水・日射病で死亡した例はあるが……映画では恐ろしい底なし沼や流砂に呑まれるシーンが出て来るのだが……最後は指先だけが虚空をもがき、それも呑まれてしまう……しかし人体は湿地の液体泥濘より比重が低いから浮くはずである。よって泳げる？のである。しかし、足や体が泥濘に捕らえ、足掻けばもがくほど動けなくなる。なぜか？ 砂の博物学「砂・文明と自然」マイケル・ウェランド著にもその説明がある。これはホームズと同時代の英国の物理学者オズボーン・レイノルズが解明したダイラタンシー（dilatancy principle 膨張・充満）の原理である。濡れた砂浜を歩くと足跡のまわりがを白っぽく見える。この現象は足が砂地を押えつけると砂地は圧力で局所的に密な構造が壊れて体積を増やし変形し、そのため粒子間の間隙が増えて、それが表面の水を吸い込むために乾いて見えるのだ。固体であり液体でもある状態の懸濁物（スラリー）はわずかな刺激で瞬時に固体や液体に変化してしまうのだ。落ち込んでパニックに陥り、体の動きが速すぎると、スラリーのダイランシーを撹乱し、周りの粒子が再集合して固体になってしまうのだ。みんなで引き抜こうとすると、その力はとんでもなく大きく、無理に抜こうとすると体が引きちぎられる力を要する。ダイラタンシーは遅いせん断刺激には液体のようであり、速いせん断刺激に対して固体のような抵抗力を示す性質である。水と片栗粉の混合物で実験ができる。泥沼のような流動体を鋭く叩くと個体のように振る舞いを見せる。泥沼に静かに立つと身体は沈み込むが、せいぜい腰くらいまでである。泥沼の表層を早く走ると足裏の表層は個体相を示し、中南米に生息する爬虫類バシリスクのように走れる。またネズミも数メートルなら走れるのだ。この性質を利用して防弾チョッキも研究されていると伝えられる。図のようにゴム風船に水を入れ圧力を加えると表示ガラス棒の水位置は上昇するが、懸濁物（スラリー・スライム）の場合は逆に下降する。

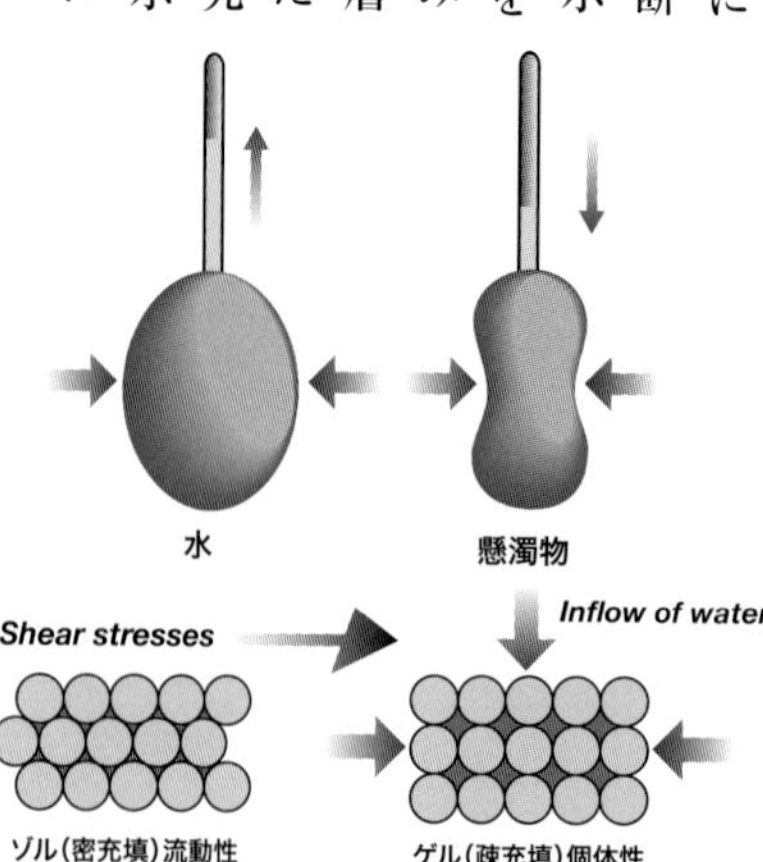

つまり粒子の並びが変形し、粒子間の隙間が増え、周囲の水が充填され、あたかも固体相を形成するためである。

## 底なし沼からの脱出方法

脱出するためには冷静沈着が大切だ。底なし沼や流砂の構成は、水、泥、砂、植物の腐敗物から出来ている。泥濘の比重は人体より大きいから全身が沈むことはない。

1 まずパニックを起こさない。疑塑性流体である特性から、振動を加えると粘性が増す。よって足掻けばもがくほど固定されてしまうので動きを抑えることが肝心だ。

2 浮くためにゆっくりと動いて脱出する体制を整える。どんなに深くても頭の先まで沈むことはない。

3 両足をゆっくりと大きく動かして圧力を緩める。

4 仰向けになり、両手両脚を大きく広げて背中で浮くようにする。足が抜けたら大きく広げて浮力を保つ。

5. 背泳ぎのような要領で直近の固い地面 へと移動する。これで脱出できるのだ。

## 魔犬の謎、その後。

魔犬は弾丸に倒れ事件は解決した。しかし、犬の死体はどうしたのだろうか？ グリンペンの沼に沈めた？ いやいや、あのモーティマー医師が放っておく訳がない。何しろ初対面のホームズに対して、「本心から、是非ともあなたの頭蓋骨をいただきたいですね」。こういう事をさらりと言って退ける人物である。博物学の造詣も深い。魔犬の頭蓋骨のスケッチ、いや牙や歯なども物的証拠品として保存したはずだ。それらを探して遺族からの聞き取り、グリンペンの家の捜索、スコットランドヤードの膨大な資料まで探索した結果、「病気は先祖返りか？」「先祖返りの突然変異（ランセット1882）」「人類は進化しているか？（心理学ジャーナル1883年）」などの論文とともに貴重な資料が発見された。魔犬の巨大なフットプリント、他にも魔犬の歯で作られた「カフリンクス」や「頭蓋骨のスケッチ」など歴史的遺物である。あのフィッツジェラルドの「グレート・ギャッビー」にも――ウルフシャイムは「君は、俺のカフリンクスを見ているね」「人間の臼歯の標本だよ。一番いいやつだ」と彼は教えてくれた、と。

――悪趣味とも思える品だが、ワシントン条約ができるまで象牙はピアノ鍵盤や印鑑、犀の角は漢方薬やアラビアの短剣の鞘、またトカゲや鰐などの革製品は贅沢品・虚栄心を満足させるために使われている。

人の生理的反応とは不思議なものである。女性の白魚のような優美な指も、切り離され物体となると恐ろしいし、イヤリングで飾った可愛い耳も「ボール箱」事件のように切り取られ箱に詰められると……ウッ！

魔犬の歯で作られたカフリンクス

魔犬の牙のペンダント

「ホームズさん、それは巨大な犬の足跡だったのです！」

モーティマー医師が採取した魔犬の足跡

モーティマー医師による魔犬の頭蓋骨スケッチ

## サー・ヘンリー宛て警告文の考察

「ぼくの目には、タイムズの間隔の開いた５号活字紙面と安物夕刊紙の印刷とは大違いなのです。犯罪専門家にとって活字の判別ということは、もっとも初歩的な知識の一部門です」……。と、ホームズは語り、その警告文の活字は「タイムス」から切り抜いたものであると指摘する。その書体は「カスロン」である。

タイムズ（The Times）は英国で一七八五年に創刊した世界最古の日刊新聞である。話は一九三〇年に始まる。Monotype の書体アドバイザーであるモリソン（Stanley Morison）が、タイムズ紙の版元に対して、新聞の書体について批判したことに端を発する。

一般的 Caslon スタイルを使用していることで古臭い印象を与えタイムズの権威と名声が傷つけられていると警告した。Caslon スタイルは、新聞の優れた内容が生かされる書体ではなく、歴史を尊重しつつも時代の最先端であることを誇る紙面であるべきである。それは視覚的であり、記事の内容を強調したり、編集面でも The Times の精神を表す書体を提案したのだ。それが書体 Times New Roman である。そしてバスカヴィルという書体もあった。一七五〇年代にイギリスのジョン・バスカヴィル（John Baskerville）によって作られた過渡期書体の代表格である。これらの名を聞くと古いデザイナーはレタリングやタイポグラフィーを思い出す。つまり活版活字である。マッキントッシュが現れる90年代までは手描き、タイプトーン、インスタント・レタリング、写真植字、そしてＰＣによるのデジタルフォントの（デスクＤＴＰ（デスクトップ・パブリッシング）に進化した。今もフォント

Baskerville

AaBbCcDdEeFfGgHhIiJjKkLlMmNn
OoPpQqRrSsTtUuVvWwXxYyZz
0123456789& “” ?*

Baskervill

ABCDEFGHIJKLMN
OPQRSTUVWXYZ
abcdefghijklmn
opqrstuvwxyz
1234567890!?&

資料1　Caslon

ABCDEFGHIJKLMN
OPQRSTUVWXYZ
abcdefghijklmn
opqrstuvwxyz
1234567890!?&

Times New Roman

名に「バスカヴィル」「タイムス」「カスロン」の名を残す。なおFontとは鋳物、つまり金属活字が語源である。つまり活版印刷の活字である。大きく分ければセリフのついた強弱のある（ローマン・明朝体）とセリフのないゴシック（サンセリフ）に分類される。

「あの警告文……」その紙片がワトスン博士のブリキ箱に残されていた。

as you value YOUR life or your reason keep away from THE moor

お前の生命や理性を大事にするが如く、荒野に近づくな —— 四つ折にされたフールスキャップ半紙。「フールスキャップ」とは「道化師帽」の意味で、この紙に「道化師帽」の透かしが入っていたことからと言われている。

ダートムアの斜陽に立つホームズ

薇ノ木ニ薔薇ノ花咲クナニゴトノ不思議ナケレド ―― 北原白秋

# 薔薇の考察

What a lovely thing a rose is! ――「この薔薇の何と美しいことか！ これは何の推理も必要としない。宗教もそうだ。この薔薇は神の存在を論理的科学として証明するものだ。神の摂理がこの花の中にあると思える。他の多くのもの、力や欲望、食物は、私たちの存在のために必要なものだ。しかし、この薔薇の匂いと色は人生の装飾であり美しさだけののものだ。よってこの花から多くの希望が得られると再度申し上る」(海軍条約事件・1889年)

ホームズは薔薇一輪を手にこのように語るのだが、あの数学的で冷徹な男が神を？ ここに一九世紀末の彼の哲学的世界観が垣間見える。英国の神学者ウィリアム・ペイリーが「自然神学・時計職人のアナロジー」で語るように、「ある時計の存在は、それを作り出した職人が存在する」という信念と同様に、生物も、その秩序と複雑性が生命の作り手「神」の存在を肯定すると提案した。進化生物学者で「神は妄想である」の著者であるリチャード・ドーキンスなら何と言うのだろうか。ドーキンスには「盲目の時計職人」という啓蒙書がある。自然選択による生物進化の実質的な単位が遺伝子であると反対論を論破し進化論の正当性を力強く謳う。

宗教と薔薇、そのシンボリズムについては無数の寓意がある。まずキリスト教、聖母と聖女伝説、錬金術、薔薇物語、紋章学、そして薔薇十字団、等々……まさに薔薇こそ西欧歴史の最強の象徴である。実際に薔薇にアレゴリーと名ずけられた品種もある。ホームズと薔薇？ そう、記号論のウンベルト・エーコの小説「薔薇の名前」の背景にはシャーロック・ホームズがいる。一四紀の北イタリアのカトリック修道院を舞台に起きる怪事件をフランシスコ会修道士バスカヴィル(どこかで聞いた名だ)のウィリアムとベネディクト会の見習修道士メルクのアドソ(ワトソンと似た名前である)が解き明かしていく。「オッカムの剃刀」で有名なウィリアムが「ある事柄を説明するために必要以上に多くの仮定を用いるべきではない」と。この言葉は天文学者のカール・セーガンで有名になった。何かホームズの推理方法を彷彿させるネ。そして、エーコ自身がシャーロッキアンであり「三人の記号 ―― デュパン、ホームズ、パース」なる論集もある。ン、なるほど。アプダクション(仮説的推論)か！ ホームズの思考背景には冷徹な論理という割には「目的論」があるようだ。

「ボール箱」では「この悲惨と暴力と恐れの循環には何かの目的があるのか？ それは何かの終着点へと向っているはずだ、さもなければこの世界は偶然に支配されている事になる。人間の理性では回答できない超越的で永続的問題がある」。

どうもその思想背景は「インテリジェント・デザイン」を彷彿させる。それは一八〜一九世紀初めにエマヌエル・スヴェーデンボリなど多くの神智学的思想家が登場し、ブラヴァツキー夫人が唱導した心霊主義に繋がる。出版代理人（コナン・ドイル）は心霊研究家として証拠を探索し「実在とは意識の確信」だけで良いと言う心霊主義者へと転換していった。少女ふたりが妖精を撮影した「コティングリー妖精事件」も実在の証拠と信じ、これより晩年は心霊現象の証明および心霊主義に「己の使命」を賭けて生きていく。コナン・ドイルの娘によれば、「父はこの事件を完全に信用していたのではなく、二人の少女達が嘘をつき続けているという事が信じられなかった」とのことである。また一八八九〜九一年にかけて大流行した「ロシア風邪」には代理人も罹患し、一週間も寝込み五月四日には危篤状態だった？と、自伝で回想している。

五月四日とはライヘンバッハ滝の決闘の日ではないか！生き方を変えるほどの経験だったのだろう。

海軍条約文書事件における窓辺のホームズと薔薇。そのドライフラワーが現存する。おそらくワトソンが事件記録品として保存したのであろう。

さて、エーコの「薔薇の名前」だが、それは何を指しているのだろう。小説の最後は〝Stat rosa pristina nomine, nomina nuda tenemus.〟「昨日ハ薔薇ノソノ名ノミ、ムナシキソノ名ヲワレラハ手ニスル」というラテン語の詩句で終わっている。これは一二世紀バーナード・オブ・モーレーの六脚韻詩（ヘクサメトロス）の一行である……「バビロンの栄華は、いまいずこに……この詩は、ヨハン・ホイジンガ「中世の秋・XI 死のイメージ」に引用され、その最後の行が上記の詩である。Rosa（薔薇）をRoma（ローマ）に変えると「過ぎにしローマはただ名前のみ、虚しきその名が今に残れり」となり、詩はバビロンやローマの古代都市の栄華や英雄らの日々を偲び、今やそれらは「名」を残すのみ……と。あの夏には生を謳歌し美しく咲き誇り、秋にはひっそりと消えてゆく薔薇に語らせているのだ。「中世の秋」には「薔薇物語」についての考察もあり一三世紀フランスの寓意的でアレゴリーに満ちた物語を想像力を巡らし内面から捉えて語っている。

そして、バーナードの名を持つ大型犬セント・バーナードは、一七世紀中頃から、スイス・アルプスのグラン・サン・ベルナール峠にある修道院で雪中遭難救助犬として使役されてきた。ジャック・ロンドン「野生の呼び声」のエピグラフはジョン・マイヤーズ・オハラの詩から取られている。〝Old longings nomadic leap, ……放浪への想い心に高ぶり……野性の血は再び冬の眠りより目覚める。……野生の呼び声の橇犬バックはセントバーナードとスコットランド牧羊犬の雑種である。もしかしたらバスカビルの犬はグレートデン、セント・バーナード、狼の血を継いでいるのではないだろうか?

薔薇の話といえば。秘密結社「薔薇十字団」にも触れない訳にはいかないだろう。秘密結社と聞くと何やら心が騒めく。今も世界を転覆さす密談と陰謀がどこかで行われているのではないか? 陰謀・conspiracy（共に息をする）とはヒソヒソ話をする情景が目に浮かぶ。もしかしたらシャーロッキアンたちも世間ではそう見られているのではないか? これは錬金術における伝説や神話、カバラ、オカルティスト、神秘主義派による秘儀的な魔術が語り続けられている背景がある。

〝Dat Rosa Mel Apibus〟薔薇は蜂に蜜を与える。……薔薇は神秘の暗喩であり、蜜は天上の叡智が凝固したものである。この寓意は薔薇十字団（ローゼンクロイツ）の中核をなすものだ。彼等一七世紀の初頭、ドイツで宣言書を発表した友愛組織であるとされるが、その実態は極めて曖昧模糊としている。始祖クリスチャン・ローゼンクロイツも架空の人物のようだ。彼等の錬金術では、旧約聖書「創世記」の神による天地創造そのものが巨大な錬金術のなせる技と考えらいる。

したがって、自然の神秘を探求して理解することは神の摂理を理解し神と接触することを意味していた。そして、神に触ることによって、人間は新たな存在、道徳的・精神的に完成された存在へと生まれ変わる。これこそが、薔薇十字団の奥儀なのである。薔薇十字団は、始祖ローゼンクロイツの遺志を継ぎ、錬金術や魔術などの古代の英知を駆使して、世の人々を救うのが大義なのだ。起源は極めて曖昧だが中世とされ、錬金術師やカバラ学者が各地を旅行したり知識の交換をしたりするギルドのような組織だったと伝えられる。団員には万能の錬金術師パラケルススや数千年生きたという不死の男サンジェルマン伯爵、フランシス・ベーコンも団員だったと伝えられる。だが、秘密結社「薔薇十字団」の存在も、ヨハン・ヴァレンティン・アンドレーエ（1586〜1654年）が一六一六年に書いた物語「クリスティアン・ローゼンクロイツの化学の結婚」がいつの間にか伝説と相まって独り歩きして世に広まり、実在の人物や結社になってしまったというのだ。まさにウンベルト・エーコがいう『人間がいかに「言語」によって翻弄される存在なのか、人間の「知」や「理性」がいかに脆弱なものなのか』という言葉そのものである。

もしかしたらホームズも団員だったのではないか？　それが「海軍条約事件」で一輪の薔薇を持ち、窓辺に佇み語った言葉に現れているようにも思える。

最後にアイルランドの詩人トーマス・ムーアの詩、「夏の名残のばら」(The Last Rose of Summer) は日本では「庭の千草」として歌い継がれている。

庭の千草も。むしのねも。
かれてさびしく。なりにけり。

# 真相・まだらの紐

「紐！まだらの紐！」。密室殺人事件として人気の高い短編である。動物を使うところはポーの「モルグ街の事件」を意識したのだろうか。まずタイトルからして「speckled band・まだらのバンド」である。これはヘレン・ストーナー嬢の双子の姉ジュリアが亡くなる時のダイイング・メッセージである。「band」は紐の他に一団などの意味があり、屋敷にジプシーの一団（バンド）を住まわせており、それらにも疑いがかかる仕組みになっている。ホームズはインドで最も恐れられている猛毒のヘビだ、Swamp Adder（沼毒蛇）と呼んでいるが、インドにはそのような名前で呼ばれてる蛇は実在しない。事件には数多くの疑問点があり、世界中のシャーロッキアンたちから「この事件には矛盾が多すぎる。毒蛇による殺人は不可能だ」の声が喧しい。それらを大別してみると。

①毒蛇を金庫に入れていた。窒息するのではないか？
②蛇は爬虫類である。蛇はミルクで飼育できない。
③呼び鈴の紐を伝わって降りてきて、鞭で叩かれて引き返した。蛇は落ちるはずだ。蛇は腹の鱗を立ててくねらせて進むので後退はできない。
④暗闇に薬缶から蒸気の漏れるような音がした。そこでマッチを擦り毒蛇を発見した。だが蛇には発声器官はない。
⑤笛や口笛で蛇を調教し操ることはできない。蛇には外耳はない。よって聴覚はない。但し振動には反応し視覚があるが固定眼である。獲物の動きを見て〈動視〉により捕食行動を誘発する。
⑥正典にある傷口もなく10分以内に死亡するような毒を持った毒蛇はいない。
⑦インドからチータとバブーンを輸入し、屋敷に放し飼いしていると語るが、これらはアフリカに生息する動物だ。よってアフリカに生息する毒蛇の可能性も考えられる。

以上から蛇による殺人は不可能である。数多くののシャーロッキアンの文献を調べてみたが否定的な結論が大半である。インドには四大毒蛇と言われる◆アマガサヘビ◆インドコブラ◆カーペットバイパー◆ラッセルクサリヘビが存在するが、正典には毒蛇はまだら模様で、頭の形はひし形であると記されており、クサリヘビ科の蛇であることを思わせるが、クサリヘビ科の毒は出血毒で、咬まれると傷口が腫れ上がり、死亡するまでに数時間から数日間を要する。インドコブラは神経毒であり即効性があるが約20分以上の時間がかかる。コブラの特徴は頚部の皮膚（フード）背面に眼鏡模様の斑紋があるのでそれを記さないはずがない。しかし……。

①金庫にドリルで通気口を開けていたが小さな穴なので見落とした。

②通称ミルクスネークと呼ばれる蛇は存在する。畜舎に生息するネズミを狙い侵入するので牛の乳を飲みに来たと勘違いされ、この名がついた。毒々しい色をしてるが、毒蛇ではない。ロイロット博士はジプシーの一団に野鼠を捉えさせミルクで飼育し、それを蛇の餌としていたのだ。蛇は一ヶ月も餌無しで生きられることも注目すべきだ。

③平地では後退りは出来ないが、木の枝に巻きつきぶら下がったり鎌首を持ち上げUターンすることもできる。呼び鈴紐を伝わせ事件の部屋に送り込む。毎夜のように失敗に終わるが、偶然にジュリアが異変に気づき、蛇を追い払おうとして噛まれる可能性に掛けたのである。

④蛇には声帯がない。が、シャー、シュー、などの威嚇音を発するのは不気味さの誤解から始まったった。飛びかかる素早さを表現するのに擬音として使われるので声として広まってしまった。ガラガラ蛇のように尻尾のケラチン殻を鳴らし警告を発する種類はある。またウロコを擦り合わせて音を出したり噴気音やうなり声のような呼気音を出す種類もあるが蒸気音を出すものはない。しかしコブラが呼気音を出すとの説もあるので一概には否定できないが。

⑤蛇には聴覚はないが振動は感知する。また獲物の熱線を感じる「ピット器官」があり周囲の微弱な赤外線放射、つまり熱を感知することができる。インドの蛇使いが笛に合わせてコブラが踊るのではなく、コブラのカゴを足で蹴ったりして刺激を与え、鎌首を持ち上げ揺らすのに笛を合わせているのだ。これがあたかも蛇を調教したと見物人に誤解を与え広まったものである。ロイロット博士の口笛は心を落ち着かせ、自らが蛇使いであるとの自己暗示で自信を持たせるために吹いていたのであろう。

⑥「ジュリアの身体に傷口は見当たらなかった」との記述があるが、手を詳細に観察すれば小さな二つの牙の跡を発見できたのではないか？ まさか蛇を使ってと検死官には想像力が働かなかったのである。確かに数十秒で絶命する猛毒の蛇はいないが、そのショック症状と神経毒に対する特異体質の持ち主であった可能性は否定できない。

⑦ワトスンはチータやバブーンを屋敷に放し飼いしていると書いてしまったが、インドにはチータもバブーンも棲息していない。インドならインドヒョウであり、チータとよく似た柄である。まあ当時の大英帝国にとっては同じような植民地であり異国である。もしかしたら毒蛇はアフリカ産のブラックマンバ（体色は黒くないが口中が黒なのでそう呼ばれる）ではないか？ またインドタイパンは世界最強の毒を持つと言われているがオーストラリアの内陸に生息している蛇である。話を面白くするために大袈裟な表現をするのは常である。

結論：「まだらの紐」とはロイロット博士が蛇を操るために蛇の首に紐を巻きつけ、それでコントロールしていたのである。鞭打たれても床に落ちず部屋に帰ったのも、強引に紐を引くことにより強制的に部屋に戻したのである。通風口を覗いて紐を操作していた時、鞭打たれて興奮した蛇が頭上に落下し噛まれ、絶命したのだ。それは「奇妙な茶色の斑点のある黄色の紐……頭髪から伸び上がったものは、ずんぐりした菱形の頭と、膨れあがった首の蛇だった。— 膨れあがった首とはコブラの一番の特徴である。よって蛇はインドコブラであり「まだらの紐」を結びつけ操作したのである。

暗闇でそれを見間違えたのであろう。このような結論に至ったが如何なものであろうか。イギリスにはヨーロッパクサリヘビが生息するが、この蛇はスカンジナビア半島の北緯60度の北極圏付近にまでいる。ちなみにアイルランドに蛇はいない。そしてロアルド・ダール「飛行士の物語」の短編「アフリカ物語」では夜毎に牛の乳を飲みに来るマンバの話があるがね……。

It's the band, the speckled band.
It is a swamp adder, the deadliest snake in India.

Insensibly one begins to twist facts to suit theories, instead of theories to suit facts.
「推理する確実な資料もないのに、ああだろう、こうだろうと理論的な説明をつけようとするのは、大きな間違いだよ。
事実に合わせて理論を求めようとしないで、理論的な説明に合うように、事実の方を無意識のうちに、ねじ曲げるからね」
「そうだ、コブラを笛で操るのではなく、蛇使いはコブラの動きに合わせて笛を吹いているのだよ」
★英国料理は不味いといわれるがフィッシュアンドチップスは格別である。熱々を新聞紙に包んで食べるのだ。
お固い「タイムス」よりセンセーショナルなタブロイド紙「ザ・サン」で包む方が冷めにくく旨いと言われる。

コッド(cod)タラがよく使われる。ホームズも好物だったのだろう。落語なら「真鱈の干物」という演目で一席といったところか。

# メランコリーの妙薬

嘘には三種類ある。嘘と大嘘と統計だ。——ベンジャミン・ディズレーリ

「今日はどっちなんだい、モルヒネかいコケインかい」ホームズは開いたばかりの古いゴシック活字の本から物憂げに目を上げ「コケインさ。7％溶液だ、君もやってみるかい」「いや、結構、僕の体はまだアフガン戦役の後遺症を克服していないのでね、体に余計な負担をかける余裕はないよ」何日もの間、彼は居間のソファに横になり、朝から晩までほとんど言葉を発したり体を動かしたりしなかった。魅力的な事件が無く、退屈と怠惰で精神が朽ちていくのを防ぐためホームズはモロッコ革のケースから注射器取り出し、長く白い神経質な指で繊細な針を調整し、左のシャツの袖口を捲り上げた。無数の穿刺痕が点在していた。小さなピストンを押し下げ、長い満足のいくため息をつきながらアームチェアに沈み込んだ。気持ちが沈滞し、退屈と倦怠のメランコリーに陥ると、薬物とヴァイオリンで即興曲をかき鳴らす矛盾に満ちた男である。世紀末の唯美主義ボヘミアン、ニーチェのいう孤高の超人（ユーバーメンシュ）なのだ。

コケインも咳止剤ロードナム（laudnam・阿片チンキ）も今日から見れば麻薬であるが、一九世紀当時においてはも何の規制もなく、家庭常備薬でもあった。「ゴッドフリーズ・コーディアル」（Godfrey's Cordial）は一種の万能薬（cure-all, panacea）であり、あるいは咳止薬であり、また労働に疲れて帰宅した母親がうるさく泣く子をたった一滴で眠らせる必需品でもあった。医師も健康に必要な薬として処方することに躊躇しなかった。また偽薬も蔓延していた。

万病薬「スネークオイル」とは一九世紀末にアメリカ開拓民に売りまくった偽薬であり、詐欺師、インチキの代名詞であるが、いかにも名前からして効きそうである。我が国にも「マムシ薬・酒」や「イモリの黒焼き」「蝦蟇の油」と。まあ、効いた気がするプラセボ効果はあるだろう。（placebo：ラテン語で「私を喜ばせる」）は、本物の薬に見えて効く成分は入っていない偽物の薬、二重盲検法による医師（観察者）からも患者からも不明にして行う方法で投与しその効果を探る。これは病気より人間を対象とする心理学、社会科学的意味のほうが大きいように思われる。毒蛇やその不気味さから来る神秘性が効果絶大！と怪しげに醸し出させる信仰である。

ここに特別の品をご紹介しよう。インド沼毒へび（Swamp Adder）より抽出した特製「「スネークオイル」である。何と、あの「まだらの紐」事件のグリムスビー・ロイロット博士の調合である。博士がインド駐在時代に秘術を尽くして作り上げたものだ。嘘と思うなら一滴でいい、舐めてみたまえ。その絶大な効果に驚嘆するであろう。

「まだらの紐」(The Adventure of the Speckled Band)：グリムスビー・ロイロット博士ブランドのスネークオイル。現在これを入手するのは至難の技である。グリーンの小瓶は原液。大瓶はそれを数百倍に希釈したホメオパシーである。

## ミッシングリンク？　ピルトダウンの頭蓋骨

旧友ホームズから電報が届いた。私はホームズと再会できる喜びに勇躍サセックスに赴いた。ホームズはテーブル上の古びた頭蓋骨を観察していた。

「どうしたんだい？ その頭蓋骨は……」「いや、鑑定を依頼されたのだ。最近この近くのピルトダウンで発掘されたものだ。君はどう見るかね」

「まさか君のじゃあるまいね？ 前にモーティーマ医師がホームズの頭蓋骨を欲しがっていたからね。…… 相当古いものだが明らかにネアンデルタール人ではない。眼窩上隆起が少ないし現代人に近いね。でも下顎骨と合わないね」

「お見事ワトスン君！ ぼくも同意見だ。頭蓋冠はホモサピエンスの明らかな特徴を示しているが、この顎と接合部が不自然だし犬歯や歯並びも奇妙だ。よってこの下顎骨は類人猿のものと推定される。偽物だよ！ しかし何故こんなものを埋めたのか？ その動機と人間を推理する方に興味を惹かれるね」

「疑わしい人もいるんだろ？」

「まず発見者が疑われるだろう。弁護士でありアマチュアの考古学者でもあったチャールズ・ドーソンだ。彼は大英博物館古生物学者ウッドワードのところへこいつを持ち込んだ。そして彼らは再調査し、さらに二本の臼歯のついた下顎骨を発見した。これこそがミッシングリンクである猿人であり、イギリス人の祖先として相応しい大きな頭脳を持っていた！ とね」

化石人骨には Eoanthropus dawsoni（エオアントロプス・ドーソニ(ドーソンの夜明けの人)と命名された。本物だ、いや疑わしい……。そして喧々諤々の大論争となる。捏造なら犯人が誰か？ また何が動機なのか？ 捏造するには地質学、解剖学の専門的知識が必要だ。

「疑われしい学者は大勢いるが、ぼくの推理は違う」「ぜひ聞きたいね」「まず動機だ。一つは大英帝国が人類学的にも進化学的にも優れているというこの時代風潮と愛国心だね。そして自分が信じている世界への批判に対して、これを逆に嘲笑してやりたいという欲望、つまり愉快犯だ」

「ホームズ、ぼくには分からないな」

「ほら君もよく知っているぼくの親戚でもあるチャレンジャー教授だ。彼は「ロストワールド」を探検し、未発表の「人類の起源」論文もある。そして出版代理人でもあるA・C・ドイル卿にも動機があるね。驚くのは無理もないが彼はピルトダウン

1950年、フッ素法により検査が行なわれ骨が1500年以内のもので捏造品であると結論された。1953年にはオックスフォード大学の研究者らによる、より精密な年代測定と調査・分析が行われ、その結果、下顎骨はオランウータンのものであり、臼歯の咬面は人類のそれに似せて整形されていたヤスリ跡、古く見えるよう薬品で石器などとともに着色されていた事実、獣骨は他の地域のものである事なのである。

の近くに住んでいるし、その知識もある。そして自ら信じる進化学や神秘主義、妖精の存在、降霊術を批判する世間に対する増悪であり嘲笑なのだ。彼は医者でもあるし学会の推理力にも挑戦したのだろう。しかし、結論は急がない方がよいね。将来新しい年代測定法やデータが揃ったときに「完全な偽物」と断定できるだろう。推理を発表すると学会には冷たい東風になるだろうよ。まだ進化論を受け入れ難い人々が多いからね。それは常識を混乱させ大英帝国の威信を損なうことになりかねないからだよ」……「まあ、概して事件の外見が奇怪に見えれば見えるほどその本質は単純なものだ。それを学ぶべきだね。真実への近道なんてあり得ないのだよ。ぼくが発表するより後世に期待しようよ」

「そうだね。一八五九年に発刊されたチャールズ・ダーウィンの『種の起源』論争も続いているしね。僕も読んでみたが実に明快で合理性に富んでいるね。どうしてこんなことに気がつかなかったんだ。と、自分の頭を叩いたよ。でもまだ聖書を信じ進化論は受け入れ難い人々が殆どだからね。宗教と科学は相容れないものだろうか。人間とは面倒な生き物だね」

## 失われた世界

ホームズの遠い親戚？ であるチャレンジャー教授は、異様な巨体と大頭とを持ち、とんでもない自惚れ屋、独善的で怒鳴り散らし、唸り、無礼で粗暴で、社会的な良心や自制心を持たないが、その奥には誠実さと高度な機知は目を見張るものを持つ超ユニークな男である。一八六三年、スコットランドのラーグズに生れ、エディンバラ大学、大英博物館比較人類学部次長、筆禍事件で辞任。クレイトン・メダル（動物学）受章。「カルムック頭骨群の調査報告」「概説脊椎動物の進化」「ワイスマン学説の根本的誤謬」等の著書・論文多数、とある。彼が組織した探検隊は南米のアマゾン奥地にある台地に辿り着いた。そこは古生物たちの世界で恐竜の類が多数棲息していた。翼竜プテロダクティルスをロンドンまで持ち帰ったという。ロストワールド、それは一五〇〇年代中頃、スペイン人が血眼になって探した「黄金郷ーエル・ドラード」ではないかと、我が友インディ・ジョーンズ氏は語る。その古代絵図をジョーンズ氏が密かに見せてくれた。

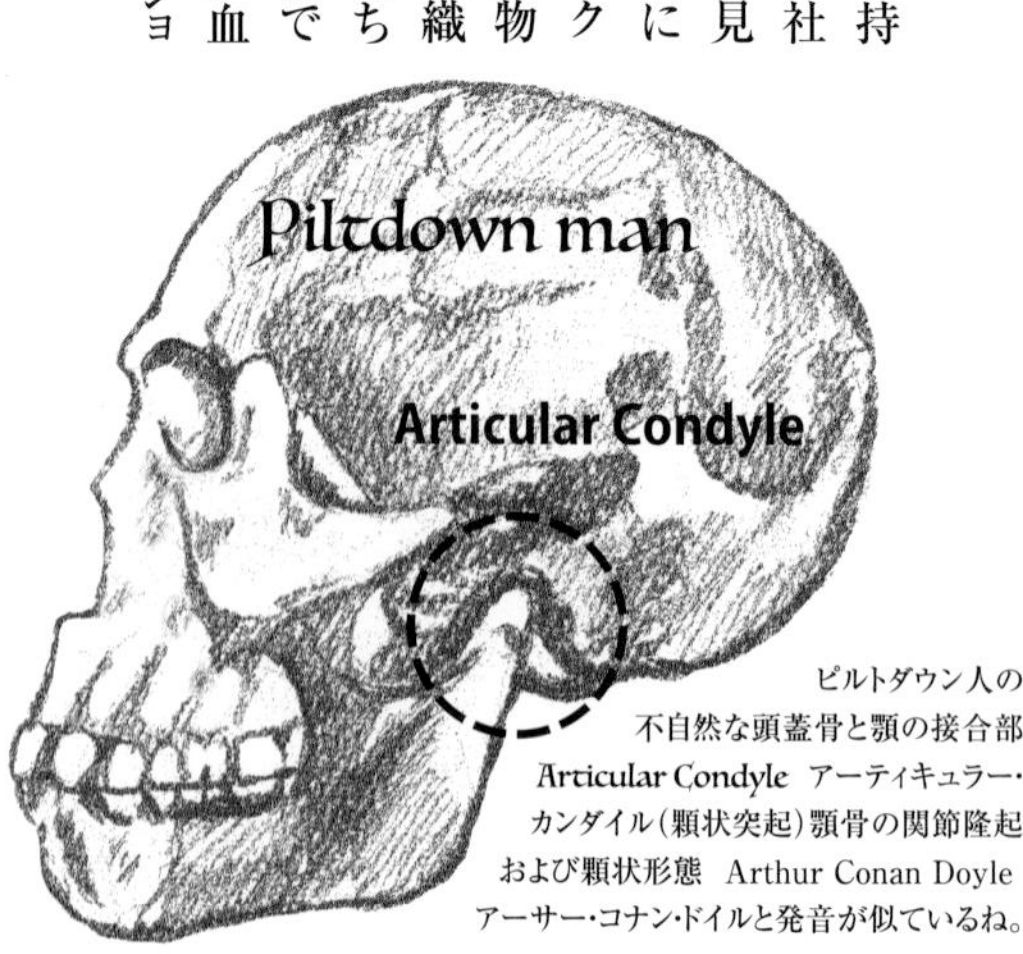


ピルトダウン人の
不自然な頭蓋骨と顎の接合部
Articular Condyle アーティキュラー・
カンダイル（顆状突起）顎骨の関節隆起
および顆状形態 Arthur Conan Doyle
アーサー・コナン・ドイルと発音が似ているね。

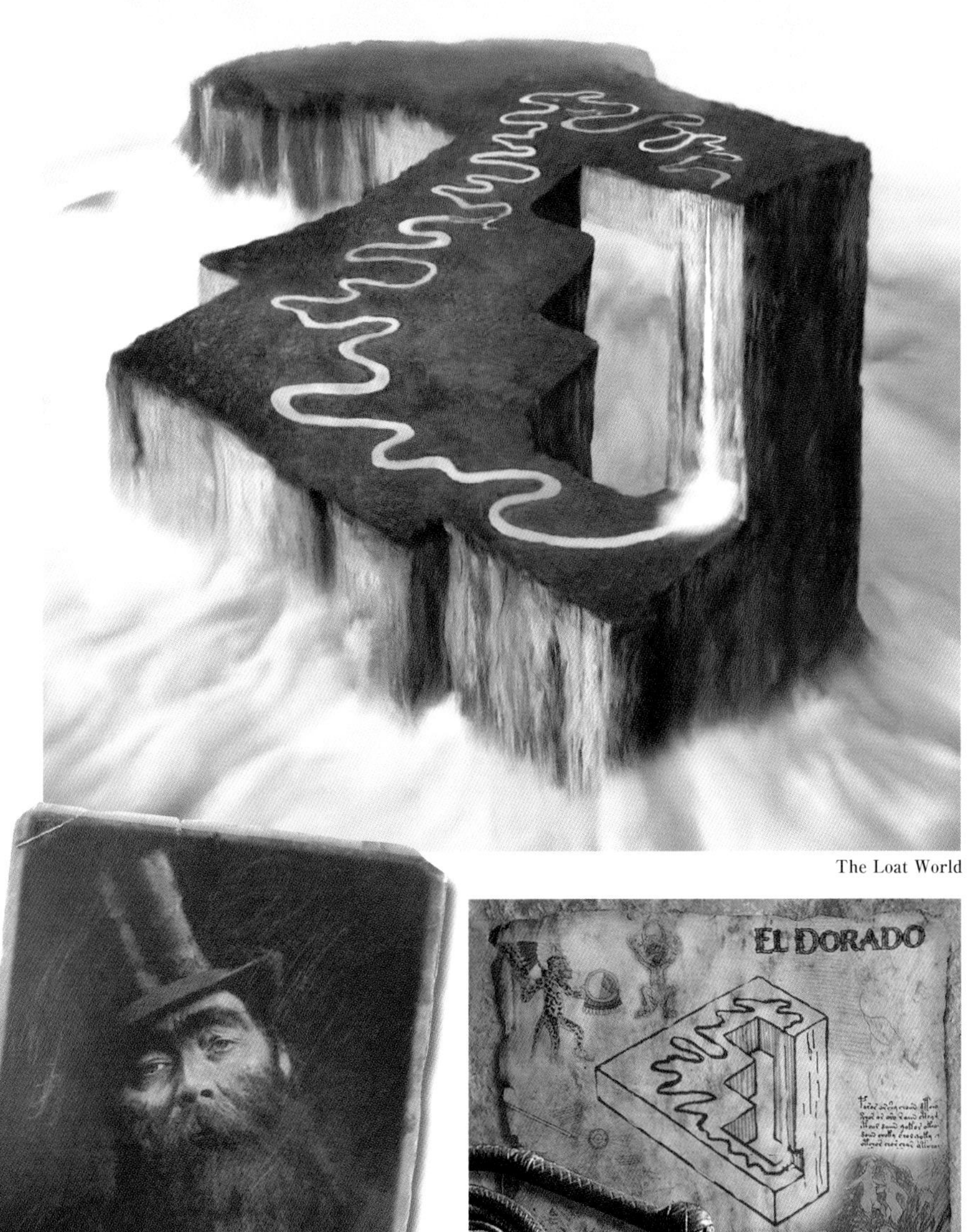


The Loat World

Conan Doyle disguised as
Professor Challenger for
The Strand Magazine (april 1912)
チャレンジャー教授に扮するコナン・ドイル

The Loat World
その舞台となった南米の秘境地
絵図、インディ・ジョーンズ氏の
好意による

日本においても一九三一年（昭和六）兵庫県明石西八木海岸で直良信夫が更新世の地層から人類の左側寛骨を採集した。現物は戦災により失われたが、石膏模型に基づいて研究され、ニッポナントロプス・アカシエンシスと命名された。通称明石原人である。その後、同骨発見地で発掘が行われたが、人骨は発見されなかった。詳細な再検討が行われ、骨は原人のものではなく、ホモ・サピエンスのものであることが明らかにされた。

――二〇〇〇年、日本で旧石器捏造事件があった。東北旧石器文化研究所の副理事長が、三〇年近くに渡って縄文時代の石器を三万年以上前の地層に埋め、それを掘り出して日本の前期旧石器時代の存在を創作し続けていたのである。彼は「神の手」と呼ばれていた。ピルトダウン人事件に相通じるところがある。

明石市大久保・巌松堂書店前にある明石原人像

落語に「頼朝公御十四歳のみぎりの髑髏」というのがある。大頭として有名な源頼朝の頭蓋骨だといって売ろうする古物屋の男に、客が「それにしては小さいではないか」と問うと「頼朝公十四歳のみぎりのしゃれこうべ」とね。

閑話休題、一八九一年にジャワ島で発見された化石人骨はピテカントロプス・エレクトスの学名で呼ばれ、一三〇万年前ごろ推定された。現在ではホモ・エレクトスの亜種と言われている。また、一九二九年、北京市の南部周口店竜骨山で化石が発見され、北京原人（ホモエレクトゥス・ペキネンシス）と呼ばれた。脳容量は約一〇〇〇立方㎝で二足直立歩行し火を使用していた。約六八万～七八万年前と推定され更新世中期である。ここに化石のミステリーが起こった。日中戦争が勃発、戦火を避けて全標本をアメリカに送ろうとしたが太平洋戦争が勃発、船は上海付近の海域で日本軍に拿捕され護送任務の米海兵隊員も捕虜となる。この事件で全ての標本が行方不明となった。今なお杳として行方は分からない。

## ピテカントロプス・エレクトス

ベースが重く暗いピッツイカートを刻む。深い原初の森を歩く足音のようだ。低くホーンがユニゾンで高まり、突如ホーンが咆哮する。Ｊ・マクリーンのアルトの引き攣ったようなソロ、ホーンがアブストラクトに交錯する。「ピテカントロプス・エレクトス／直立猿人」だ。ＬＰに針を落とした時の驚愕。なんてパワーだ。極太いのだ、激しいのだ、破壊的なのだ。チャールズ・ミンガスのベースが吠え、フリージャズの熱気と激しいコントラストが高らかに歌いあげる。底知れぬソウルがあるのだ。

ミンガスの解説によれば、Evolution（進化）→ Superiority Complex（優越感）→ Decline（衰退）→ Destruction（滅亡）の４部構成の組曲である。人類の歴史と文明社会を風刺し、黒人の社会意識の高まりとブラックパワーの宣言だった。そして一九七一年に来日したのだ。大阪サンケイホールのライブに興奮した記憶がある。メンバーは変わっていたがミンガスの指揮で力強いベースが牽引するサウンドは分厚く凄みがあった。巧みに計算されたテーマ部分と、集団即興演奏が織り成すアブストラクト音楽だ。

熱い時代だった。そしてミンガスがシャウトする「ハイチ人戦闘の歌」「水曜の夜の祈りの集い」「フォーブス知事のおとぎ話」とミンガス・ミュージックに打ちのめされたのだ。あの頃はジャズに真摯に向っていた。レコードとジャズ喫茶とコンサートと……。おやおや、ピルトダウンの話がここまできてしまった。

Pithecanthropus Erectus
1956
Charles Mingus - bass
Jackie McLean - alto sax
J. R. Monterose - tenor sax
Mal Waldron - piano
Willie Jones - drums

音楽は背徳を伴わない唯一の官能的な愉しみである。――サミュエル・ジョンソン

# ホームズのレコード発見？

さる昔、倫敦はトテナムコートの古道具屋でジャンクを漁っていると古びたレーコードの束が出て来た。レーベルを読むと何と！ホームズの名があるではないか！まさか？ 手回蓄音機も購入して針を落とし再生してみた。雑音は多いが素晴しい演奏が流れ出た。おおーッ！百年以上の時を越えて心を打つ響だ。ホームズの演奏だ。そういえばエミール・ベルリナが一八八七年に円盤式「グラモフォン」を発明、時期的には一九〇〇年代初頭の録音であろう。ホームズは音楽に造詣が深かった。名器ストラディバリウスをユダヤ人の質屋からわずか五五シリングで入手したという。いくらなんでも！質屋のオヤジにいっぱい食わされたんじゃないのか？

彼はこの楽器でメンデルスゾーンや自作の即興曲を演奏したとワトスンが述べている。が、目を閉じたままかき鳴らす、ときにはもの悲しく、ときには幻想的に、ひどく陽気なこともある。そのときどきの彼の思考を反映しているのだが、思考のための音楽なのか、気まぐれにすぎないのか、この勝手な独奏を延々と聞かされるのは大いなる苦痛だった、と。「マザリンの宝石」事件では、あのフレンチカンカンの「天国と地獄」で有名なオッフェンバックの「ホフマンの舟歌」を蓄音機にかけて、その間に蝋人形と入れ替わって犯人を嵌める。「ボール箱」ではワトスン相手にパガニーニについて語り、「赤い輪」ではコヴェント・ガーデン劇場で「ワーグナーの夕べを見ようではないか」と言っている。「あの女性」はコントラルト歌手だし音楽についてなかなかうるさいのだ。「今日の午後、聖ジェイムズ・ホールでサラサーテの演奏がある。どうだろう、ワトスン。診察の方は二〜三時間休めるか？」「今日は一日あいている。私の仕事は常に暇なのでな」「帽子をかぶって来たまえ。中心区を通って行くつもりだから、途中で食事でも摂ろう。見たところ、このプログラムにはドイツの曲が多い。イタリアやフランスのものより、ドイツの方が僕の趣味に合う。ドイツの曲は内省的だ。僕も今、内省的になりたいからね。さぁ、行こうか」（赤毛連盟）まあ、サラサーテなら「ツゴイネルワイゼン」を演っただろうし、当然としてホームズの得意曲の一つだろう。あれだけの技巧を持つ彼のことだ。ジュゼッペ・タルティーニの「悪魔のトリル」は軽々と弾きこなしたはずだ。そして特にヴァイオリン超絶技巧奏者として名高いニコロ・パガニーニのヴァイオリン協奏曲第二番第三楽章のロンド「ラ・カンパネッラ」を弾いたことは間違いない。「緋色の研究」では「今日の午後はノーマン・ネルーダ夫人のヴァイオリンを聴きに演奏会へ行きたいので、仕事を早く片付けるとしよう」「……彼女のアタックと運弓法（ボウイング）は実にすばらしい。

彼女が華麗に弾く、ショパンのあの小曲は何といったかねえ、トゥラ・ラ・ラ・リラ・リラ・レイ」と陽気に語る。またジャコモ・マイアベーアの歌劇「ユグノー教徒」を聞きに行こうとも……。

だが、ワトソンの記録にはケチをつけるのだ。「君はセンセーショナルに書き過ぎだよ。もっと事件を感情を無くして記録的・数学的に書いてほしかったね」と、言いながらホームズの音楽観は一九世紀後半の世相そのままだ。ロマン主義と大袈裟な感情過多の時代風潮そのものである。それは出版代理人（ドイル）の好みでもあったのだろう。

しかし「ブルース・パーティントン設計書」では ラッススのポリフォニック・モテット（多声宗教曲）に関する小論文を書いていると語る。ポリフォニー音楽といえばその集大成であるJ・S・バッハに止めを刺す。

ホームズは内省的で思索的な男である。よってヴァイオリンもインプロビゼーションに満ちた独奏である。ヴァイオリンの独奏曲と言えば究極のＪ・Ｓ・バッハに行き着くのだ。その無伴奏ヴァイオリンのためのソナタとパルティータはたった一台の楽器で広大な音楽宇宙を奏でるのだ。まさにホームズにピッタリではないか！バッハの「無伴奏ヴァイオリンのためのソナタとパルティータ合計六部」こそ思索的で内省的音楽である。その中でもパルティータ第二番 Allemande・Courante・Sarabande・Gigue・Chaconne 終曲の二五六小節に及ぶ長大な「シャコンヌ」はヴァイオリン曲の至高である。

そして「音楽の捧げもの」だ。晩年老バッハは長男フリーデマンと共に次男のエマヌエルが仕えるポツダムのプロイセン国王フリードリヒ二世の宮殿に赴いた。「おお老バッハよ、よく来た」挨拶もそこそこに大王からフォルテピアノを試奏するよう命じらた。大王みずから「王の主題」を弾いて聴かせ、この主題を三声フーガに展開してみよと宣うた。即興演奏の大家であるバッハは難無くこなした。そこで大王は「これを六声のフーガとして即興演奏してみよ」と言った。さすがのバッハも困り果て、自分の用意した主題にもとづいた六声フーガを即興演奏してその場を切り抜けた。帰ると早速大王の主題による一六の作品からなる曲集を仕上げ銅板印刷させ、「音楽の捧げものと題してフリードリヒ大王に献呈した。そのタイトルが振るっている。楽譜の扉にラテン語で Reg islussu Cantio Et Reliqua Canonica Arte Resoluta（王の命により主題と付属物はカノン様式にて解けり）と洒落を刻んだ。この頭文字をつなぐとＲＩＣＥＲＣＡＲ（リチェルカーレ ricercare・後に続く楽曲の旋法や調、「探し求める」「探求」を意味するイタリア語で英語では research と語源を一にする）になる。そしてフルート吹きの王に合わせてフルートできる曲を何曲も盛り込んでいる。特に「二声の逆行カノン」俗に「蟹のカノン」呼ばれ、その独特なコード進行から横歩きの蟹を連想させるためそう呼ばれている。そう、楽譜がまるで前からでも後ろからでも読める「回文」になっているのだ。一方の音符を逆向きに読んだものが、ちょうど他方の旋律になっているのだ。①前からはもちろん普通に演奏できる。②後ろからでも音楽が完璧に成り立つ。③両方から一緒に演奏すると、更に素晴らしいハーモニーが生まれる。④楽譜自体がメビウスの輪になって

繋がりいつまでも演奏できるのだ。まさにバッハが仕掛けたトリックであり、自由自在に音楽を操る技と対位法の極である。こんな人ちょっといない。

時にイタズラを仕掛けるホームズのことだ。最もお気に入りの一曲だろう。

そしてバッハの最晩年に取り掛かったのが王の主題とよく似ているテーマの「フーガの技法」だ。作曲中に視力を悪くし未完成ではあるが、楽器指定もなくバッハの頭の中で奏でられる抽象の音楽宇宙なのだ。フーガとは複数の旋律を同時に奏でることによって調和のとれた楽曲を生み出し、絶妙のタイミングと緻密な計算、そしていくつかの独立したパートが同時に演奏され、終わりが見えないほど壮大で、神秘的である。何度も最初のメロディが登場する様子が、追いかけられ、逃げているように聴こえることから「逃げる」を意味するラテン語の〝fugere〟から名付けられ「遁走曲」と呼ばれている。

まさにフーガこそ「風雅の技法」と呼ばれるに相応しい。

人生は自転車に乗るようなものだ。バランスを維持するためには動き続けなければならない。
——アルベルト・アインシュタイン

# 饒舌な自転車乗り

「ワトスン君、君はいつ頃から自転車に乗るようになったね」

「ン、前輪の馬鹿でかいペニー・ファージングも試して見たんだがね、悪戦苦闘したよ。そしてローバー安全型自転車だ。ボーン・シェーカー（骨ゆすり）なんて呼ばれたがね。でも空気入りタイヤが実用化してからは愛用しているよ」

「自転車は一九世紀最大の発明じゃないかな？ 人力だけで馬のスピードと持続性を発揮できるんだからね。そして実用化された時点でほとんど完成されている。三角形を組み合わせた菱形構造のフレーム、漕ぎやすいサドルとペダル、大小のギアとチェーンと介した動力装置、前輪のハンドルバー、前輪を支えるフォークを曲げ傾けた（キャスター角）は回転軸の延長線上より車軸が前になった（オフセット）、これにより自転車は直進力が自然に働き、車輪の角運動量により（ジャイロ効果）倒れにくくなる。何よりも多くの人々に社会的流動性をもたらした。これは個人における産業革命だよ。他のどの交通手段よりも手軽だからね。これらの要素は百年後にも変わらないだろうよ」

「君の事件録には数回登場しているよ。美しいヴァイオレット・スミス嬢の孤独な自転車乗りだろ。恐怖の谷ではラッジ・ホイットワース製だったね。そしてプライオリースクールだ。あれには参ったよ。君が言った通りに記述したんだがね、タイヤ跡による方向がサ。多くの読者からそれだけでわかるわけがない！ と抗議の意見がたくさん寄せられてね、本当に困ったよ。出版代理人も自ら実験してみたが判別できなかったそうだ」

「わたしは四二種のタイヤ跡を知っている。これはダンロップで、パッチが一ヶ所ある。ハイデガーのタイヤは縦筋のパルマー製だ。数学教師のエイブリングがそう断言した。だからこれはハイデガーの残した跡ではないね。タイヤ跡は学校の方向から来たものだ」君はそう言っただろ？

「その時僕は言ったゾ、向かっていたのかもしれんぞ？」とね。

「いや、深く沈みこんでいるのが体重がかかる後輪だ。前輪がつけた浅い跡を深い跡が消している箇所が見て取れる。これは間違いなく学校の方からやって来たんだ」

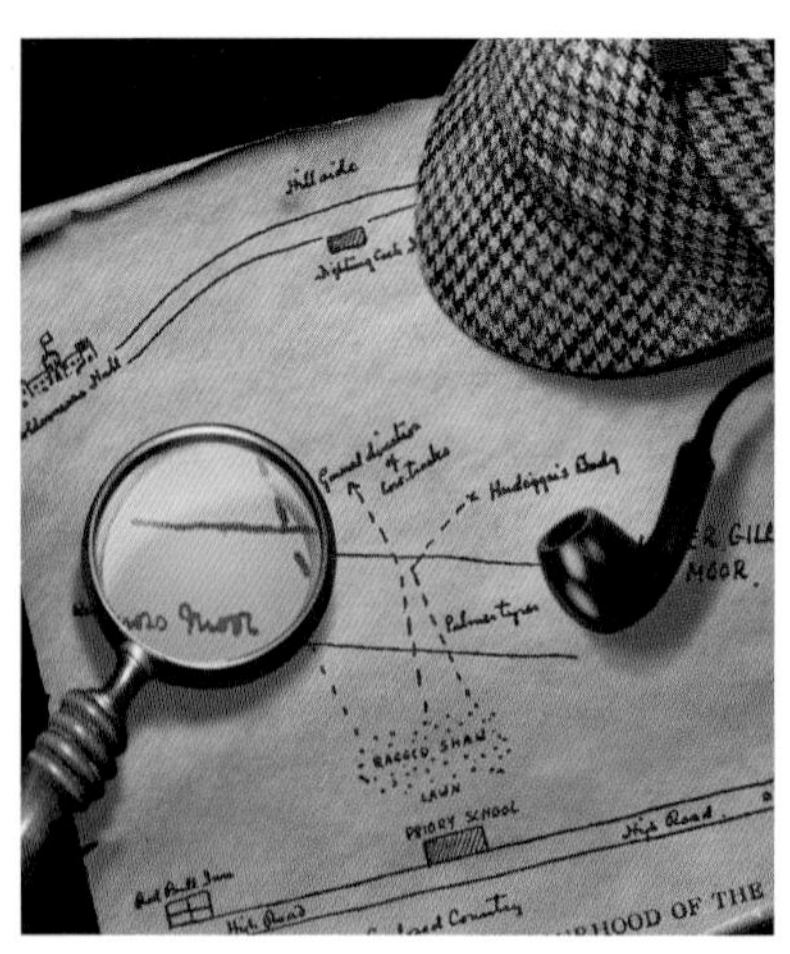

「そこが問題なんだよ。それだけじゃ見分けられないよ。泥道だろ、力を入れるために腰を浮かしハンドルを握りしめたら前輪に体重がかかるじゃないか」

「あの時は結論を急ぎ過ぎたようだ。進行方向を判定するのに、もっと詳細に観察し、泥ハネの方向や、タイヤの軌跡にちょっとした数学を使えばよかったんだ」

「まず、泥ハネから検討してみようか、ワトスン君、泥ハネはどの方向に飛ぶのかね?」

「後方に飛ぶに決まってるだろう」

「いや、いつも言っているように見るのと観察するのとは違うんだよ。自転車だけを見ていると後方に飛んでいるように見える。タイヤが押し分けた泥は左右に飛ぶがね。しかし地面に注目するとハネは車輪の回転による遠心力で接線と進行方向の合力方向に飛ぶ。これは『まだらの紐』事件でヘレン・ストーナー嬢に『二輪馬車に乗ってぬかるんだ道を通りましたね。上着の左腕の七カ所以上に、泥ハネが上がっている。そこまで泥を飛ばすのは二輪馬車だけで、その場所に泥ハネがつくのは、御者の左側に座っていた場合だけです』と推理を語ったね。泥ハネは後方から飛ぶから背中側につくんだよ。より仔細に観察すれば地面に落ちたハネ跡の涙滴型の形状からも方向を推察できるね」

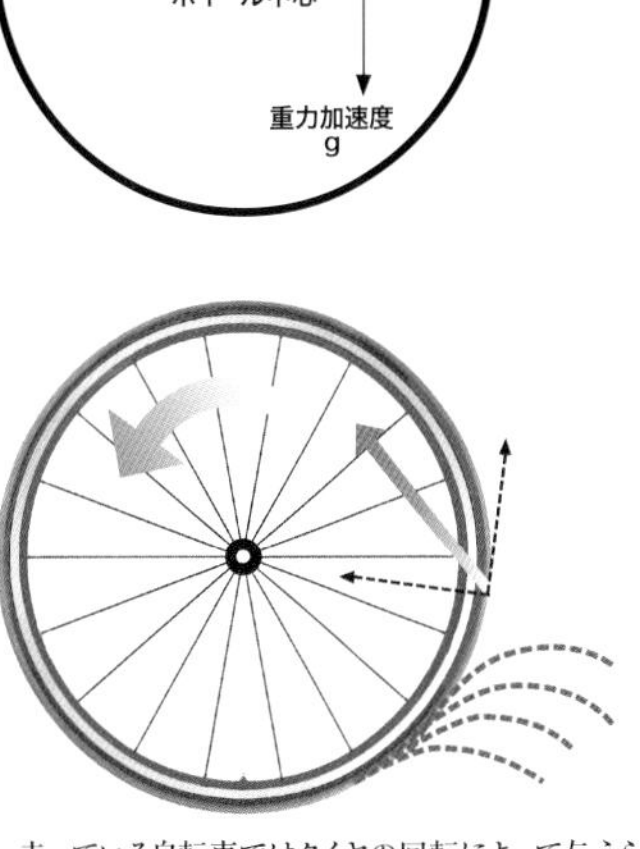

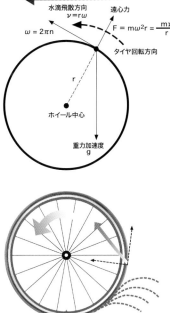

走っている自転車ではタイヤの回転によって与えられた速度にタイヤ自体(自転車全体)が前進する速度が加わって飛ぶ。

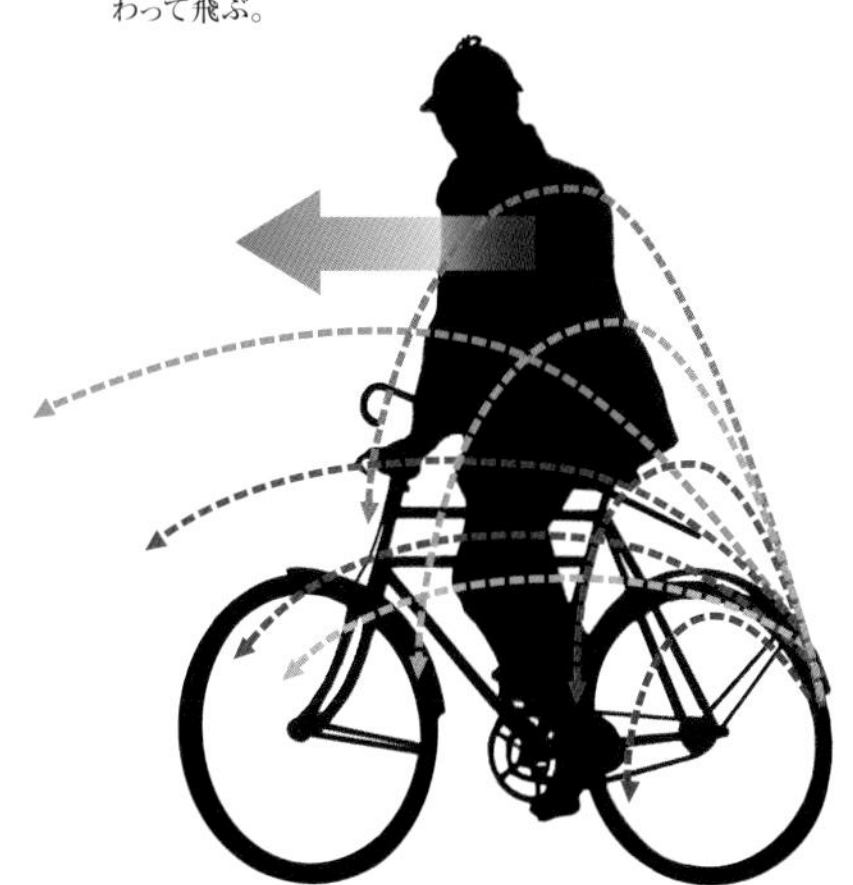

泥や水滴の粘着度にもよるがが、泥ハネはタイヤの進行速度とタイヤの回転速度と合まって進行方向に飛ぶ。よって乗り手の背中側に泥ハネがつく。

タイヤ跡を分析すれば、まず自転車の構造からして①後輪はフレームで一方向に固定されているため前輪に追従し、常に前輪の方向に従う。②二輪間の接地点距離は一定である。③前輪は左右に自由なので振り幅が大きいが、後輪は固定されているため振り幅が小さい。この平均曲率によって、後輪と前輪を区別できる。そして進行方向を決定するため後輪に沿ってタイヤの任意の接地点に接線を引いてみる。

A 接線上の交点の幅が合わない。
右→左はあり得ない。
前輪
後輪
B 接線上の幅が同じである。
よって左→右に向かっている。
The cycle is going from left to right!

①後輪は前輪がどの方向を向いていても、常に前輪の接地点を指す。
②その接地点までの距離は前後輪の車軸間で固定されている。
後輪轍の各点は、一定の距離で前輪轍を指している。後輪轍の各点の接線は、一定の距離で前輪轍と交差する。後輪轍上の点で接線を引くと接線が前輪轍を運動方向に一定の距離で遮るが反対方向には遮らない。よって進行方向が決まる。

よって、後輪の軌道上の接線は、前輪の軌道上に交点が常に存在する。その2点に印を付けて接点からのそれぞれの距離を測ると、2点の接線の線分の長さが同じになる。反対に試して見ると接線はもう一方の曲線から離れていっているため後輪跡にはなり得ないし線分の長さが合わない。自転車の長さは変わらないのだから、その自転車が走った方向が分かるのだ。図では左から右へ走ったと証明できる。

「このように冷静に考えれば簡単なことなんだよ」

「そうか！　最近君は働きすぎだよ。今度休暇を取って遠乗りに出かけないか、ソールズベリーの田舎なんかの平原はいいぞ。競馬もゴルフも楽しめるしね」「ウム、考えておくよ……」

自転車の最大の革命は空気タイヤの発明である。それまでの木製やソリッドゴムタイヤはボーンシェーカーと呼ばれるほど非常に乗り心地が悪かった。南米原住民がゴムの木樹液を固めて履物などを作っていることをヨーロッパ人が見つけ、様々な製品に応用していったが、タイヤにこそ最適の出会いであった。それまで天然ゴムはブラジルの独占であったが、イギリスは密かにゴムの種子を持ち出し、ロンドン郊外のキュー王立植物園で栽培、そして植民地であるセイロンやマレー半島に移植、ゴム園が開かれ大量生産が始まった。一八三九年にグッドイヤーが硫黄による加硫法を確立、耐久性が生まれた。一八五四年に英国のR・Wトムソンがゴムチューブと牛革で空気タイヤを作ったが強度が足りなく実用にならなかった。一八八七年にアイルランドの獣医ジョン・ボイド・ダンロップが子供の自転車用にニューマチックタイヤ（空気圧）を発明・実用化した。彼は獣医だけに牛の腸内異常発酵、いわゆる鼓腸の弾力性から発想したと言われる。「空気圧タイヤ商会」を立ち上げ車社会の到来とともに「ダンロップラバー」株式会社へと発展した。そしてタイヤをはじめゴム製品の水枕からゴルフボールまで様々な製品を世に送り出している。

ニューマチックタイヤの実用化と共に自転車ブームが起こり、ついで自動車の大量生産が始まった。この護謨（ゴム）という天然の高分子を求めて熱帯のゴムの木に各国が群がった。

Miss Violet Smith

## 高名の招待人

「ブラック・ピーター」はサセックス州フォレスト・ロウで起こった事件である。その中でゴルフについてたった一言記述したことがある。それは出版代理人のドイル氏が近くのロイヤル・アッシュダウン・フォレストのオールドコースを頻繁に訪れ、私もよく誘われて一緒にプレーしたことがあるからだ。まあ、ゴルフには目がないのだが失敗談の方が多いので、あえて書かないことにしている。ワトスンはこう記するのだが。ホームズと共にゴルフを嗜んだのだろうか。ドイル氏は大のスポーツ好きで、ハンディキャップ10というから相当な腕前である。よってホームズやワトソンを誘ってゴルフを楽しんだことは間違いがない。

「ワトスン君、最近ゴルフの方はどうだい? その右手の薬指の変形と鏡の前でのポーズで、だいぶ凝っていると見て取れるね」

「どうも悪い癖がついてねぇスライスが直らないのだよ。ハンディキャップもそのままだ。ところで君はどうなんだい?」

「80以上を叩くことは滅多にないがね。ところでこんな手紙がマイクロフトを通じて届いたんだがね、読んでみたまえ」。ホームズは無造作に封筒を取り出すと目の前に滑らした。それはゴルフの招待状だった。

『貴殿が犯罪捜査において多大なる貢献をなされたことに感謝致します。兄上のお話によりますとゴルフも相当な腕だと聞き及んでいます。つきましては私がキャプテンを務めておりますロイヤル・アンド・エンシェント・ゴルフ・クラブ・オブ・セント・アンドリュースで一勝負いかがなものかと考え、ここにご招待をさせていただく次第です。ホームズ氏の推理力で一八ホールをどう攻略するかを大いに期待しております。お二人の代理人であらせますドイル氏もご快諾して頂きました……』。署名を見ると。

「おい、あの人じゃないか!」「そう、あの人だよ。ハンディキャップは5というからなかなかのものだよ。殿上人にしてはユーモアもあるしね。こんなこと言っているよ。ゴルフは三回楽しめるスポーツである。すなわちコースへ行く前、プレイ中、プレイ後である。その内容は期待、絶望、

後悔と変化するが」とね。また「筋肉と頭脳がかくも融合されたゲームは他にない。私にとって重要なものは食事、睡眠、ゴルフである」「紳士はゴルフをする。例えはじめた時には貴方が紳士でないとしても、この厳しいゲームをやっていれば必ずや紳士となるであろう」と。我々は『世界で唯一つ神と自然が創り給うたコース』と畏敬の念をもって呼ばれている聖地オールドコースの一番ティーに立った。

★高名の招待人：アーサー・ジェイムズ・バルフォア伯爵（1848〜1930年）英国保守党を指導し、1902〜1905年まで首相を務めた。スコットランドの大地主の息子としてに生まれる。ホームズばりの長身で容姿端麗、家柄や財産も申し分なし、読書家でインテリ、哲学・神学書、フランスの小説、探偵小説や科学書もよく読んだが、新聞は読もうとしなかったという。紳士的で礼儀正しく、ホームズと同じく独身主義を通した。

「ゲームを緊張させるために軽い賭けでもいかがかな? フォーボールゲームです。ストロークプレーとマッチプレーの両方が楽しめる事ができるしね。私とドイル氏、ホームズ氏とワトスン氏の組みで対抗戦にしたら盛り上がるんじゃないかな」

「受けて立ちましょう。我々はベイカー街遊撃隊だ」

まずは高名のB氏、ホームズに勝る長身から優雅なスイングでセンターに見事なショットを放った。代理人はフォームは良くないが巨体を生かした豪快なショットだ。私は相当に緊張していたのだろう。肩に力が入りすぎ引っ掛けて左ラフだ。ホームズは長身瘦躯から鋭い弾道をセンターに飛ばした。さすがはシングルスティック・プレーヤーの達人である。……勝ったり負けたりとホームズの冷静なプレイには何度も救われた。勝負は一八番まで持ち越された。残るはホームズの六フィートのパットだ。この一打で勝負が決まるのだ。傾斜、芝の乾燥度合い、鋭いホームズの目は狂いがなかった。強めに打たれたボールがカップに消えた瞬間、拍手とともに高名のB氏が歩み寄り、笑顔で握手を求めた。

「今日はやられましたな。あの場面でなかなかの強気ですね」

「ネバーアップ、ネバーインですよ。オールド・トムの名言です」

「このリターンマッチを近々」「喜んで、楽しいゴルフでした」

ゴルフほどプレーヤーの性質が現れるものはない。
しかもゴルフでは、それが最善と最悪の形で現れるのだ。——バーナード・ダーウィン

## 二人のシャーロック

貴重な写真を入手した。シャーロック・ホームズと英国のプロゴルファー、ジェームズ・ジョージ・シャーロック（1875～1966）とのツーショットである。彼は長いゴルフキャリアの中で多くの勝利を収めた。この写真はおそらく一九〇三年のスコットランドとの国際試合では英国ゴルフチームのメンバーとして出場した時の写真であろう。ホームズも観戦に訪れ、ファーストネームとファミリーネームとの違いはあるが、シャーロックという名に親しみを感じ記念に残したのではないか？

また、興味深い本がある。「ゴルファー シャーロック・ホームズの冒険」（ボブ・ジョーンズ著、永田実訳、ベースボール・マガジン社 1987）まず著者名があの球聖ボビー・ジョーンズと同じというのも嬉しいが恐らくペンネームであろう。ロンドン郊外の某名門ゴルフ倶楽部で、そこには秘密の個室があり、皇室殿下や政治家のアーサー・バルフォアと並んでシャーロック・ホームズのロッカーがあった。そこには革靴があり、ゴルフ道具やゴルフ日誌、賭け金帳があった。話はホール数にちなんで18のエピソードで構成されている。伝説のゴルファー、オールド・トム・モリスやホレス・ハッチンソン、ゴルフ史と名言で知られる若きバーナード・ダーウィン、プリンス・オブ・ウェールズまで登場する。探偵としての類い希なる観察眼と推理能力によって、事件や問題を解決して行くのだ。モンターギュ・イレギュラーズの少年がキャディやグリーンキーパーとして活躍する。正典には書かれていないがホームズにはこんな顔もあったのだ。

「ワトスンくん、誰だってシングル・プレーヤーになれるよ。ただし『教え魔』に会わなければ、だ」。

「ほんとにそうだね。ゴルフの唯一の欠点は、面白すぎることだね」

James George Sherlock and Sherlock Holmes

「ハッチンソンが言っていたよ。ゴルフにレフェリーはいない。プレーヤーは、自らがレフェリーであって、すべての問題を裁決し、処理し、責任をとらなければならないのだ、とね」

「ゴルフはいちばん下手なプレーヤーがいちばんトクをする唯一のゲームだ。下手ほど多く運動ができ、多く楽しむことができる。なぜならうまいプレーヤーはわずかなミスにもクヨクヨするが、下手なプレーヤーはクヨクヨするにはあまりにミスが多すぎるからだ。これはロイド・ジョージの名言だ」

コナン・ドイルはスポーツが大好きだった。クリケット、サッカーを愛好し、特にボクシングを「武器を使わないもっともフェアで男らしいスポーツ」と絶賛している。フェアプレイ精神によるスポーツマンシップと義侠心に溢れた男であった。面白いエピソードがある。一九〇八年ロンドン・オリンピックのマラソンで、イタリアのドナルド・ピエトリ選手がゴール寸前にフラフラになり、何度も倒れたのを廻りの人たちに助けられてゴールした。しかし他人の手を借りたというので失格となった。その映像はYouTubeで見ることができる。さて、その手を貸したうちの一人がコナン・ドイルではないか? そういえば大柄でハンチングを被り、ヒゲを蓄えた男はドイルによく似ている。だが彼はマイケル・バルガーという医者であり、左側でカンカン帽に大きなメガホンを持った男はジャック・アンドリューというマラソンコースの係員である。ドイルはそのとき観覧席にいてその状況を「デイリー・メール」紙に寄稿した。「……再び彼は崩れ落ちそうになったが親切な人たちが支えて転ぶのは免れた。彼は私からほんの数フィートのところにいた。身を乗り出し手に汗を握る群衆の中、私は憔悴し黄色くなった顔、光を失い表情のなくなった瞳、眉の上まで乱れてたれ落ちた髪の毛を見つめた」と。どう見てもドイルに思えるがな〜案外?

ホームズがモンテギュー街に住んでいた頃、スタンフォード（ホームズにワトソンを紹介した本人）と賭けゴルフで生計を成り立てていた。しかも正典に準じて19世紀のゴルフ事情が丁寧に書き込まれている。

ゴルフの唯一の欠点は、面白すぎることだ。―― ヘンリー・ロングハースト

## あばたも笑窪（ディンプル）

「最近調子が良さそうじゃないか」「ゴルフの事かい？ どうしてわかるんだ？」

「初歩だよ。君が無意識に手を組む時ヴァードングリップになってるし、ノビするときにスイングの格好しているよ」

「新しいボールのおかげさ、最近のガッタパーチャはよく飛ぶね。そしてハスケルだ。20ヤードは飛距離が伸びたよ。でもボールの表面に刻み目や凹凸がついたのが多いね。何のためだろう？」

「じゃ、今日はゴルフボールについて研究してみよう」


初期のボールは牛革のカバーに鵞鳥の羽毛を詰め込んだフェザーリーボールだった。一個ずつ手作りであるため性能のバラつきが多く量産もできず高価でもあった。一八四八年にガッタパーチャという天然樹脂をボール型の型に成形したガッティボールが現れた。美しく安価で耐久性もあったが、飛距離や方向性が悪くコントロールし辛かった。ところが古くなり使い込み、傷が付いたボールの方が弾道性が良くなることを体験的にゴルファーが知るようになった。なぜか？ 空力学の解析が始まった。クラブヘッドのライ角度によって打ち出されたボールはバックスピンがかかり、前方でホップするように見えることからボールは空気抵抗や重力の他に、バックスピンにより上面と下面の速度差から空力的揚力を生み出すことを発見した。そして表面が滑面だと層流境界層という整流のまま流線の剥離が始まり、ボールのすぐ後方に渦が発生して大きくなる。この渦部分は圧力が低くなりボールを後ろに引っ張るため、抗力が大きくなり後方に生じる渦はボールのスピードを減殺する。そこで傷の代わりに線の刻印や凹凸をつけたボールへと進化する。ディンプルの登場である。表面に小さな窪みをつけることにより、小さな渦を作り、その渦が後方に送られることで（層流境界層から乱流境界層への移行）ボール背面の乱流発生を遅らせ、後ろに引っ張る抗力も小さくなる。ゴルフボールが飛ぶ速度域においては、空気との摩擦による抵抗よりも、圧力による抗力の方がはるかに大きいからである。ディンプルがあると乱流境界層が発達し、流れがボールにまとわりついて剥がれにくくなる結果、ボール後方に生じる渦流が小さくなる。この頃はまだ仕様や性能に係わるルール上の規格と言えるものは一切存在しなかった。一八八九年、米国のハスケルが芯球（コア）に糸ゴムを巻き付け「糸巻きボール」のプロトタイプが現れた。その上に天然樹脂（バラタ）カバーを被せたボールを開発。ハスケルボールの時代が始まり、以後ゴルフボールの主流となった。現在は高分子化合物で作られたソリッドボールで飛距離が30ヤードは伸びたという。

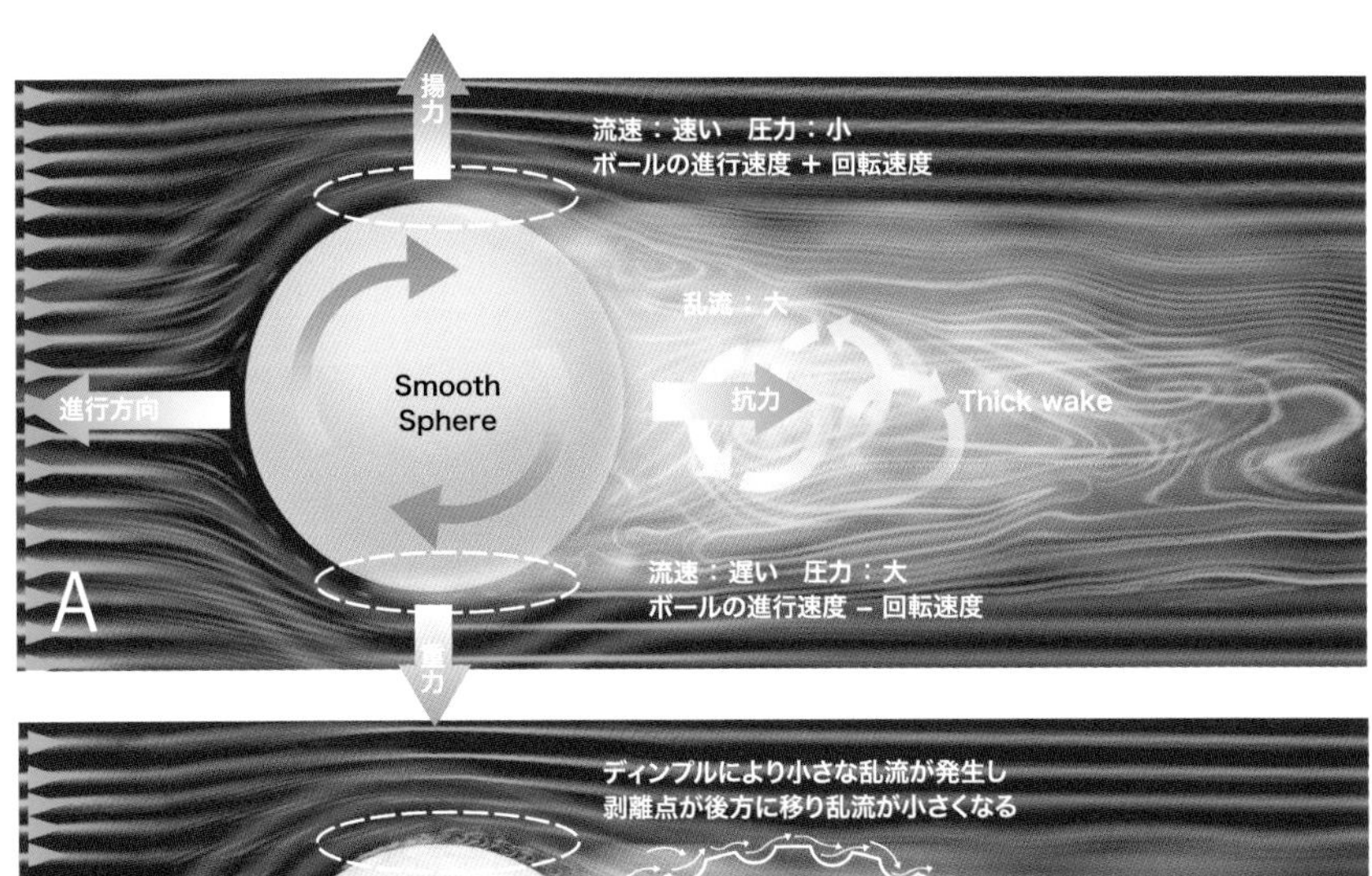


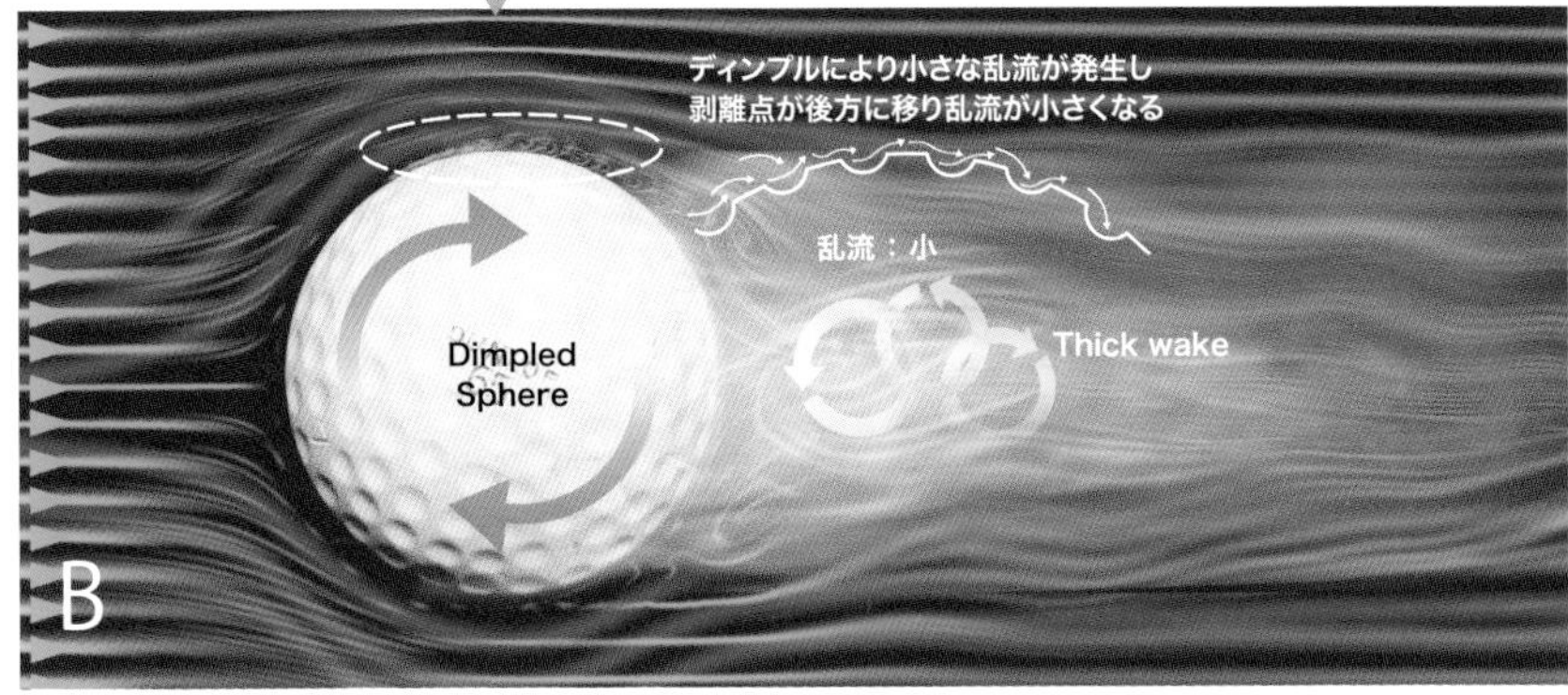


A：ボール表面が平滑であると、層流境界層という流線の剥離が早く始まり、ボールのすぐ後方に渦が発生して大きくなる。この渦部分は圧力が低くなりボールを後方に引っ張り、抗力が大きくなり、ボールのスピードを減殺する。
B：ディンプルがある場合、小さな乱流境界層が発達し、流れがボールにまとわりついて剥がれにくくなる。その結果、ボール後方に生じる乱流渦が小さくなる。しかし、ボールの表面に凹凸があると、流れが乱れやすくなるが、ゴルフボールが飛ぶ速度域では空気との粘性・摩擦抵抗よりも、圧力による抗力の方がはるかに大きいのでディンプルは問題にならない。
トンボの翅も仔細に見ると翅脈がたくさんあるが、この凹凸が小さな乱流を起こして剥離しにくくなっている。石炭紀にメガネウラという巨大トンボが化石に残されているが、今のトンボとほとんど変わらない構造をしている。自然は3.5億年前に空力学を作り出していたのだ。

Gutta-percha ball

二十世紀初頭英国ダンロップは画期的な凹型ディンプルのボールを発表した。まだ空力理論も手探りの時代だった。「オレンジスポット」の名で売り出されたボールは、当時として最高の理論で設計され驚異の飛びと絶賛を浴びた。

一九二二年にR＆Aが直径1・68インチ以上、重量1・62オンス以下との規定を定め、ゴルフが近代スポーツとしての体裁を整えた。そして米国勢に負け続けていた「全英オープン」、英国の長年の悲願である「クラレット・ジャグ」と呼ばれる優勝トロフィーを米国から奪還することだった。一九三四年、ケント州サンドイッチにあるロイヤル・セント・ジョージズゴルフ倶楽部で開かれた「ジ・オープン」。ヘンリー・コットンは初日67、二日目65という、驚異的なスコアを記録して首位に立つと、最終日まで首位を譲らず米国勢を振り払って九年ぶりに英国選手による完全優勝を遂げた。英国民が歓喜したのは当然で、評論家バーナード・ダーウィン（あの進化論のチャールズ・ダーウィンの孫）は「英国ゴルフの夜明け」と称えた。2日目に記録した65のスコアを記念して「ダンロップ65」というボールが発売されたほどだった。コットンは一九三七年、四八年にも優勝している。

当然としてホームズとワトスンは観客の中にいた。もう八十歳に達していたが極めて元気である。

「ワトスン、見たかい、あの完璧なショットを。彼はいつも冷静な紳士だねえ、ゴルフほどプレイヤーの資質が現れるものはないよ。それが最善と最悪の形で現れるのがゴルフさ」

「ホームズ、わたしは常に冷静だぜ」

「じゃ、あの時はどうなんだい？君がスライスしてラフでボールを探していると、後ろの奴らが苛立って打ち込んできたじゃないか」

「危ないじゃないか！」

「あんまり遅いからだよ。フォアー、フォアーと大声で注意したじゃないか！」

Henry Cotton

「お前がフォアーなら、こちらはファイブだッ！」

「君の鉄拳が奴の顎に一発お見舞いしたのには驚いたぜ」

「面目無い、つい若気にはやったものでね」


日本ダンロップは一九五八年に国産「ダンロップ65」の製造販売を始めた。リキッドコアにゴム糸をきつく巻きつけたものでコンプレッション（硬度）は赤＝90、青＝80、紫＝75でボールが一つひとつ包装され、まるでチョコレートのように箱に入っていた。日本でも本格的なゴルフ・トーナメントの時代が始まった。七四年にはインターナショナル・ツアーとしてダンロップ・フェニックス・トーナメントが始まり、そして七〇年代初頭、ダンロップ・マスターズというメンズウェアの会社が立ち上がった。世界を巡りスコットランドはもとよりハリス島、アラン島、シェットランド島にまで足を伸ばし、伝統に裏打ちされた確かな製品を提供するというコンセプトであった。当初のロゴマークやステイショナリーは、あのゴムタイヤを発明したJ・D・ダンロップ翁である。

DUNLOP H0USE : 25 Ryder Street London

DUNLOP Masters
Catalogue and
Stationery

## 闇の奥、そして地獄の黙示録

ゴムは熱帯密林のゴムの木の樹液から作られる。ベルギー国王レオポルド二世は一八八五年、中央アフリカ・コンゴ河流域の広大な地域に「コンゴ自由国」という私領植民地を作った。そこでは象牙とゴム採取に凄まじいまでの虐待と暴力が行われ、強制労働のため白人指揮官の下、大勢の黒人兵士から成る「公安軍」が原住民を奴隷として扱い、想像を絶する苛酷な労働に狩りたてた。反抗するものは容赦無く腕を切断された。その切られた手首が証拠品として兵士に金銭が与えられた。それまでの奴隷狩によって疲弊していたアフリカ先住民社会は、ますます荒廃し、その人口は激減した。

ところが世間では慈悲深い君主としてレオポルド二世は奴隷制度反対のため私財を投入して未開の先住民の啓蒙に力を尽く高貴な君主として賞賛され尊敬されていた。まさに偽善そのものである。ノーブレスオブリュージュ（高貴なものの務め）という言葉があるが、何やら白々しくも滑稽感さへ感じられる。これはアフリカ先住民は人間というより自分たちと同類の人間ではないと当時の白人たちは考えていた。暗黒大陸、土人、野蛮人、黒奴（クロンボ）など今でもこんな言葉が私たちの中に巣食っている。蔑視という世界観はなかなか消せないものだ。「ジャングルブック」の著者であるラドヤード・キプリングはアメリカが米西戦争に勝利してフィリピンなどを獲得した際、贈った詩には Take up the White Man's burden – 白き人の務めを果たせ……と、能天気なものであった。

このコンゴの実態をイギリスのジャーナリスト・エドモンド・モレルはコンゴ改革協会を組織し「赤いゴム」などの著作によって暴政を告発し白日のもとにさらけ出した。特にアイルランド人ロジャー・ケースメントは、外交官となりイギリス政府によってコンゴ自由国へ視察に赴き、そこで行なわれている暴虐を報告し、彼はナイトの称号も与えられた。またコロンビアとペルーの国境をなすプトゥマヨ河地域で行なわれたゴム業者による原住民への搾取と虐待をも報告した。後にアイルランド独立活動家になり、第一次世界大戦中に反逆罪とスパイ活動の罪により、ロンドンで絞首刑となった。またコナン・ドイルも・コンゴの残虐な統治を糾弾する「コンゴの犯罪（The Crime of the Congo）を著し告発した。

そして、ジョセフ・コンラッドは英国船員時代にコンゴ川での経験を元に小説「闇の奥」を著した。コンゴ川上流に神のごとく君臨するクルツという男。知的で象牙搾取に有能であり、いわば高邁と下劣とを内蔵したヨーロッパ文明そのものが表象される男である。男の最後の言葉"Horror! Horror!"「恐怖だ！　恐怖だ！」は何を指すのだろうか？人間の底知れぬ得体の知れない狂気がさらなる狂気を呼ぶ荒涼たる心の闇の底か、暗黒大陸アフリカという白人には理解できない魑魅魍魎たる闇の深さか。それが地獄だ！地獄だ！……なのだろうか？。

　コンラッドの「闇の奥」をベナム戦争に翻案した映画「地獄の黙示録」（フランシス・コッポラ監督・1979）がある。ワグナーの「ワルキューレの騎行」を大音量で鳴り響かせながら（これはＢＧＭではなくドラマとして使っている）ヘリコプターの大軍が襲撃するシーンは圧巻である。そして「朝のナパーム弾の臭いは格別だ」とうそぶく中佐は戦争の狂気そのものである。余談だが第二次大戦中の一九四二年日本ニュースに「落下傘部隊セレベスに初降下」の記録フィルムがある。本間金資キャメラマンがアイモで撮した映像だ。キャメラマンは水上機に搭乗、降下兵が飛降りる瞬間をカメラに納め、次いで下の湖水に着水し、降下する姿を下から撮す。その時の音楽が「ワルキューレ」なのだ。

　面白いエピソードとして「闇の奥」をラジオドラマ化し、最初に映像化しようとしたのがオーソン・ウェルズである。（YouTubeで見ることができる）映画会社が金銭問題で渋り、それで作ったのがあの名作「市民ケーン」である。もちろんカーツはウェルズ自身だ。

　ある映画評論でコッポラの「地獄の黙示録」を前半百点、後半零点というのを読んだことがある。またファイナルカット版も随分と進化していたが最後はやはり曖昧だった。

　「恐怖だ！　恐怖だ！」。いったい何が恐怖なのだろうか？小説も映画も明確に答えてくれない。

「ワルキューレの騎行」：リヒャルト・ワーグナーの楽劇『ワルキューレ』第3幕冒頭の楽曲。
ワルキューレはヴォータンの娘たちで、戦場で倒れた勇士を天空の神殿ヴァルハラへと導く女戦士である。
その天翔る姿は選ばれた者にしか見えない。

軽井沢町追分の森に佇むシャーロック・ホームズ像。ホームズ登場100周年を記念して1988年に建てられた。これはスイス・ライヘンバッハのホームズ像に次ぐ二番目である。

# 邂逅

*Let's take a coffee break.*

明治期に不思議な縁で巡り合った二人の男。どこで格闘術を会得したのか？大空白期の行動と来日？

知られざるシャーロック・ホームスの冒険の一端を垣間見る。

# 出会い

千日の稽古を鍛とし、万日の稽古を練とす。——宮本武蔵五輪乃書

我、年少より絵画を学び、「ジャパン・パンチ」のチャールズ・ワーグマン師の推挙により明治十年（1877）に渡英。当時全盛であった「ラファエル前派」から「西洋絵画の歴史」の研究、絵の修行の傍ら泰西絵画史の勉強のため大英博物館の図書室へ足繁く通っていた。ある日、朝より巨大穹窿（ドーム）の図書閲覧室で調べものをしていた。慣れない外国語に疲れてきた。身体をほぐし、静かに散策し高い円形の天窓より差し込む光を眺めて眼を休めた。さてと、あっ眼鏡がない！ 慌てでポケットを探りバッグも開き、テーブルを見回した。ない！ どこに置き忘れたんだ？ これじゃ図書室にいても……そのとき眼光鋭い長身の青年が話しかけてきた。

「日本の方ですね。武術をおやりになる。絵の研究と修行に来ている。そして眼鏡を探している」「なぜ分るんですか？」「まず東洋的風貌、だがイーストエンドにいる労働者ではない。知的好奇心による眼の動きだ。それならいま西欧文化を必死に学ぼうとしているのは新興日本人だ。そしてThumb ball（拇指球）で立ち、軽いガニ股、丹田に力を入れて呼吸をする。この姿勢は武術の基本だ。微かに松精油（テレビン）の匂いがするのは油絵を描いている。何より袖口に絵の具のシミがあり、開いている本はジョルジョ・ヴァザーリの芸術家列伝だ」……「なーんだ、簡単なことだ」「ところで眼鏡を探していたのでは？」「そうです。弱りました」「君の額の上にあるのは何だね？」「アッ！」「Elementary・初歩だよ！」

それ以来親しくなり、モンタギューストリートの下宿を時より訪問した……諮問探偵を開業したが、残念ながら、数ヶ月経過しても仕事依頼はまだないそうだ。暇に任せて図書館と化学実験に没頭、そして熱心に武術の教えを乞うので柔術・棒術を公園や郊外の野原で厳しく教えた。柔術では秘伝の技とその呼吸。そして英国伝統のシングルステッキ術も我が国の棒術に比べれば子供欺しである。彼は天性の運動神経の持ち主で、なかなか筋が良い。数年を経て吾輩が伊太利亜絵画の研究のため英国を離れる事となった。名残惜しいが再開を約束して別れたのである。

手紙によると退役軍医のファットスン氏と出会いフェーカーストリートに移ったそうである。退屈を嫌い、壁にVRの文字をボクサー銃の弾痕で描いたり、科学の実験で酷い匂いや煙を出したりと……。大家さんも大変だろう。

フェーカーストリートに立つシャーロック・ホークス　：悟徹

## Baritsu … 馬慄 … バリツとは何だ?

「バリツ」この不思議な響きは何を意味するのであろう。時は一八九一年五月四日。所はスイス・ライヘンバッハの滝。轟々と落下する大量の雪解け水は耳を聾し、濛々と立ち上る水煙は視界を霞ませ、目もくらむような隘路で戦う男二人の姿があった。シャーロック・ホームズと宿敵モリアーティ教授である。二人は滝壺の深淵へと消えたという発表に世界中のファンは悲嘆に暮れた。しかし約三年の時を経てホームズは復活する。

「ぼくには日本のバリツの心得がいささかあった」とホームズは語るのだが……。さてバリツとは何だ? ブジュツの訛か、それともそんな格闘技があったのか? 様々な説があるのだが、W・バートン・ライトによって紹介された日本の護身術「バーティッ・Bartitsu」だとか、嘉納治五郎による講道館から世界に広まった柔道であるとか、いやあれは相撲の「いなし」であるとか、いや合気道の一手だとか喧しい。しかしホームズが相当な使い手である以上、若い頃から鍛錬していなければならぬ。ワトスン博士はそれについてどこにも記述しておらぬし、彼と知り合う前でなければ辻褄が合わないのだ。つまり彼等が出会う一八八一年以前の若きホームズの姿である。大英図書館で化学と犯罪学を研鑽していたことは確かなのだが、たぶんその頃のことであろう。ここに一つの示唆するものがが隠されていたのだ。渡英日本人による一九世紀末から二〇世紀初頭と思しき時代に描かれた絵、日記、写真が残されていたのだ……。さてこれからは眉に唾を塗って涼しげに読んでいただきたい。

……その男は【成田山悟徹・なりたさんごてつ】嘉永七年(1854)江戸谷中生、家業は絵師、幼少より神田於玉ヶ池、磯又右衛門正足道場にて天神真楊流の皆伝。柔よく剛を制すとして柔術・棒術の真髄に迫らんと日夜の鍛錬を行う。時代は黒船、勤王攘夷、御維新と疾風怒濤(シュトゥルム・ウント・ドラング)の時代を越え明治となった。ワーグマンに師事し洋画技法を学び彼の推薦により、明治10年(1877)絵画研修のため渡英。その頃の日記には「われ大英図書館に通ううち様々な英才との知古を得た。その一人はドイツ訛りで豊かな髭を蓄えた新思想に燃えるまるくすという男。そして化学と犯罪史に異常な興味を示す青年に出会った。長身痩躯、人を射るような鋭い灰色の眼、鷲のような鼻、鋭敏で理知に満ち、我が輩が古武術を使うと知ると熱心に教えを請うのだった。我が輩も厳しく鍛えるうち、彼の稀に見る才に一年あまりで目録、二年目には我が輩も油断すると一本取られるほどに上達した。

特に秘伝である馬慄（バリツ）（元亀天正の頃より騎馬武者をも怯ませ投げ飛ばす大技術（わざ）、罵詈（バリツ）津とも書く）の奥義も伝えた……」とある。また棒術も伝授し、これはシングルステッキ術として真髄を会得したという。

悟徹は帰国後、帝国大学で西洋絵画史の教鞭を取る傍、洋画、スケッチ及び独特の切り絵技法による作品を多く残している。20世紀初頭に再び渡英、サセックスの地に赴きホームズと旧交を温める。その時に進呈したメゾチントによる「ライヘンバッハの滝の格闘」の画を前に撮した写真ではないか？と、悟徹の曾孫であり切り絵作家である一徹氏は語る。最も劇的なシーンを描きホームズに贈ったのであろう。

一徹氏によると、曽祖父悟徹は「馬事公園で奥儀バリツを実演中、馬に蹴られてヒーン死の重傷を負い三日後に逝った。と、祖父無徹より聞き及んでいます」と語る。その一徹氏も鬼籍に入られて十年以上の歳月が流れた。

「To the Bar」「東京シルエット」「神戸の残り香」など数々の切り絵と軽妙なエッセイを残した成田一徹氏もどこかでニヤリとしていることであろう。

## 謎を切る、推理で斬る。

「ホームズ、この絵はどうしたんだい？　君が描いたのかい？」「いや今朝届いたのだ、君はどう見るね？」。わたしは早速ホームズのやり方で推理してみた。

「これはホームズの肖像であり、背景はこの部屋だ。そして描いたものではないね。紙を鋭利な刃物でカットした切り絵だ。このような切り絵はフランスのエティエンヌ・ド・シルエットが影絵で広めたというが、技法がまったく違うね。

おや？Ittetsu というサインがあるぞ。作者というのが妥当だが、「緋色の研究」のこともあるし it tetsu と読めば聖書のテトス、いやあの凱旋門で有名なローマ皇帝のテトウスだろうか？……ホームズへの大いなるオマージュだよ」

「ブラボー！ワトスンよくやったよ。だが間違った推理はより間違を拡大しやすいものだ。一枚の絵の情報から何を推理するかは的確な観察、細部にこそ宿っているのだよ。まず紙は当たり前の上質紙だが英国のものではない。左向きの横顔、このショールカラーの曲線と切り口の傾きは明らかに右利きの手で切った特徴を表している。

ぼくのことを相当研究しているようだが、男優ウィリアム・ジレットにモデルを求めたのだろうか？またコリアーズ誌のフレデリック・D・スティールを少し意識しているね。でもパイプの型が異なるし、またぼくのファッション・コーディネイターであるシドニー・パジェットの微かな影響を見るね。そしてこの輪郭線と色使いは浮世絵の流れを汲んでいる」

「作者は間違いなく日本人だ。サインの Ittetsu の it はすなわち一だ。tetsu は鉄または徹、硬く筋道を通すという意味だ。よく似た名で虎徹という名刀もあるし鋭利な刃先は日本刀の切味だろう。これらの鉄の芸術品はウォレスコレクションで見る事が出来るよ。さらにそこにはぼくの母方の先祖である芸術家ヴァルネの絵もあるよ」

「ン？この絵の包装紙に微妙なアルコールの匂いがする。パブで一杯飲りながら包んだのだ。そこから中年の酒好きの男だ。この左隅の薄いシミは明らかにスコッチの一滴だ。ぼくがスコッチ一四〇の銘柄を見分ける論文を書いたのは知っているだろう。滲み具合、色合い、匂いからフェイマスグラウスのソーダ割りだ……」

「でもどうしてそんなことまで分かるんだい」

「いや、君と知り合う前に大英図書館で会ったことがある男だよ」「ずるいぞ、ホームズ、それなら簡単なことだ」

おや、ドアを開けてくれたまえ。ご本人が登場したようだよ。

Ittetsu：あのー……、ドアの外で聞いていたのですが、さすがは見事な推理です。でも、浮世絵の影響というよりアメコミでしょう。鋭利な日本刀というのは穿ちすぎでしょう。チープなデザインカッターなんですが。ホームズさんに評価されるとは！ああ、喉が渇いた。そこにあるスコッチを一杯ください。ソーダは持ってきましたので。
Holmes：「なら、ガソジンで割ったのはどうだい？スコッチはこれに限るよ！」

★一八九〇年代を「藤色の時代・モーブナインティーズ」とも呼ぶ。そこでホームズは「青いガーネット」で紫色の化粧着で登場する。

この紫だが一八五六年にウィリアム・パーキンはコールタールからアニリンの染料を発見した。「モーヴ」と名づけられた物質が世界初の合成染料である。ホームズも一八九三年頃南仏モンペリエの研究所でコールタール誘導体の研究をしていたから案外と言いたいところだが、残念ながら時代が合わない。しかしホームズのことだ、より効率的製法を発見したのかも知れぬ……。

Fleet street london : Ittetsu Narita

# 怪魚、権兵衛佐？

名人は釣れるほど沈黙し、下手ほど騒ぐ。——上田尚　昭和初期の釣り記者

曾祖父の遺品を整理していたら妙なものが出て来た。確か明治の世に赤毛布(ゲット)であったとは聞いてはいたが……。

時は明治二十五年、西暦千八百九十二年四月朔日、欧羅巴(ヨーロッパ)洋行より帰邦し折り、ジブラルタルより乗船した男に驚愕した。あの雷変瀑布(ライヘンバッハ)の滝にモリアーティ教授と墜落死したホームズではないか！生きていたのか！眼が合った瞬間、彼は唇に指を当て名前を禁じた。いまは繁村（しげるそん）と名乗り、西藏(チベット)や様々な地を探索する冒険家であるそうだ。この度、千八百八十六年に新嘉坡(シンガポール)より出航後行方不明となった軍艦畝傍(うねび)の謎を探りに行くそうだ。断定はできないが深遠な謀略が絡んでいるのではないかと。夜毎甲板でダライ・ラマと親しくした話などを楽しそうに語った。

そして喜望峰を超え阿弗利加(アフリカ)まだがすかるの小諸島(コモロ)にて石炭積み込みのため停泊。暑気殊の外強くあまりの無聊さに慰みとして腕に憶えある夜釣りと相成った。糸を垂れる事数刻、全く当たりがない。夜も白む頃、凄まじき引きに甲板より引き込まれさうになった。激闘一刻、汗淋漓と流れ、精も根も尽き果てやうとした頃やうやくにして巨魚を釣り上げた。その容貌怪異にして怪しき燐光を放ち足るが如し。はて何という怪物ならんと現地土人に聞くや、ごんべっさ、権兵衛佐と騒ぐ。ごんべっさとは喰えない魚の意なりと、昔より神の使わしたる魔魚にて凶事あるとて海に還せとしきりに言う。この奇っくわいなる魚、刺身にして食うべきにもあらず魚拓を撮りて海へと還した。乗客の男曰く、是れ、すこっとらんど、ろっほねすなる湖に古き伝説あり、その仲間なるらんと……

また船長のあいざっく・うおるとん三世も言うに、大洋には巨大海蛇シーサーペイントや巨大烏賊、白い巨鯨も遊弋あるやと。数奇なる運命のもと世界の深海を冒険した海洋学者アロナクス教授も「海底二万哩」で数々の不思議を記している。……繁村氏はこれよりまず蘇門答剌(スマトラ)に赴き「大鼠」を退治に行くとか。その気風に惚れ、前にも増して親しく交わるやうになった。聞けばエジンバラにイザベラバード夫人という人がいて、彼女の日本日記に痛く興味を憶え、一度訪日したいのとのこと。是非、拙宅にも立ち寄るよう強く請うた。その数々の冒険譚は後日記す。

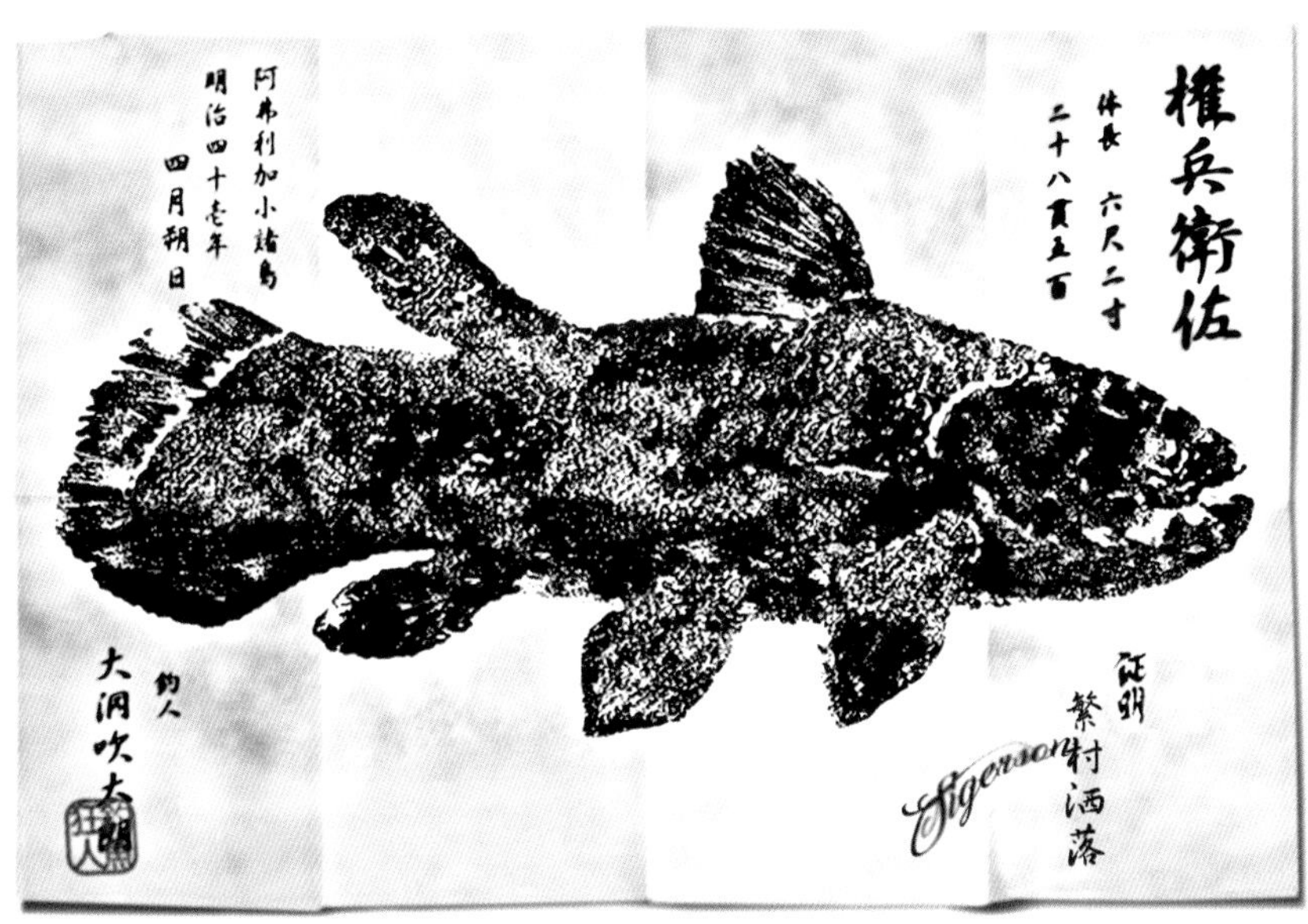

繁村氏、我輩と権兵衛佐、小諸島にて

真鯛粒餡
体長　三寸半
明治弐拾伍年四月朔日
場所　浅草橋

このように日乗には記してあるが曾祖父は明治の男ゆえ気宇壮大、話も大袈裟であったと聞く。繁村氏と隅田川に遊び、浅草橋のたもとで真鯛を見つけいたく感激、世界広しと言えども魚形の熱き菓子は初めてとのこと。是れも魚拓に取り記念とした。

演劇界は貴重な役者を失った。——ワトソン博士

# 変装名人

明治二十五年、一人の快男児が横浜埠頭に降り立った。英国紳士繁村君である。彼とは吾輩が洋行の折り大英図書館で邂逅し意気投合、旧知の仲となり吾輩の呼び掛けにより密かに名前を変へ来朝したのである。今は世間より姿を隠し冒険家として世界を旅しているとの事である。そして彼の並々ならぬ異国文化への関心から各地に赴いた。日光に遊び極彩色の東照宮陽明門の彫り物を得意の絵筆で描写したり、何よりも華厳の滝壺を覗いた時、沈着冷静な顔が変はり呆然と立ち竦む姿を見た。あの雷変瀑布を思ひ出したのだらうか。これを是非絵として描きたい。彼は仏蘭西画家ゔぁるねの血筋であり芸術心が疼いたのであらう。帰へるより直に浮世絵師について熱心に稽古し師も驚く上達を遂げた。そして描き上げたのが雷変瀑布の図である。歩無津と森宛井教授対決の図である。と盟友成田悟徹氏は語る。

また、演劇にも非常なる興味を示し、かって亜米利加で舞台に立ったこともあると聞き及んでいる。あの巧みな変装術は俳優としての経験が生かしているのではなかろうか。台東の市村座観劇の折り、歌舞伎に痛く感激し、是非舞台に立ってみたいと熱望し、芝居の口立（筋、脚本）座頭も演ると驚かした。たった一回ではあるが「赤毛結束巴白波」の舞台に立った。奇天烈な発想で両替屋を襲うという悪漢達の話しである。それをしゃーろっくほーむず探偵が快刀乱麻を断つ推理力で解決する筋書きである。

天晴なる演技でよくも短い間に日本語を習得し、その奇才ぶりに明神下半七先生をも驚嘆せしめたり。それを観劇したのが丁度亜米利加より来日中のうぃりあむじれっと氏である。じれっと氏は楽屋まで押しかけ是非帰国の暁には上演したいと懇願せり。歩無津氏は心良く快諾し、必ずやじれっと氏は舞台の大成功せしと声援を贈った。これはその時の大首絵である。名前は繁村写楽斉と変えてあるが歩無津氏自身の自筆画である。　萬朝報　明治二十六年四月朔日　マムシの周六記

あかげくみあいともえのしらなみ　繁村洒落斎（写六）筆

# 鳶と鳩

明治二五年（一八九二）、一人の紳士が横浜埠頭に降り立った。長身痩躯、鋭い眼光と鷲鼻、軽い身のこなし、世界初の諮問探偵シャーロック・ホームズ氏である。最後の事件でライヘンバッハの滝壺に消えたと世間では通っているが、それは仮相であり、実はノールウェイの探検家シーゲルソンと名を変え、密かに世界を旅しているのである。私が曽って絵画研修のため洋行の折、倫敦で巡り会い深い友情を交わした。私が日本武術にいささか心得があると知ると熱心にと教を乞うので、厳しく鍛え秘伝までも伝えた。二度目の渡欧時、ホームズの訃報を知り落胆したが、何と帰邦の折、偶然にも同じ船に乗り合わせ大いに驚かされた。その時、強く来日を乞うた約束を守ってくれたのである。

日比谷の帝国ホテルを拠点に日本各地を探訪し旧交を温めた。日本の文化に痛く興味を示し貪欲に吸収する姿は知識に対する猟犬である。正月行事も味わってもらい少女の晴れ着姿や凧揚げ、浅草寺で江戸火消しの出初式も見物した。三間半の見上げる空に演ずる遠見・背亀・腹亀・鯱・肝潰しなど、華麗でハラハラする見事な技に喝采を贈り大いに楽しんだ。言い忘れていた私の名は成田山悟徹である。いまは美術学校で西欧美術論の教鞭を取っている。

「見事なもんだねー、日本人は軽業が上手だ。ロンドンで『日本人村』を作ってジャポニズムを流行させ大当たりを取った興行師タナカー・ブヒクロサンのルーツはここにあったんだ。日本と日本人をもっと研究したいね」

東京の下町を散策していた時だ。「最近この街で景気良く儲かっているのは家具職人や指物師だねえ」「えっ、どうしてそんなことが分かるんだい？」「論理的に考えればいいんだ。まずこの季節風だ。関東の空っ風というそうだね。これで塀が倒れたり屋根が飛んだりして大工の仕事が増えて儲かる ― 儲かったらどうするか？ 男の性として料理屋や芸者屋に通う ― そこで芸者や仲居と馴染みとなり当然として妾として身請けする。妾は暇だから手慰みとして三味線を習う ― 三味線の需要が増える ― 三味線の胴は猫の革を使う ― 猫取りが媚薬マタタビでおびき寄せ捉えて革を売る ― 猫が少なくなる ― ネズミが増える ― ネズミが家具を齧る ― 家具屋が儲かる。こういう図式さ」「なるほど！ 簡単なことだ」。さすがの観察眼と推理力である。

十日ほど過ぎたある日、評判の牛鍋を食しにまた浅草に出かけた。十二階こと凌雲閣が聳える浅草公園、仲見世を冷やかし、神谷バーで電気ブランを飲っていると、難しい顔の田鷲警部を見かけた。彼とは年少の頃から磯又右衛門道場で柔術や棒術の技を競った仲である。

「どうしたんだい。苦虫でも噛み潰したような顔をして。ああ、こちらは諾威から来た冒険家のシーゲルソン氏だ。彼は犯罪研究と推理を得意としていてね。スコットランドヤードも随分と彼に助けてもらっているよ、決して表には出ないがね。先日も論理的なその能力に驚かされたよ」。シーゲルソン氏（以下繁村氏と記す）は快活に握手を求めた。

「もしかしたらあのシャー！」私は慌てて唇に指を立て言葉を遮った。

「繁村氏は推理と研究が仕事なんだよ、いつも難解な事件こそ最高の報酬だと語っているよ。芸術のための芸術なんだ。何か手がかりが得られるはずだ。遠慮なく話して見たまえ」

「いや厄介な事件でね、どうもわからん。先日大雪の日だ。この近くで殺人事件が起こったことは君も新聞で読んだだろう？」田鷲警部はグイッとグラスを煽り、鼬のような目を見開き大きな鼻下の髭から雫を垂らしながら語り出した。

事件は雪の夜に起こった。最近土建業と金貸しで急速にのし上がり、金力に物を言わせ脅しも厭わず、役人には袖の下をと、業者や下請けからも過酷に搾り取る男である。名は大山登太郎、四八歳、五尺八寸、二十三貫の壮漢である。向島の別邸の部屋から煙のように消え失せたのだ。邸内には妾も含め女中が四名、秘書、下男、守衛、用心棒の男四人。建物は洋風の頑丈な石造りで、大山は三階の執務室兼居間、隣が寝室という間取りである。部屋の扉は内側から鍵がかけられていた。察するところ深夜の一二時過ぎに何事かが起こったようである。翌朝起きてこないので扉を叩いても返事がない。何度もなんどもくり返したが、もしや病気ではと？扉を押し破り部屋に入った。九時過ぎである。部屋のどこにも主人がいないので大騒ぎとなり、すぐ警察に連絡し捜査が始まった。前夜の雪は午前三時頃には止み今朝は風もなく一面の雪が輝いていた。亭を取り巻く庭や窓下には全く足跡や侵入の形跡は無い。部屋は乱れていなく金庫は開いていた。書類の何が無くなったかは分からないが、札束や金目のものは無くなっていないようだ。変わったことと言えば庭の隅に凧糸が絡まって飛ぶことのできない一羽の鳩が騒いでいた事ぐらいです。そして二日後に大川で大山の溺死体が上った。外的な損傷は頭部の鈍器による打撲傷以外は無かった。着衣は部屋着の上に絹のガウン、ナイトキャップと言うんですか、就寝中にかぶるサンタクロースみたいな帽子です。ポケット中には何も入ってなかった。死因は溺死です。

「頑丈な洋館、鍵の掛かった部屋、閉まった窓、それも三階からどうやって出たのだろう。邸内も外も慎重に捜査したが足跡一つ痕跡は無い。自殺するような男ではないし、どうやって邸外に出たのだろう。誘拐殺人であるとしても外部からの侵入方法、脱出方法が全く不可解だ」田鷲警部はお手上げの姿勢で肩をすくめた。

「繁村君、今の話をどう思う？」

「いや、それだけじゃ推理が立てられない。聞いただけでは材料が足りないんだ。推理の前提となる確実な証拠や計測が必要だね。その建物を私のやり方で調査させてもらえませんでしょうか?」繁村氏は丁寧に警部に語りかけた。

「いいでしょう。来日中の建築学教授ということで。悟徹君も一緒に来てくれるだろう?」

翌日私たちは警部の案内で贅を尽くした豪邸の前に立った。材料や家具調度も欧州から運んだという。まるで英国のマナーハウスのようであるが、金ピカで日本の地にはいささか趣味が良いとは云えない。繁村氏は拡大鏡と巻き尺を取り出し熱心に計測を始めた。こうなると一切口を聞かず観察の鬼である。

一千坪の敷地に黒鉄の忍び返しのついた高い塀を巡らし容易に侵入できるものでは無い。大川に面した塀は眺望のためだろう三尺(1メートル弱)である。表門、裏門、玄関、一階、二階、三階と調査し、部屋の壊された扉の形状と鍵、窓、繁村氏は床に腹ばいになり泳ぐような姿勢で拡大鏡をかざす。暖炉の煙突を覗き、燃えさしや灰を手に取り、窓を開閉しどんな隙間も痕跡も見逃さない。壁を隈なく叩いたり本棚や寝台をを動かしたりと、まるで憑依された人間のようだ。窓から地面までの高さを測り、壁から塀までの距離、塀の高さと小さな痕跡や臭跡を求めるシェパードである。

「何か見つけましたか?我々も徹底的に検証してみたんですがね」警部が不満そうな顔で尋ねた。

「いや、今の段階での結論は早いようだ。七つの仮説を立ててみたが、自殺でなければ犯人の動機だ。彼は恨まれる男であったようだが特に恨みを持った者がいるかね」繁村氏は冷たい機械のような目で警部に問うた。

「それはありすぎるほどあります。金と脅しで搾り取られた業者なら掃いて捨てるほどね。恨みを持っていない者などいやしませんよ。我々も取引業者を徹底的に調査しました。一家離散した者や消滅した組や会社も多い。奴は借金の形に綺麗な娘がいると無理やり女中奉公に出させ自分の妾にする。他にも苦海に身を沈めた女人も多いと聞いています。最近では江戸時代から続く鳶職の老舗『丸徳組』というのが仕事を取り上げられ、仕事が欲しくば借金を返すか娘を出せと無理難題を吹っ掛け、親方はもともと心の臓が悪く心痛の余り亡くなりました。十九になる一人娘のお房さんも泣き明かし、将来を言い交わした仁吉も憤りで殴り込みに行くと血相を変えていたとか、みんなで押し留めましたがね。そしてです。母親とお房が首を括りました。仁吉が駆けつけ二人を抱え降ろしましたが母親の方はとうとう……」

繁村氏は黙ってパイプをふかし続けた。こんな時は何を話しかけても答えない。今夜は恐らく睡眠さへ邪魔なのだろう。

翌朝、田鷲警部とホテル来てくれと電話があった。我が家も最新のガワーベル電話機を備えている。早速、田鷲警部に連絡しホテルに駆けつけた。繁村氏は紅茶を一口含み語り始めた。

「まず、侵入方法だ。ここに僕が描いた図がある（次ページ参照）。建物は大川に面していて川側には低い塀と植え込みがある。川から船で来れば容易に塀の外に船付けられる。そうそう日本の大工は直角のことを矩（かね）と言うね。三:四:五の三角形を描けば直角が出る。ピタゴラスの定理だよ。塀から建物までは芝生で日本でいう三間つまり5・4メートル、建物の三階の窓まで10・5メートル。この空間をどうやって超えることができたか? 雪に足跡が見当たらないということは空中を超えた? つまり梯子を使ったんだ。先日見た出初式の竹の梯子は三間半6・3メートルある、窓までの高さから塀の高さ90センチを引けば9・6メートル。計算すれば11・1メートル、二本を繋げばたわみをを入れても十分に達する。身軽な男だ、それくらいは余裕だろう。そこでどうやって侵入したか? 窓をどう開けたか? 窓はドイツに多い内側に水平回転して開く『内倒し』と普通の窓のように垂直に回転して開く『内開き』の機構を併せ持つドレーキップ窓だ。ドレーンとは回す、キッペンとは傾けるの意味だ。それではどうやってその窓から侵入できたのだろう。雪の夜だ。部屋は暖炉を燃していたが換気のため窓を内倒しで開けていたが、その隙間からは到底人間の体は入らない。横開きにするためにはに内側から開けるしかない。上の隙間から道具を使ってレバーを動かした? それは不可能ではないが機構上難しい。そんな時間的余裕もないしね。そこで凧糸を巻きつけた鳩を隙間から放り込む。すると大山氏はバタバタと大騒ぎする鳩を窓を開けて外へ捨てようとするだろう。その時を狙って踊り込み頭に一撃だ。鳶口といったね、頭に嘴のようなものがついた鳶職の道具だ。殺すつもりはなく、その背面で打ち付けたのだろう。金庫の書類を暖炉に手当たり次第放り込み、昏倒した大山氏を邸外に運びだす」

「ちょっと待った。大山は二十三貫もある男だぞ。とても背負って梯子を渡れるわけがない」

「そこは僕も考えた。この前、君が誘って来れた歌舞伎の『四谷怪談』だよ。あの三幕目だったか戸板に括りつけられた死体が早替りする名場面があっただろう。あれだよ、失神した大山を戸板に縛り付け、縄で調整しながら梯子を滑らせて降ろす。今度は自分が降り梯子を仕舞う。乗って来た猪牙（ちょき）船で逃走する。頭のいい奴だ、最初から計算していたんだね。これなら可能だ」繁村氏は両手を顎の下で合わせ天井を見つめていたが急に声を発した。

「警部、急いだ方がいい、仁吉と女を大至急捜索することだ。確か道行心中とかいったね。自殺するかもしれないぞ」

二日後、警部から連絡がありホテルの喫茶室で落ちあった。警部が開口一番。

「二人の身柄を拘束しました。信州追分宿です。私も駆けつけましてね。あっさりと白状しましたよ。どうも死に場所を探して先祖の墓に参ってから心中する覚悟だったそうです。驚きました。繁村氏の推理通りでした。あまりにも見て来たような推理と説明に驚いている次第です。見事なもんですな〜恐れ入りました。ただ大山を運びだしたのは親方の墓前で懺悔させたかった。と語っておりました。猪牙船の中で大山が失神から目覚め揉み合いになったそうです。揺れる船上で体力に勝る大山が仁吉を突き落とす寸前、身軽な仁吉が体を躱し自ら川に落ちたそうです。

　大山は金槌だっだったようですな。随分探してみたが見つからず、それで俺は人殺しになった、このままを警察に言っても誰も信用してはくれまい。それならいっそ二人でと。まあこんなところです。

　繁村氏は表情も変えずパイプをふかし続けた。「高所で働く職人を日本ではトビと言うそうだね。鳶は英語でカイトと言う。凧もカイトだ。大空を舞う姿の連想だね。

　雪の庭に凧糸が絡まって騒いでいる鳩が見つ

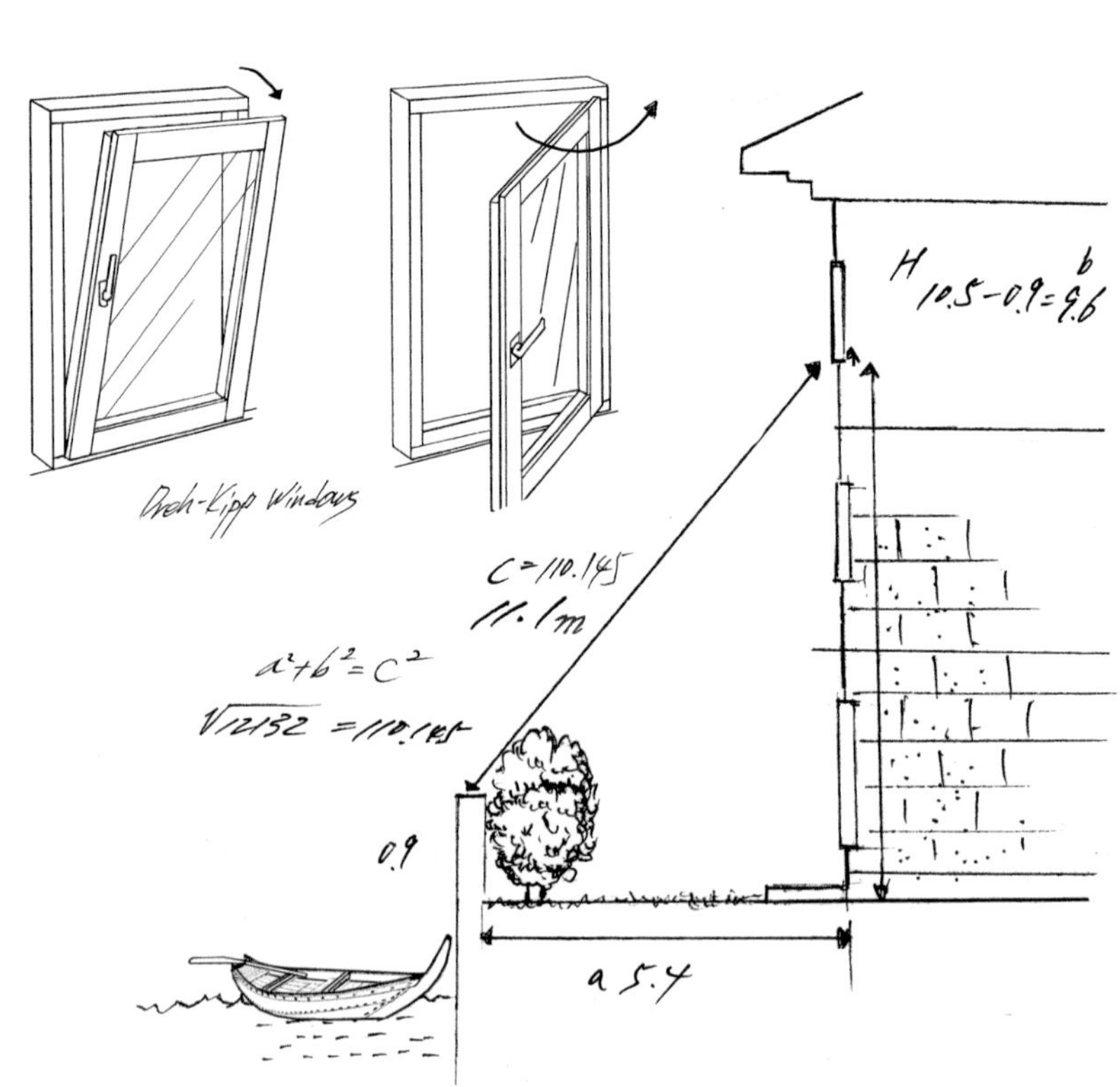

かったと言ったね、鳩……空……凧……鳶……それが推理の始まりさ。

「それにしても鮮やかなもんだね、そういえば君が愛用しているインバネスコートを日本では二重回しとかトンビと言うぞ。鳶の翼のように背中のケープが大空を舞う鳶に似ているからだね、つまり袖がない二重マントだ。襟に海獺(ラッコ)の毛皮なんて付けたりしてね。これが日本の伝統衣服である着物にピッタリなんだ。東西融合の面白い実例だね、和洋折衷ともいうがね。そういえば君はトビーという犬で臭を追跡したことがあったね」

「それなら我が国の文豪の名文があるよ。『トビであるかトビでないか、それが問題だ』

**To be or not to be**, that is the question,(シェイクスピアのハムレットにある有名なセリフ)」とね。

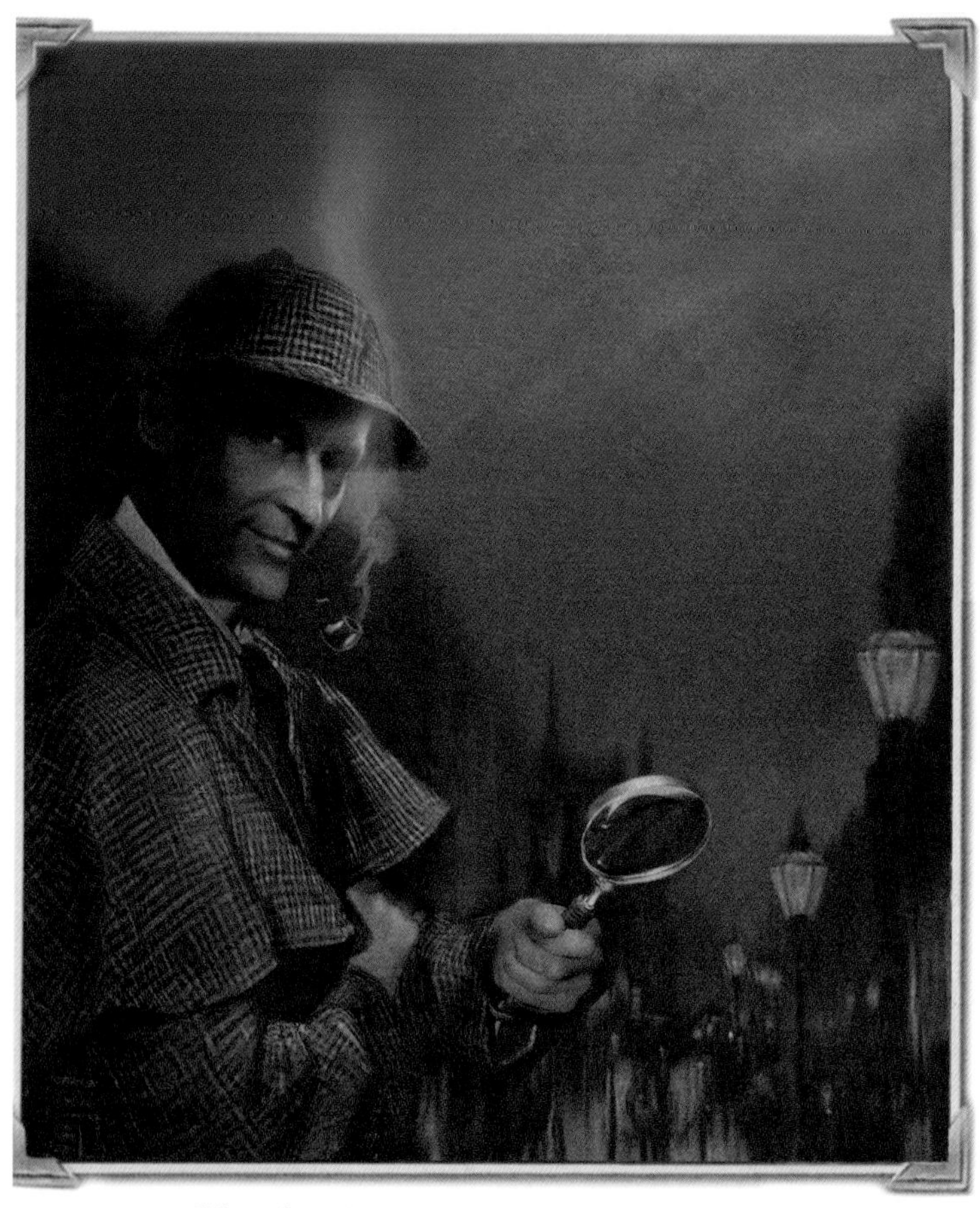

*When there is no imagination there is no horror.*
想像力の無いところには恐怖も存在しないのだよ。
Arthur Conan Doyle

# 最後の事件、そして復活

運命の日、宿敵の二人は滝壺に消えた。だが死体は無かった。その謎を追う。モラン大佐の空気銃の謎、そして蝋人形の秘密を探る。

## 最も危険な男

彼は複雑な網を張り巡らし、無数の糸が放射状に広がり、その一本々の振動から情報を取り込み指令を送りだす。

彼は巣の中心にあってじっと動かずに部下と獲物を狡猾な頭脳で操り、巨大な犯罪組織の黒幕として暗躍しているのだ。つまり悪のCPU（中央演算装置）なのである。大ロンドンの未解決事件の大半と悪業の半分の支配者だ。天才の頭脳を持つ学者であり理論的思索家である。

彼の名はジェームズ・モリアーティ教授、数学に卓越し若くして「二項定理」の論文で名を成し、「小惑星の力学」の論文を発表するなどその才を発揮、同時に犯罪者としての天才ぶりも及ぶものがない。彼は「犯罪者中のナポレオンだ」。「君を確実に破滅させることが出来るならば、公共の利益の為に僕は喜んで死を受け入れよう」とホームズに言わしめさせた男である。容貌は「彼はすこぶる背が高く痩せていて、白くカーブを描く突き出た額を持ち、深く窪んだ眼をしている。ひげは綺麗に剃られ、青白く、苦行者のようであり、威厳と邪悪さを漂わせている。彼の背は長年の研究から曲がり、顔は前へ突き出て、爬虫類のように奇妙に、いつでもゆらゆらと左右に動いている」（最後の事件）。ホームズはモリアーティの部屋に三度訪れている。二度は会えなかったが、一度は、警察の人間には言えない非合法な方法で、要は忍び込んだのだろう。そして大胆にも彼の書類まで調べている。それは予想もしない結果になった。「何か秘密の証拠でも見つけたんですか?」「何もなかった。僕が驚いたのはそのせいだ」。教授はそんなドジを踏むような真似はしないのだ。絵画のコレクターでもあり部屋にはジャン＝バティスト・グルーズの絵が掛けてあった（何かミドルクラス化されたロココ的感傷趣味だね）。また数学の天才を自認するが、時代はもう新しい物理学の時代に突入していた。科学パラダイムの転換期に入りつつあったのだ。教授は新理論をどのように感じたのであろうか?光の粒子説か波動説か?

一八六四年にマイケル・ファラデーによる電磁場理論をもとに、ジェームズ・ク

ラーク・マクスウェルによって数学的形式として整理され方程式が確立された。さらに電磁波の存在を理論的に予想しその伝播速度が光の速度と同じであり横波であることが示された。また、土星の環や気体分子運動論・熱力学・統計力学などの研究でも知られているクラウジウスが提唱した熱力学第二法則に疑問を投げかけ、「マクスウェルの悪魔」の思考実験で問うた。そしてマックス・プランク等により量子力学の道が開かれた。「古典論」の大家である教授はもう少し生きていれば「量子論」にどんな反応を示したのであろうか？ 是非とも意見を聞きたいものである。

ここに一架の肖像画がある。ホームズの語るモリアーティ教授そのものである。

モリアーティ教授：作者不明

ン？ どこかで見たことがある？ そう、恐らくホームズ画家シドニー・パジェット氏もこの絵を参考にしたのだろう。教授亡き後、イングランド西部で駅長をしていた弟に引き取られ、その後は杳として行方不明であったが、七〇年代初期にニューヨークのミラノ・レストランで月一回開かれる「黒後家蜘蛛の会・The Black Widowers」に招かれたゲストが所有していることが判明した。さすがは「蜘蛛」を名乗るだけのことはある。会は化学者、数学者、弁護士、画家、作家、暗号専門家の六名、そして給仕を務めるヘンリー。ホストはゲストを一人同行させることでき「あなたは何をもって自身の存在を正当としますか？」という尋問をゲストに行なうのが習わしである。そのゲストが持ち込んだのがこの肖像画である。彼らそれぞれ一家言ある専門家が鑑定したが満足な答えは得られなかった。聡明なヘンリーもお手上げであった。絵には署名も年号も記されておらず、作風やタッチ、X線解析、放射性炭素年代測定による分析なども試みた。

結果一八八五年誤差五年の値を得た。ホームズが語った風貌と時代考証により絵の人物はモリアーティ教授本人と認定を得たものである。それを補足する証拠があった。それがこの写真である。

絵画に囲まれた部屋でポーズを取る教授その人である。鋭い眼差しと冷徹で威厳さえ漂わせる風貌、辺りを睥睨する迫力である。マクドナルド警部も圧倒されたことであろう。これらの絵も、騙し、盗み、すり替え、金力で手に入れたものである。教授が非合法な収入を得ていて複数の銀行口座を所持し、参謀長のモラン大佐は教授から高報酬を受け取っているとホームズは示唆している。（恐怖の谷）ところで絶対的な自信家である教授が誰に写真撮影を許したのであろうか。ポーロックか？ いやいやジョン・クレイ（ヴィンセント・スポールディング）に違いない。ロンドンで四番目に悪賢く、三番目に大胆な男である。殺人、窃盗、贋金作りと悪人の典型だが、生まれも育ちも名門出でイートンからオクスフォードとモリアーティ教授好みである。どこかで教授が犯罪歴に注目し彼を拾ったのであろう。彼は写真が趣味で暇さえあれば勤め先の質屋の地下室で現像していたのだ。（赤毛連盟）それは目くらましであり目的は銀行の地下室金庫に通じるトンネルを掘っていたのだが、現に写真も製作しなければ辻褄が合わない……。この手口でまんまと大金をせしめた実例がある。一八六九年にアメリカのボストンで「犯罪界のナポレオン」と異名を取ったアダム・ワースがボイルストン州立銀行を襲って成功したのだ。但しトンネルではなく壁を撃ち抜いたと記されている。教授がその手口を研究し質屋の番頭ことクレイに命じ実行させたのであろう。しかしだ、トンネルを掘るためには崩落を防ぐための坑木の持ち込み、灯、残土をどうやって搬出するかの問題がある。土砂一立法メートルの重さは一・五〜二トン、計六〇〜一〇〇トン。恐らくすぐ近くに下水の暗渠が通っていて、それに流したのであるとの説があるが、そう上手く事がいく手はない。モリアーテイ教授のことだ、近くで道路工事か建築工事をでっち上げれば坑木や残土はそれに紛れ込ませて持ち込み、運び出すことができる。教授の狡猾な頭脳と巨大な力は、ロンドン市の内部にも浸透し役人などの弱みを握り、威しと金の力でなんとでもなったのである。工事なら職人や労働者も多数必要だし、穴掘り専門の元炭鉱夫も紛れ込ませていたのだ。クレイとアーチーの二人の労働力だけでトンネルを掘れるわけがない。

ジェームス・モリアーテイ教授：ジョン・クレイ撮影・現像・焼付けの写真：1890 年頃

あのロンドン中の土壌を一目見ただけで違いを言い当てられるホームズもステッキで歩道を叩き、音の反響で地下に坑道があると推理したが、数メートル下の空洞をそんなことで分かるわけがない。何故微かに零れた土を見つけられなかったのか！ワトソンの靴に付着した赤い土を観察してウィグモア街の郵便局に行ったと看破したホームズの眼も些か曇っていたのであろう。「赤毛組合」事件もモリアーテイ教授が背後にいたことは間違いない。

## 死体を探せ

モリアーティ教授とホームズのライヘンバッハの対決は「最後の事件」、そして「空家事件」で語られているが、数々の疑問点が多い。ホームズが日本武術バリツを使い勝利し、教授の体は岩に激突しながら滝壺に落下する。恐らくその衝撃で重傷を負い失神して溺死したと思われる。その情景をホームズは隘路から眺めていた。

この日ワトスンは三度滝を訪れている。①ホームズと同行。②ニセ手紙で村に下りる。途中でモリアーティらしき人影を見る。(モラン大佐も同行したはずだが？ また手紙を届けに来た若者はどこに消えたのか？) ③ニセ手紙と分かり急いで滝に引き返し遺書を見つける。④また村に引き返し捜索隊と共に三度目の滝に駆け付ける。しかしワトスンの何という健脚ぶりだろう。下りに半時間～、登りに一～時間として、計五時間～も歩き続けているのだ。

ホームズを心配するあまりアドレナリンが充溢していたのであろう。捜索隊と一緒に二人を探したが日暮れとなり打ち切った。翌日に徹底的に現場検証を行っていないのはどうしてなのか？この高さと水量ではどうせ助からないとの判断か。しかし二人が滝壺に落ちた以上、死体は必ず下流で見つかるはずだ。最終的にはブリエンツ湖に浮かんだであろう？または衣服の破片など流着した可能性はある。ホームズは生還したので死体が無いのは当然として、モリアーティ教授の死体が発見されていないのは不可解である。滝壺に沈んだとしても浮び上らないはずはない。恐らく同行していたモラン大佐が下流で瀕死の重傷の教授を発見し蘇生させ生き伸びた？いや、あまりの重傷で廃人となり復活出来なかった？または死体を発見し埋葬したのだろうか？大佐の行動も不可思議である。なぜモリアーティ教授に加勢しなかったのか？紳士らしい決闘なので手を出さなかった？また射撃の名人なのにライフルを持っていなかったのか？愛銃でなくとも現地で猟用の銃なら簡単に用意できたはずである？ホームズが生き残り岩棚に這い上がった時点でどうして岩を落とさず捜索隊が引き上げるまで行動しなかったのか？崖上に登るまで相当な時間を要したのであろうか。モリアーティ教授の死体が発見されていない一つの可能性がある。モラン大佐がホームズを狙い巨岩を落下させてホームズを抹殺しようとして失敗、ホームズが逃亡したので、急いで崖を降り滝壺に駆けつけたが発見には至らなかった。それは偶然にも滝壺に沈んだ教授の体にモラン大佐が落した岩が水中の教授の体に重なり死体が水底に固定されたのだ。水温が低いので腐敗は遅かっただろうが徐々に分解し溶け去ったと考えるのが妥当であり唯一の答である。今も渦巻く水底に骨の一部が残されているのではないだろうか。「不可能なことがらを消去していくと、よしんばいかにあり得そうになくても、残ったものこそが真実である」とホームズ自身が語っているではないか！

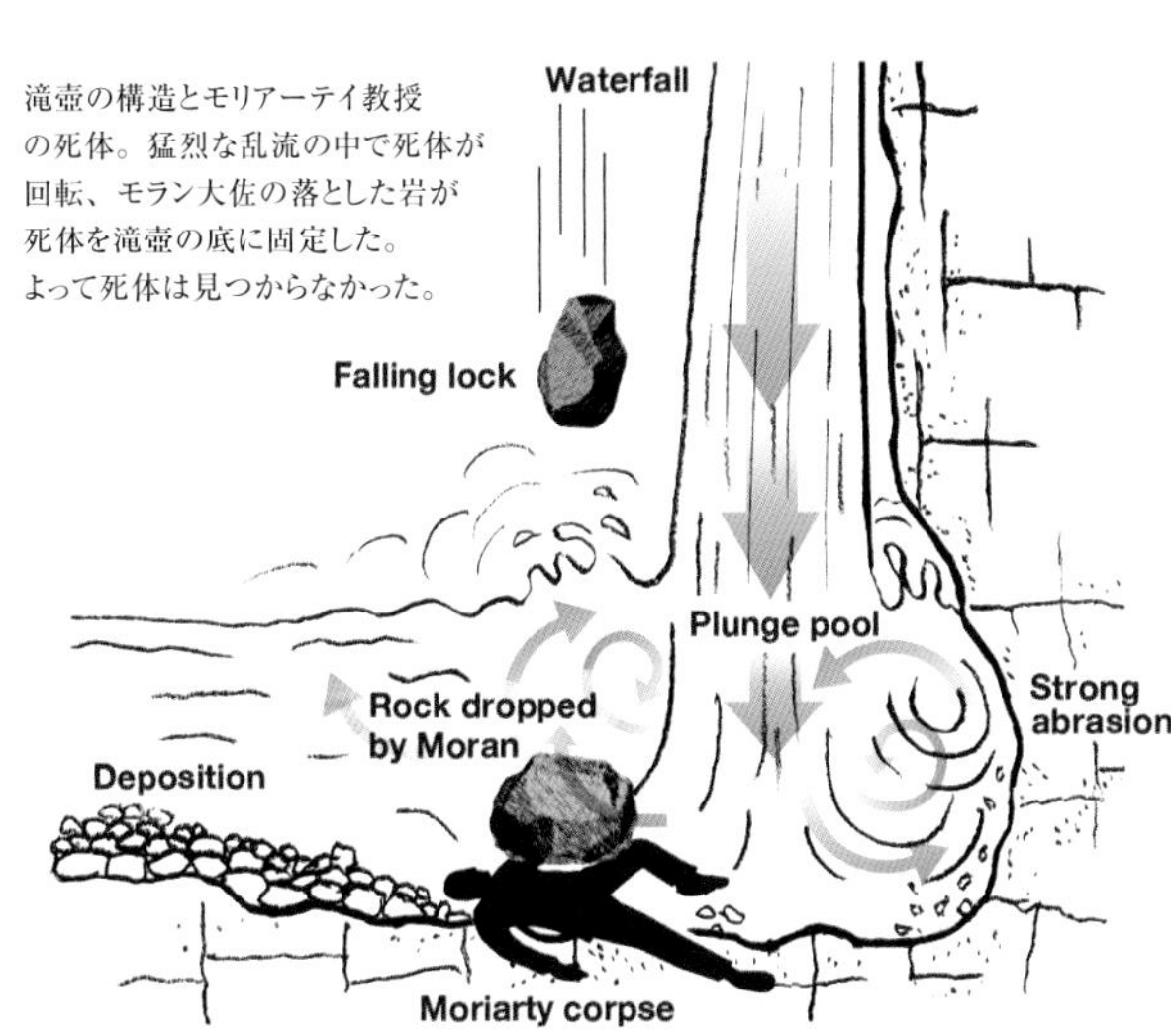


滝壺の構造とモリアーテイ教授の死体。猛烈な乱流の中で死体が回転、モラン大佐の落とした岩が死体を滝壺の底に固定した。よって死体は見つからなかった。

## ロンドンで二番目に危険な男

ライヘンバッハの滝の決闘から生還したホームズは三年の空白を経てロンドンに密かに立ち戻った。それを素早く察知したモラン大佐は暗殺を企てる（空き家事件）。獲物を執念深く追うハンターそのものである。セバスチャン・モラン大佐、一八四〇年生、元ペルシャ大使であるオーガスタス・モラン卿の息子。イートンとオックスフォードで教育を受け、ジョワキ戦、アフガン戦に参戦、チャラシア戦では特別殊勲者報告書に名を連ね、カーブルに駐屯、退役後、ロンドンに戻る。モリアーティ教授に見出され彼の右腕となる。射撃の名手で猛獣狩りの達人、「西部ヒマラヤの猛獣狩り」（一八八一年）、「ジャングルの三か月」（一八八四年）の著書あり、彼ほど数多くの虎を倒したものはいないと言われる。

「驚いたね。軍人としては立派な経歴の持ち主じゃないか」「そのとおりさ。でもある高さに達すると、突然醜く奇妙な形に枝葉をのばす木があるだろう。人間にもよくあることさ」

ホームズの事件関連人物ファイルには「ロンドンで二番目に危険な男」と記されている。しかし、ホームズの計略に乗せられ、下宿の窓に映る蝋人形のシルエットを狙撃したところをホームズとワトスンに格闘の末、駆けつけたレストレード警部に逮捕された。そして「退役後、モランはクラブで行われるカードゲームでイカサマをして生活費を稼いでいたが、それをロナルド・アデア卿に見破られ、クラブからの退会を迫られたためにアデア卿殺人事件の犯行に及んだ」とホームズは推理しており、ワトスンもそれを肯定している。また、ホームズの回想では、モラン大佐はライヘンバッハの滝に、モリアーティ教授に同行し、ホームズが決闘の末、モリアーティ教授が滝壺へ転落、生き残ったホームズを上から岩を落として狙ったが失敗した事が語られている。

風貌は「両眼はギラギラと光り、残忍そうな皺が深々と刻まれ痩せて尖った鼻と高く禿げ上がった額の初老の男で、大きな白髪まじりの口ひげを生やしていた。浅黒く、恐ろしく男性的だが、邪悪さに溢れていた。そこには明確に創造主が示した危険信号が現われていた」とある。……

ハンターの心理として倒した獲物の記念写真や皮、トロフィーを飾ったりと己を誇示するものだ。必ず何かを残しているはずだ。その確信からスコットランドヤードの保管庫で彼の遺品を詳細に調べてみると、著書「ジャングルの三ヶ月」にあの手負いの人喰い虎を履いながら排水溝を追っていった話の下書きと共に写真が挟んであった。

Three Months in the Jungle (1883)

The famous air-gun of Von Helder

## 最も危険な空気銃

この銃はモリアーティ教授が特注しモラン大佐に与えたものである。ドイツの盲目の銃職人フォン・ヘルダーが一八八八年に組み立てたものだ。まず空気銃であるので音はしないし、初速といい殺傷力といい、途方もなく強力なものである。「空き家事件」でホームズの蝋人形を打ち倒し、アデア卿狙撃にも使われた。事件後スコットランドヤードが証拠品として保管していたが、第二次大戦のドイツ軍機のロンドン空襲の際どこかに持ち出されて行方不明となる。……近年になってさる収集家が手に入れたという情報を得た。我が秘密組織を通じて絶対に名を明かさない条件で密かに実物を手に取り写真も入手した。ここにフォン・ヘルダーの芸術的とも言える一品をお見せしよう……。

その精巧なメカニズムは驚嘆すべきものである。装弾はボルトアクションの単発式であるが熟練すると一分間に十～十二発発射可能である。まず床尾にあるレバーをポンピングして高圧空気を銃床内にある気蓄器（一次チェンバー）に貯める（相当な力と回数を要し気蓄器も熱を帯びる）ポンピング回数にもよるが五〇気圧以上にすると（何しろ経年劣化があるので最高圧までは試されなかった）。前方トリガーを引くと銃身（二次チェンバー）に高圧空気が充填され、後方トリガーを引くと弾丸が発射される。およそ初速は二五〇～三〇〇メートル／秒、一〇〇～一五〇メートルなら一インチの板を打ち抜く威力がある。

弾丸は「ライヒスレボルバー（ドイツ帝国回転式拳銃）と同じ口径のムクの鉛で口径十・六ミリ、命中すると頭部がキノコ状に潰れたり破裂し甚大な被害を与えるダムダム弾である。イギリスがかってインドにおける反植民地運動弾圧のためカルカッタ（コルカタ）近郊のダムダム造兵廠で最初に作られたのでこの名で呼ばれる。ダムダム弾の傷があまりにも酷たらしく非人道的であるとして一九〇七年ハーグ平和会議で使用禁止となった。それ以後軍用弾は銅やニッケルで包んで披甲したフルメタルジャケットとなった。

　標的となった221Bの部屋にあった蝋の胸像は無残なものだった。頭部の射出口はダムダム弾の炸裂で吹き飛ばされ巨大な孔となっていた。これが人間なら頭部の大半は消失していたであろう。グルノーブル在のオスカル・ムーニュ氏の手になる塑像は十二分にその役目を果たしたのだ。

　後日、「マザリンの宝石」事件でホームズは同じ手を使っている。これはワトスンの記述ではなく恐らくコナン・ドイルが代わりに三人称の視点で語った贋作ではないだろうか？　あまりにも「空家事件と」類似点が多すぎる。マダム・タッソー以上と言われるフランスの塑像職人タヴェルニュ作の蝋人形を使い、空気銃造りの名人ストラウベンジー、そしてシルヴィアス伯爵はアルジェリアでライオン狩を。ホームズさん二番煎じじゃ？　まあ、レコードを使ってのトリックは認めますし、そして気の利いた台詞もありますがね。

　シルヴィアス伯爵：「自分のベッドじゃ成仏できんぞ」

　ホームズ：「あなたこそこの世から退場するときは、横になってじゃなく、縦にぶらさがってってことになるんじゃありませんか？……」

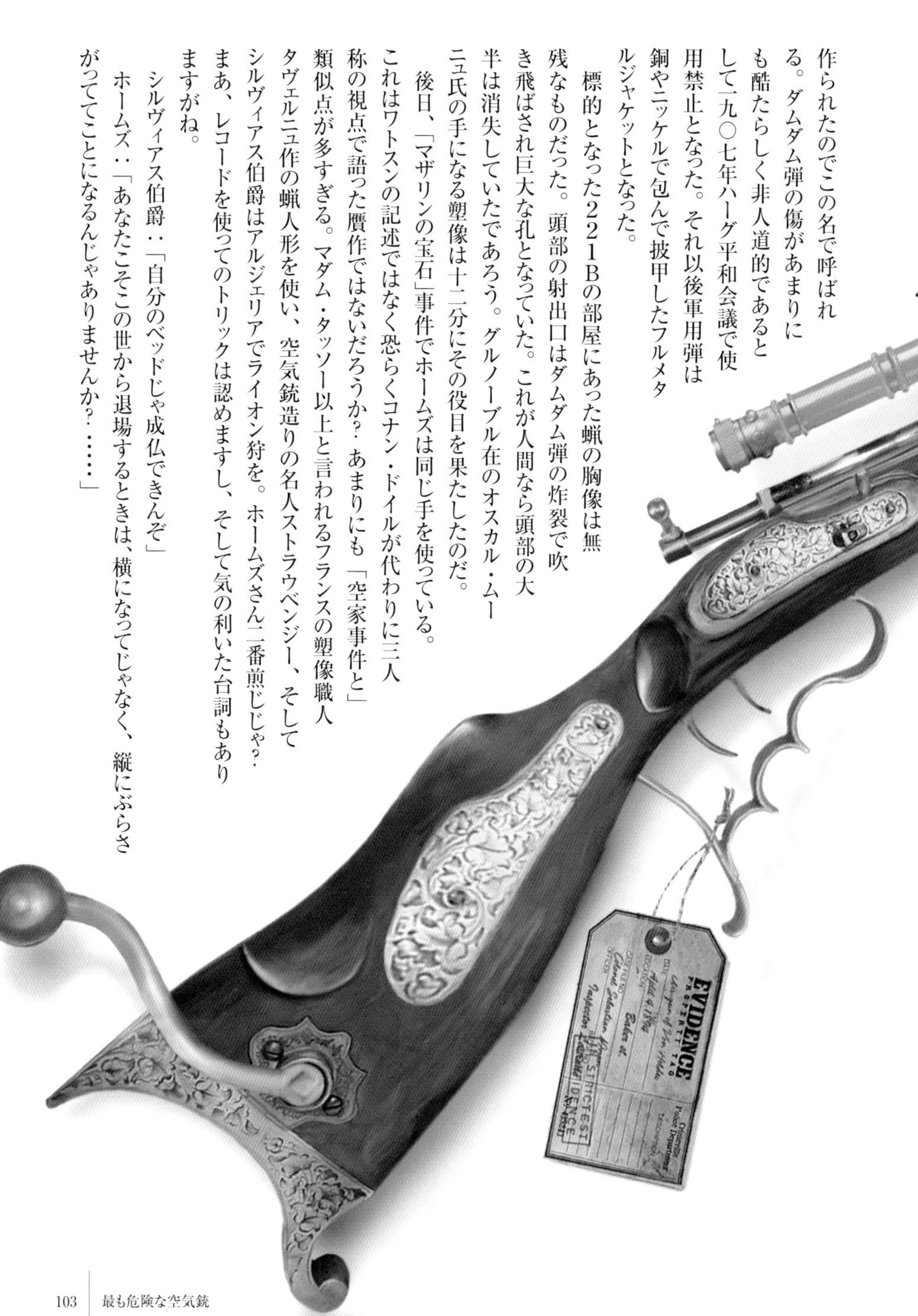

誰も永遠に仮面を被り続けることはできない。偽装はやがて自分の天性へと帰る。
——ルキウス・アンナエウス・セネカ

## 蝋人形とライフマスク

ホームズ譚には蝋人形トリックが二回登場する。「マザリンの宝石」ではマダム・タッソー以上と言われるフランスの塑像職人タヴェルニエ作、「空家事件」ではグルノーブル在のオスカル・ムーニエ氏の手になる蝋塑像が使われている。

「ここに僕の書いた足跡を追うことに関する論文だ。この本には、足跡の保存に焼石膏を使う事に関するちょっとした考察もね」足跡から靴の種類・身長・性別・歩いていたか、走っていたか、その方角まで推理することができると語っている。

と、いうことはこれらの言葉からすると、ライフマスク・デスマスクの製作にも通暁していたことだろう。蝋人形を製作するためには、まず石膏を顔に塗り型取し原型を作る。それに蝋を流し込み、彩色し、髪を植え、仕上げる。その原型となったホームズの石膏ライフマスクが必ずどこかにあるはずだ。各地のシャーロッキアンの人たちにも協力を仰ぎ、タヴェルニエ氏とムーニエ氏の子孫を訪ね、その行方を探した。グルノーブルのムーニエ氏の線では少し気になる情報があった。オートマタ（機械人形）である。「空家事件」で窓に写るホームズの影が動きワトスンを驚かす。正典ではハドソン夫人が動かしたとなっているが、そのような危険な事をさせるわけがない。何と！ ホームズがハドソン夫人に宛てた注意書紙片がワトスンのケースノートに残されている。何項目かの簡単なメモだが、そこにPlease wind the screw occasionarelly（時々ネジを巻いてください）と。……

虎狩りのベテランであるモラン大佐の眼では十五分も動かない影は簡単に囮と看破るであろう。人間はじっとしている時も絶えず頭を傾げたり肩を動かしたり微妙な動きをするものだ。そのために微妙な不随意な動きを機械にセットし機械仕掛けの蝋人形を置いたのである。残念ながらモラン大佐のダムダム弾で破壊されてしまったが。

オートマタは一七三〇年代に、あの有名な、動き、食べ、排出し、鳴くアヒルのオートマタを完成させたジャック・ド・ヴォーカンソンに繋がる情報を辿った。ヴォーカンソンはパンチカード（穿孔カード）による織物産業の自動化を試み、この技術は後にジョゼフ・マリー・ジャカールが改良を施し、繊維産業に革命をもたらした。ジャカード織りはコンピュータが登場する最近まで使われていた。日本では紋紙と呼ばれ、胸のワンポイント・マーク入れなど刺繍に多く使われていた。パンチカードは1と0のデジタルでありオルゴールも自動ピアノもパンチカードのロール紙が鍵盤を楽譜通りに動かすのである。それを使って当時の3Ｄプリンターによるライ

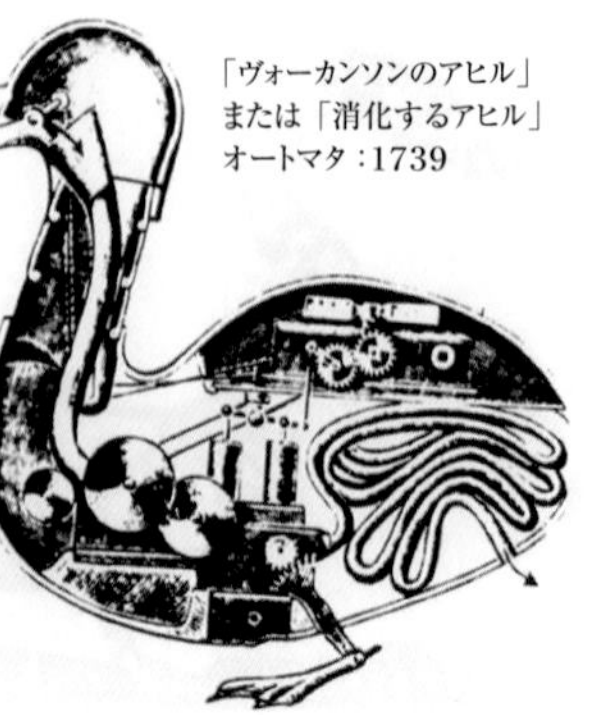

「ヴォーカンソンのアヒル」
または「消化するアヒル」
オートマタ：1739

タヴェルニュ作
シャーロック・ホームズのライフマスク原型：1894

フマスクを制作したのではないか？と考えられる。しかしその線はここまでで途絶え、タヴェルニュの線で追跡することになった。

あのマダム・タッソー（1761-1850）はクルティウスの元で蝋人形制作を学び才能を開花させた。ルソー、ヴォルテール、B・フランクリンなど著名人を制作。時代はフランス革命に巻き込まれ、王党派であるとの疑いでマリーは投獄されるが、その蝋細工の技術ゆえギロチンの犠牲者のデスマスクを作る仕事に就く。ルイ16世、マリー・アントワネット、マラー、ロベスピエールなどのデスマスクを製作。そして一八三五年、ロンドン・ベーカー街にマダム・タッソー館を開館し実体験に基づく「恐怖の部屋」を作り、フランス革命のキッチュでグロテスクな展示をした。ギロチンという「一瞬首がヒヤッとするだけの苦痛を与えない人道主義的？機械」は「肖像製造機械」でもあったのだ。さてタヴェルニュ氏だが、一八五〇年にマダム・タッソーは亡くなるが、当時タヴェルニュは製作を手伝う若い下職人であったが、稀に見る才蔵により腕を上げ影の実力者となった。その後、蝋人形館は発展を続け一八八四年にメリルボン・ロードに移転、その頃ホームズと知り合ったのだろう。ホームズは変装の名人であり「瀕死の探偵」でもベラドンナや「蝋」を使い重病人を演じた。

デスマスクは古くはローマ時代にまで遡り、先祖の肖像は「イマギネス」呼ばれた。中世、そしてルネッサンスにはライフマスクやデスマスクを利用した生き写しの肖像彫刻が数多く作られ、それを基に大理石像が作られた。フランス革命が起こりギロチンで落とされた首を再現したのがマダム・タッソーである。血塗られおどろおどろしくもキッチュで不気味な首の模型である。そして有名なナポレオンのデスマスク、これ以来夥しいナポレオン像が現れ、ホームズも「六つのナポレオン像」で活躍している。ナポレオンは一八二一年に追放先のセントヘレナ島で息を引き取った。医師フランチェスコ・アントマルキが石膏でデスマスクを採った。他にもアーチボルド・アーノットとフランシス・バートンによるものがあるが、それぞれ微妙に違っている。事件ではどの顔をモデルとしたのだろうか。

我が国の探偵小説の始祖とも言える江戸川乱歩氏は人形に寄せる愛は相当なものだ。「人間に恋はできなくとも、人形には恋ができる。人間はうつし世の影、人形こそ永遠の生物」と語り「人でなしの恋」では人形に恋する男の破滅を。また「老人形師」でもチュッソー夫人やE・T・A・ホフマン「砂男」のナタニエル青年が生きた娘よりも人形のオリンピアに命がけの恋をしてしまう話。ジェローム・K・ジェロームの「ダンス人形」など乱歩の美意識世界である。そうそうジョン・ディクスン・カーにも「蝋人形館の殺人」があった。

乱歩の少年向け「仮面の恐怖王」では上野公園の不忍池のそばに「中曾（ちゅうそ）夫人ロウ人形館」も出てくる。中曾？タッソー夫人の名をフランス読みにすると、チュッソーとなり、「中曾夫人」というのはチュッソーをもじったものだとサ……。

「ロウ人形はみんな人間とおなじ大きさで、それに服がきせてあるのですが、ロウでできた顔がまるで生きているように見えるので、じつにきみがわるいのです。有名などろぼうや名探偵の人形もあります。アルセーヌ＝ルパンが、きがんじょうの階段をかけおりているところや、シャーロック・ホームズが、悪漢モリアーティとたたかっているところもあります」と……。

嬉しくなるじゃありませんか！　強烈に見てみたい衝動に駆られる。そして日本は蝋細工大国である。大正時代から始まったと言われる蝋細工の食品サンプルのそのリアルさは職人芸の極みである。カツ丼にしろ天麩羅の衣の微妙さ、フォークにスパゲッテイが絡まり空中に浮いているなんざ、よくぞここまでというリアルさに脱帽モノである

## ウンディーネ？ 名も無きセーヌの少女

リルケのマルテの手記に「毎日僕がその前を通りすぎる石膏店の入り口の横に、二個のマスクがかけてあった。一つは死体収容所でとった若い溺死女の顔だが、なかなかの美人で、しかもその顔は微笑していた。自分で微笑の美しさを意識しているような虚飾の笑い方だった」（『マルテの手記』：リルケ／大山定一／訳：新潮文庫）リルケは続いて峻厳なベートーヴェンのマスクに移るのだが……。これは一八八〇年頃、セーヌ川で自殺した少女のものと言われる。

「名も無きセーヌの娘」名前はおろか年齢も身元も一切が不明である。いや、ある職人が自分の娘のライフマスクを採った、それであるとか……。世界一美しいデスマスクと言われるその顔は、愛らしく、あいまいで、神秘的で、その細く小さな身体に悲しみに満ちた不幸を感じるのは何故なのだろう。水の精ウンディーネのように……。微笑みと言えばダ・ヴィンチの「モナリザ」の神秘の微笑みが超有名だが、この少女の微かな微笑みが、何故かくも不思議に迫るのだろう。二〇世紀初頭には複製品が拡がり、謎めいた微笑に魅せられた文人たちの居間を飾ったという。あの「異邦人」のアルベール・カミュも所持していたそうだ。話は展開し一九六〇年代に心肺蘇生法の訓練用マネキンに彼女の顔が使われ、「レスキュー・アン」と呼ばれ世界各地で何万体と製造された。よって「世界で一番キスされた顔」として、現代に蘇ったのだ。

水に漂う女性ならハムレットの「オフィーリア」となるのだが、絵画では有名なラファエル前派のJ・E・ミレー「オフィーリア」だろう。そして、何と言ってもビル・エヴァンスとジム・ホールの「アンダーカレント・暗流」(1962)だ。まずジャケットに魅せられた。LPジャケットには、大きさ、重さ、質感、期待と想像力を刺激するものがある。音楽が一枚のディスクに込められ、

Bill Evans - Jim Hall – Undercurren 1962

針を落とすと流れ出す響きと美しさ……。ジャケットが不思議な写真だった。トニ・フィリセルという女性フォトグラファーがファッション雑誌、ハーパース・バザーのために撮影されたものだ。あの頃はファッション誌がフォトアートを牽引していた。さまざまな試みと冒険とアヴァンギャルドと……。レコードの内容も素晴らしいのだが、このカバー写真の美しきインパクトがエヴァンスの叙情性と相まって、より「暗流」を名アルバムにしたのは間違いない。「暗流」とは人の心の奥底に流れ漂う「生と死」のあわいのイメージなのだろうか。

デスマスクとは決して本人が見ることができない顔のフェイク物。……僕たちの想像力はその固形化された顔に、その人の人生やドラマを見て取るが故に不気味さを伴った胸騒ぎを覚えるのだろうか？

「名も無きセーヌの少女」デスマスク、人生の最期の瞬間を型採った石膏面は「生と死」「現実と虚構」「生々しさと不気味さ」がある。

# IV 名探偵が多すぎる

ミステリーの探偵はエドガー・アラン・ポー「モルグ街の殺人」における
デュパンをもって嚆矢とする。

内容のない思想は空っぽで、概念のない直観は無為である。
――――イマヌエル・カント

## 名探偵が多すぎる

探偵稼業もやり辛くなったものだ。スマートフォン、GPS、監視カメラ、司法解剖、ガスクロマトグラフィー、DNA鑑定、微量の毒物の組成を調べるために大型放射光施設Spring8まで使うのだから……。不可解事件の発生、密室殺人、凶器の謎、トリック、探偵の冷徹な頭脳による推理、そして大団円という図式が成立しなくなってきた。よって探偵が輝いていたのは一九世紀後半から二〇世紀前半なのである。ポーのデュパンが登場してから一八〇年、論理的に不可解な謎を解こうとする近代科学思想の所産である探偵小説。いかに読者に謎解きを挑むかが? 作者たちが技巧と知恵を絞った時代である。推理、ミスディレクション、倒叙、安楽椅子探偵……。これら珠玉の作品を愉しむのはこの上ない悦楽である。

ここは名作と呼ばれる本格派推理長編は少々退屈であるので、ヤラレタ! と意表を突く解決の面白さを列挙してみよう。

**「盗まれた手紙」**(1845)エドガー・アラン・ポー：史上初の探偵C・オーギュスト・デュパンの登場(一八四一年・モルグ街の殺人)。

**「唇のねじれた男」**(1892)コナン・ドイル：あのホームズがアヘン窟にいた。……?商売は三日やったら止められない。

**「ダブリン事件」**(1902)バロネロ・オルツイ：安楽椅子探偵、隅の老人。名前も何も分からない謎の老人が推理力で。

**「13号独房の問題」**(1907)ジャック・フィットル：オーガスタス・S・F・X・ヴァン・ドゥーゼン思考機械の登場。フィットルは一九一二年タイタニック号遭難事故で死亡。

**「赤い絹の肩かけ」**(1911)モーリス・ルブラン：あの紳士にして強盗、詐欺師、冒険家、アルセーヌ・リュパンが活躍。

**「オスカー・ブロズキー事件」**(1912)R・オースチン・フリーマン：当時最新の法医学や鑑識技術を取り入れ、一見不可能に見える事件を科学的に解明。ソーンダイク博士の頭脳が冴える。

**「ギルバート・マレル卿の絵」**(1912)ヴィクター・L・ホワイトチャーチ：走行中の列車から目指す一両だけをどうすれば抜きだせるのか?

**「堕天使の物語」**(1939)パーシヴァル・ワイルド：カードゲームのトリック、その労力たるや……。奇術師ロベール・ウーダンによるいかさまの話からと言うが果たして。

**「茶の葉」**(1925)エドガー・ジェプスン&ロバート・ユーステス：トルコ風呂殺人、凶器は何だ? この手はいっぱい模作を生んだ。おかげで今ならすぐ思いつく。凶器は……?の槍で殺したというのを読んだことがある。

**「密室の行者」**(1925)ロナルド・A・ノックス：密室殺人、食料が豊富な部屋にいて、なぜ餓死なんだ?

A.ネロ・ウルフ　B.アルセーヌ・リュパン　C.ジョン・イヴリン・ソーンダイク博士　D.チャーリー・チャン　E.思考機械　F.サム・スペード　G.エルキュール・ポアロ　H.オーギュスト・デュパン　I.ブラウン神父　J.シャーロック・ホームズ　K.隅の老人　L.アブナー伯父　M.明智小五郎　N.金田一耕助　O.黒後家蜘蛛の会

**「二壜のソース」**（1932）ロード・ダンセイニ：なぜ薪割りなんかしているんだ。

**「オッターモール氏の手」**（1925）トマス・バーク：読んでのお楽しみ。

現代ではアイザック・アシモフの**「黒後家蜘蛛の会」**(1974)会話を聞いていた給仕のヘンリーの推理が冴える。**「ユニオンクラブ」**(1983)微睡んでいた意地悪爺さんグリズウォルドがやおら目を覚まし……。

まあ、こんなに名探偵が揃うとベストを選びたくなる心理は良く分かる。ニカラグア政府が一九七二年にインターポール（国際刑事警察機構）の五〇周年を記念して切手を発行した。シャーロック・ホームズにトップの名誉が与えられたのは当然として、ネロ・ウルフ、デュパン、ポアロなど不滅の名探偵たちだ。エラリー・クインもいるし、探偵じゃないけれどペリー・メイスンもいる。この切手を見ると、これレイモンド・バーじゃないか。サム・スペードなんてH・ボガートそっくりだ。TVや映画に敬意を払っているんだ。こんなのを見ると嬉しくなってしまいますね。君は何人知っているかな？

## 名探偵の系譜

史上初の探偵はシュバリエ・オーギュスト・デュパン(Chevalier Auguste Dupin)フランス人である。そして諮問探偵という言葉を一躍有名にしたのがシャーロック・ホームズ(Sherlock Holmes)だ。十九世紀が生んだこの類いまれな二人の探偵を比較してみよう。そう、デュパンがいなければホームズはいなかった。デュパンの活躍を記録したのは友人である私、エドガー・アラン・ポーである。フォーブル・サンジェルマン・デュノ街三三番地に住み、昼は鎧戸を下ろし、強い香料入りの蝋燭と読書・瞑想、深夜の散歩。緑色の色眼鏡を常用し「盗まれた手紙」ではD大臣にウイーンで酷い仕打ちを受けたことがあると語る。一八四一～四五年にかけて三件の事件記録。警視総監Gは未解決事件の調査をしばしばデュパンに依頼する。観察と推論(observation and speculate)で事件を睨むのだ。「マリー・ロジェの謎」では新聞に掲載された記事のみで事件の真相を推理し解決するという安楽椅子探偵の元祖である。「真実はいつも井戸の中に潜んでいるわけじゃない。重要な知識に関する限り、真実というのはたえず表層に存在するのだ」と、デュパンは語る。

一方ホームズは先祖は地方の地主で、祖母がフランスの画家ヴァルネの姉妹である。そしてマイクロフトという兄がいる。ジョン・H・ワトスン(John H. Watson)医学博士は探偵の相棒(サイドキック)としてロンドン・ベーカー街221Bに同居し、

Chevalier Auguste Dupin

ホームズの扱った事件六〇編(内二編はホームズ著、他の一編は恐らくドイルであろう)の著者である。アーサー・コナン・ドイルは出版代理人である。

ホームズは冷静沈着、行動力、変装を得意とし、ワトスンさえ騙される。ヴァイオリンの名手であり、ボクシングはプロ並みの腕前、化学実験が趣味でヘビースモーカー、倦怠時にコカインに耽溺する悪癖がある。鼬目のレストレード警部にしばしば手柄を進呈する。ホームズにライバル意識を持つグレグスン警部やホームズを尊敬する田舎のスタンリー・ホプキンズ警部がいる。

観察と推理(observation and deduction)アブダクションを用い徹底した現場観察によって得た手掛かりと、過去の犯罪事例に関す

る膨大な知識、物的証拠に関する化学的知見、犯罪界から得た情報などと照らし合わせて分析し、事件現場で何が起きたかを推測する。しばしば消去法を用いる。

先輩に対しては「僕にいわせればデュパンはずっと人物が落ちる。十五分間も黙りこくっていてから、とつぜん適切な言を吐いて、友人たちの思索をぶちこわして驚かすというあの男のやり口は、きわめてあさはかな見栄だよ」と悪態をつくは、また「ルコックなんて、あれは不器用者だ。取り柄といったらたった一つ、精力だけだ。あの本には胸くそが悪くなったよ」……と、手厳しい。……ワトスンに言わせると文学・哲学・天文学の知識なし、政治学は僅か、犯罪学の知識は深く膨大であると。ホームズは「人間の頭脳の屋根裏部屋は雑多なガラクタ知識ではみ出してしまい、いざという時に取り出せなくなってしまう。そこへゆくと熟練者は自分の脳へ仕舞い込む品物に関しては、非常に注意を払い、仕事に役立つもの以外は置かず、極めて順序よく整理しておくのだ。無用の知識は捨て、有用な知識の邪魔にならないようにすることが、極めて重要だ」と宣うのだ。ここに一九世紀の科学的思考背景が色濃く出ている。フランツ・ヨーゼフ・ガルの骨相学やチェザーレ・ロンブローゾの犯罪学、フロイトの精神分析など限りなく疑似科学に近いものだ。「反証可能性」を唱える科学哲学者のカール・ポパーなら何と言うだろう。

*Sherlock Holmes*

「ボヘミヤの醜聞」はデュパンの「盗まれた手紙」からの影響が大きいしホームズは相当にデュパンを意識している。そのエキセントリックでボヘミアン的生活や常人離れした頭脳、常識人である友人に事件を語らせる手口など、あまりにも共通点が多い。それ以来多くの探偵たちがホームズと如何に違ったユニーク性を持っているかに趣向を凝らし、変人とも思える探偵が陸続として現れた。いかに個性的なキャラクターにするかに知恵を絞ったあまり、奇妙な人間性の探偵たちである。

ホームズのデュパンによせるオマージュは、その正統後継者たるホームズ譚の記述者ワトスンは「彼は探偵小説のあらゆる手法を案出してしまったので、後に続くものはその創意をどこに見だしたらよいのか、その余地が無いように思える」とまで出版代理人コナン・ドイルの言葉として書き残している。

| | ホームズ | デュパン |
|---|---|---|
| **探偵** | シャーロック・ホームズ（Sherlock Holmes）英国人 | シュバリエ・オーギュスト・デュパン（Chevalier Auguste Dupin）フランス人 |
| **家系** | 先祖は地方の地主で、祖母がフランスの画家オラース・ヴェルネの姉妹である。マイクロフトという兄がいる。 | フランスの名門貴族にして騎士（chevalier）であったが、いくつかの不幸な事件によって財産を失う |
| **記述者** | ジョン・H・ワトスン（John H. Watson）医学博士、探偵の相棒（サイドキック） | 私／図書館で知り合い同居 |
| **出版代理人** | アーサー・コナン・ドイル | エドガー・アラン・ポー |
| **住居** | ロンドン・ベーカー街221B | フォーブール・サンジェルマン・デュノ街33番地 |
| **人物** | 冷静沈着、行動力、変装が得意、ストラディバリウスを所有。ボクシングはプロ級、化学実験が趣味。ヘビースモーカー、倦怠時にコカインに耽溺する悪癖がある。 | 昼は鎧戸を下ろし、強い香料入りの蝋燭と読書・瞑想、深夜の散歩。「盗まれた手紙」ではD大臣に昔ウィンナで酷い仕打ちをされたことがある。緑色の眼鏡（サングラス?）をかける。一八四一～四四年にかけて、3事件の記録。 |

**事件**

一八八七～一九一四年にかけて、六〇の事件の記録。

**警察**

イタチの目のようなレストレード警部やしばしばスコットランドヤードに手柄を進呈する。ライバルにグレグスン警部。ホームズを尊敬する田舎のスタンリー・ホプキンズ警部など。

**デュパンの捜査法**

観察と推論（observation and speculate）「マリー・ロジェの謎」では新聞に掲載された記事のみで事件の真相を推理する。安楽椅子探偵の元祖である。警視総監Gと知り合い、未解決事件の調査をしばしばデュパンに依頼する。「大抵の人間は私から見ると、胸に窓を開けているのだ」「私の最後の目的は真実だけだ」と宣う。

## ホームズの捜査法

　ホームズはしばしば逆向きの推理方を試みる。分析的推理である。通常は一連の出来事から次に起こること推論する。原因→結果「卵を床に落とした→割れる」時系列的であり日常現象であるので人の頭に頑固に染み込んでいる思考形態である。しかし割れた卵を仔細に観察すれば、結果→原因を追求することができる。逆向き推理、分析的推理である。結果から源へ遡り「床に割れた卵がある。落としたのか？踏まれたのか？投げつけられたのか？叩いたのか？壊れ具合は？飛び散り方は？拡大鏡で観察し、潰れ方、飛散方向、衝撃力などから出来事を推察するのだ。だが誤ることもある。ワトスンの靴についた赤土をみて「郵便局に行った」と結論付けたが、馬車の車輪が落とした赤土を踏んだのかも知れない。また「プライオリスクール」では「自転車の進行方向を前輪より後輪の方が深く沈み込んでいるのでこちらから来たのだ」というが、たまたま当たったからよかったもののラッキーなだけである。曖昧で根拠のない前提から出発すれば真の事実には近づけない。

「私は仮説をつくらない（ヒポテセス・ノン・フィンゴ）」はニュートンの『プリンキピア・自然哲学の数学的諸原理」にある有名な言葉だ。仮説を立てるためには着実な実験と観察に基づきに数学的に導き出し立てるものであると。

　また直感とは様々なデータを無意識に統合してヒラメク帰納ないし演繹に由来するものだが、その過程が自分では意識できなく判然としないので理性を超えた曖昧な確信？である。先入観というのも厄介な存在である。

マイクロフト・ホームズ：ディオゲネスクラブにて（1893）

**シャーロック・ホームズ**（Sherlock Holmes）：不世出の探偵。記録執筆はジョン・H・ワトスン博士。

**マイクロフト・ホームズ**（Mycroft Holmes）：シャーロックの七歳上の兄。社交・行動嫌い。「安楽椅子で推理する事に終始するならば、彼は今までで最も偉大な探偵だったろう」と、シャーロックは語る。「ディオゲネス・クラブ」という人付き合い嫌いな者ばかりが集まったペル・メルにあるクラブの創立発起人。だがこんな無口の仲間をどうやって集めたのだろう？ ディオゲネス（B.C. 412？～323）とはシノペに生れの古代ギリシアの哲学者。大樽を住処にし犬儒派（キュニコス派）の思想を体現して犬のような生活を送り、「犬のディオゲネス」と言われた。「賢者のみが自由人にして、卑劣なる人間は奴隷である」「私が死んだら、そのへんに捨ててくれ」などの名言。ある時、アレクサンドロス大王が樽のディオゲネスの前に立ち「何か所望のものはないか」と尋ねた。「そこをどいてくれ、わしの陽なたが影になる」と。

マイクロフトは「ギリシャ語通訳」「空き家の冒険」「ブルースパーティントン設計書」に登場。彼は政府の会計監査役というさえない役職だが、その記憶力と知識と判断力で「影の英国政府そのもの」と言われるくらいである。まあ名前の通りマイクロプロセッサである。ライヘンバッハの滝で行方不明なったシャーロックの大空白期には彼を金銭面などで支援していた。彼こそ隠れた史上最高の探偵であろう。

**ピーター・ウィムジイ卿**（Lord Peter Death Bredon Wimsey）：ドロシー・L・セイヤーズ／ブロンド、灰色の目、面長、典型的上流階級。

**ネロ・ウルフ**（Nero Wolfe）：レックス・スタウト／マンハッタンに住む巨漢・デブ、外出嫌い。美食家、料理人まで雇っている安楽椅子探偵。その風貌はマイクロフト・H？ あの怪優であり監督のオーソン・ウェルズを彷彿させる。

**ペリー・メイスン**（Perry Mason）：E・S・ガードナー／彼は実の弁護士である。

**チャーリー・チャン**（Charlie Chan）：アール・デア・ビガーズ／ホノルル警察の名警部、中国系小太り短躯、「東洋の英知」と呼ばれる。なお東洋系ならJ・P・マーカンドのミスター・モトも忘れてはいけない。

**ブラウン神父**（Father Brown）：G・K・チェスタトン／丸顔で眼鏡、短躯で蝙蝠傘。英国サセックス教区のカトリック司祭。その推理法は鋭い洞察力による直感から演繹的である。

**C・オーギュスト・デュパン**（C. Auguste Dupin）：E・A・ポー／世界初の探偵。後の探偵諸氏の人物像に大いなる影響を与えた。世界初の探偵と目されている。

**ジュール・フランソワ・アメデ・メグレ**（Jules François Amédée Maigret）：ジョルジュ・シムノン。メグレ警視として有名。現場主義で警部から警視、警視長となる。

**フィリップ・マーロウ**（Philip Marlowe）：レイモンド・チャンドラー／ハードボイルド。ご存知「タフでなければ……」

**サム・スペード**（Sam Spade）：ダシール・ハメット：「マルタの鷹」で登場。金髪の悪魔的容姿。

**エルキュール・ポアロ**（Hercule Poirot）：アガサ・クリスティ／口髭をたくわえたキザ紳士、「灰色の脳細胞」が冴える。スタイルズ荘の怪事件からカーテンまで、その活躍は半世紀も続く。

**ドルリー・レーン**（Drury Lane）：バーナビー・ロス（実は？ EQ）／元はシェイクスピア俳優で、聴覚を失ったために引退。エラリー・クイーン（Ellery Queen）：フレデリック・ダネイとマンフレッド・ベニントン・リーのコンビ。

**明智 小五郎**：江戸川乱歩／モジャモジャ頭の書生風が洋風の紳士となる。論理的演繹によって犯罪を暴く。

**金田一 耕助**：横溝正史／皺だらけの絣の単衣と羽織にヨレヨレの袴、妙な帽子。これじゃ目立ってしょうがない。

**神津 恭介**：高木彬光／「成吉思汗の秘密」でジンギスカンとは吉成りて水干を思うと…… 成吉思汗を万葉仮名で読み下せば「なすよしもがな」静御前の歌に呼応している。なるほど！

まだまだ名探偵は陸続と続くのだ。

# 明智小五郎と金田一耕助

「もし、そうだとすると、……ちょ、ちょ、ちょっと、ぼくに考えさせてください……」――金田一耕助

江戸川乱歩と横溝正史。この二人の対決は明智小五郎vs.金田一耕助とも言える。二人とも戦前戦後にわたって探偵小説のライバルであった。金田一は雀の巣みたいな頭にお釜帽、褪せたセルの袴に下駄履きといっただらしない出で立ちで、推理に集中すると頭をグシャグシャかき回す。……方や明智は最初はヤボな書生スタイルでボサボサ頭であったが、洋行してからポマードやチックで髪を撫でつけスーツ姿の紳士になった。探偵を比較するのも楽しいがやはり両者とも日本生まれであるから西欧的合理主義と帰納的かつ演繹的推理は泰西の探偵に比べれば少々甘い気がするが。だって状況証拠や推察だけじゃ裁判にはとても……。乱歩の面白さは発想・アイディアの斬新さである。思いつくままに「人間椅子」は暗闇で厭な感触のものに触れたような生理的不快感がザワザワさせる。「屋根裏の散歩者」覗きの世界と快楽。「火星の運河」深閑とした暗い森の奥に黒く重い池、その真ん中の岩に体を切りさむ運河のような傷口、鮮血の赤。この妖しき耽美的自虐美。「虫」ウェーッ!、「芋虫」陰残、……「鏡地獄」いまならCG・3Dのバーチャルでもっと凄い。「押し絵と旅する男」蜃気楼のような異次元とフェティシズム。「パノラマ島奇談」今のテーマパークに乱歩が行ったとしたら?「防空壕」東京の夜間空襲下、ネロ皇帝が見たような都市の炎上、その興奮と美に陶酔し逃げ込んだ防空壕での出来事、奇妙な味の短編である。ああ切りがない。……乱歩の功績として昭和初期に探偵小説の分析と評論「鬼の言葉」で内海外ミステリーの紹介が素晴らしい。その中でE・フィルポツの「赤毛のレドメイン家」を絶賛しているが、今読み直して見ると冗長で少々かったるい。やはり一世紀という時間に数多くのミステリーが生まれ読まれ、無数のトリック技法を知った現代の悪ズレした読者には隔世感が残る。悠長な時代だったのだ。名作の誉れ高い「月長石」にしても読み上げるのに苦労する。そして「世界短編傑作集」世界の珠玉の短編セレクトの眼、さすがは乱歩、名作ウォルポール「銀の仮面」はこれで知った。

横溝正史となると「本陣殺人事件」「獄門島」「八墓村」「真珠朗」……その他短編も結構読んでみたのだが、やはり正史にはどこか生真面目さがあって乱歩のような奔放な飛躍はない。しかし日本の地方の因習や人間の怨念、おどろおどろ感、ネクロサディズムと極彩色の美、仮面に隠れた本当の顔は?……映像的である。乱歩と正史、読んで字のごとく乱歩の作品は揺れが大きくて乱れている。方や正史は正当派探偵推理小説を目指していた。乱歩の方が一回り年長で、お互いが友人でありライバルであり批判家であり戦前・戦後に亘り巨頭であった。乱歩はアイディアにすぐれ独特のエロティシズム、サディズム、マゾヒズムと異端の美意識や不気味な味を狙った。それは大正から昭和初期にかけてのエログロナンセンス、モボモガ

の時代風潮、戦争の足音が近づく束の間の享楽の時であった。正史も時代の児である。ネクロサディズムや腐乱死体、屍体愛好癖の犯人など残虐嗜虐趣味の作品が多い。両者とも屍体、義眼、奇形、異常人格、猟奇性など人間に潜む異様性を好んだ。日本的陰残さと美意識を根底とし独自の世界を創り上げた……。

この二人の探偵もホームズを始めとする欧米の合理的で怜悧な脳細胞探偵とは少し趣きが違う。日本語そのものが音訓読みが渾然とし、感覚語でありオノマトペ表現であるからだ。それは背景としての文化の違いで日本家屋では密室設定は難しいし、論理より情緒、普遍性より因習、乾より湿、洋服より和服、靴より下駄の時代であったから「日本的曖昧さの文化」に探偵小説スタイルを載せたのである。また欧米の推理小説自体が殆ど翻訳されていない時代であり、洋行なんてホンの一部の人しか出来なかった。しかし乱歩や正史は洋書を読んでいたからこそ、それらを日本風土にあわせた独特の推理探偵小説世界に遊ぶ事ができたのだろう……。

横溝正史生誕地碑を神戸東川崎町に訪ねた。夕闇迫るなかメヴィウスの輪からヌエのような怪鳥の叫びと笛の音が聞こえた気がしたが、気のせいか、果たして……。

# 乱歩幻影

うばたまの夜のまぼろし夢ならば、昼見し影を何といふらむ　――　江戸川乱歩

　神谷バーで電気ブランを飲み過ぎたのだろうか？　地面が揺らいだ。地震？　立ち眩み？　両眼を押さえてしゃがみ込んだ。ゆっくりと立ち上がり頭を振り々眼を瞬いて見ると風景が一変しているではないか！　双眼鏡を逆さまに覗いたような極端な遠近法で描いた絵のようであった。揺らめく蜃気楼のような夜の浅草、十二階「凌雲閣」の下に立っていたのだ。……黒いインバネスを羽織った男が近づいてきた。顔は整っていて、スマートな感じであった。そして、きれいに分けた頭髪が、豊かに黒々と光っているので一見、四十前後であったが、よく注意してみると、顔じゅうにおびただしい皺があって、ひと飛びに六十ぐらいにも見えぬことはなかった。その黒々とした頭髪と、色白の顔面を縦横にきざんだ皺との対照が、はじめてそれに気づいた時、何か非常に無気味な……そう、違和感があった。

「あなたは十二階へお登りなすったことがおありですか？　ああ、おありなさらない。それは残念ですね。あれは一体、どこの魔法使いが建てましたものか、実に途方もない変てこれんな代物でございましたよ」

　それだけ言うと黒い風呂敷包を持って、背後の闇の中へ溶けこむように消えていったのである。彼は何者なのだ？　押絵と旅する男？　遠く曲馬団のジンタの響きが漂ってくる。帝都の暗闇に蠢く陰獣、黄金仮面、怪人二十面相、豹男、道化師、一寸法師、……おどろおどろした乱歩の世界に不気味さと不快さを持ちながら耽溺したものだ。まあ、紅色彩りエログロと奇形的好奇心を猛烈に刺激するのだ。乱歩の美学を表したものは「火星の運河」だろう。白昼夢とも幻影ともとれる小品だが、彼の美意識の告白なんだろう。……鬱蒼とした森の奥、その暗闇に暗く淀んだ沼がある。岩島があり全裸の美女がいる。その白い肌を爪で掻き毟り流れだす鮮血の赤、それが火星の運河のように、黒い背景に白い肌と無数の赤い溝の対比を映し……こんな世界だ。十二階「凌雲閣」は明治二三年（1900）に建てられ、大正一二年九月一日（1923）の関東大地震で崩壊した。だから「怪人二十面相」（1936）は登場しないのだが。「怪人二十面相」はアルセーヌ・ルパン、明智小五郎はシャーロック・ホームズを彷彿させるし、少年探偵団はベイカー・ストリート・イレギュラーズだ。昭和三二年に始まったラジオ放送には興奮した。テーマ曲は今だって歌えるのだ。♫ぼ、ぼ、僕らは少年探偵団　勇気りんりんるりの色　望みに燃える呼び声は朝焼け空にこだまする　ぼ、ぼ、僕らは少年探偵団 ～ 少年探偵団に入会するとＢＤ（Boy Detectives）バッジが貰えるのだ。痛烈に欲しかった。……あれから長い年月が過ぎた。……あの紅顔の少年よ、いま何処。

うつし世はゆめ　よるの夢こそまこと
乱歩

灯りまたたく黒門町に 御用御用の声がする――― 伝七捕物帳主題歌

# 御用だ!!

御用だ！ 神妙にしろイッ！ 捕物帳は肩の凝らない気楽さに満ちている。犯人逮捕の言葉「御用だ！」。上から目線そのものである。だから封建制下ひたすらに安定だけを求める権力に対して反抗するアウトローに喝采を叫ぶのだ。石川五右衛門、鼠小僧次郎吉、白波五人男、そして雲霧仁左衛門に至るまで楽しみは尽きないのである。海外ではアルセーヌ・リュパンが代表だろう。その大胆不敵さと権力を笑う姿勢に溜飲を下げるのである。この捕物帳という日本独自のミステリーは岡本綺堂「半七捕物帳」を嚆矢をもってするが、そこには「半七は江戸の隠れたるシャアロック・ホウムズであった」とある。でも江戸時代は科学的捜査方法も無かったし、ミステリーといっても理詰めの推理の構成は不可能だ。そこで結局、町奉行配下の与力，同心、目明しが大江戸八百八町を生き活きと駆ける……その情緒、風俗、人々の人情味など独特の日本的風情エンターテインメント物語になった。逝し世の面影をよすがとするわけだ。思い出すままに……

◆【半七捕物帳】 岡本綺堂：明治中期に律儀で昔かたぎの半七老人が思い出を語る。茶飲み話を聞くうちに手柄話や失敗談を。初期は謎解きの面白さがあるが後期は江戸情緒たっぷり話となった。

◆【銭形平次捕物控】 野村胡堂：親分、てえ変だ、てぇ変だ！……何でえ、うるせえぞ、ガラッ八！ 何と長編・短編併せて二十六年に渡り三八三編もあるそうだ。だが小さな寛永通宝の投げ銭ぐらいで賊を捕らえられるのだろうか？

◆【右門捕物帖】 佐々木味津三：むっつり右門こと八丁堀の同心近藤右門と、配下の岡っ引き伝六。論理無視の解決はとても推理小説とは呼べないが……。

◆【顎十郎捕物帳】 久生十蘭：長大な顎から付いたあだ名とそのコンプレックスを持つ風来坊、仙波阿古十郎の活躍を。

◆【人形佐七捕物帳】 横溝正史：妖艶・情痴・怪奇・諧謔・残酷絡みの面白さ。神田お玉が池の色男佐七。

◆【明治開化安吾捕物帳】 坂口安吾：鹿鳴館時代を背景に旗本の末孫で洋行がえりのハイカラ男結城新十郎。剣術師範泉山虎之助、戯作者花廼屋因果、それに氷川の隠居勝海舟が絡む。海舟の推理とは……。

◆【若さま侍捕物手帳】 城昌幸：若さまが船宿喜仙の二階座敷で、ちびりちびりと、そこへ岡っ引きの小吉が駆け来んでくる……。安楽椅子探偵ならぬ座布団探偵である。

◆【風車の浜吉捕物綴】 伊藤桂一：小石川　伝通院で風車を売るもの静かな男、浜　吉。ある事情から江戸所払いに

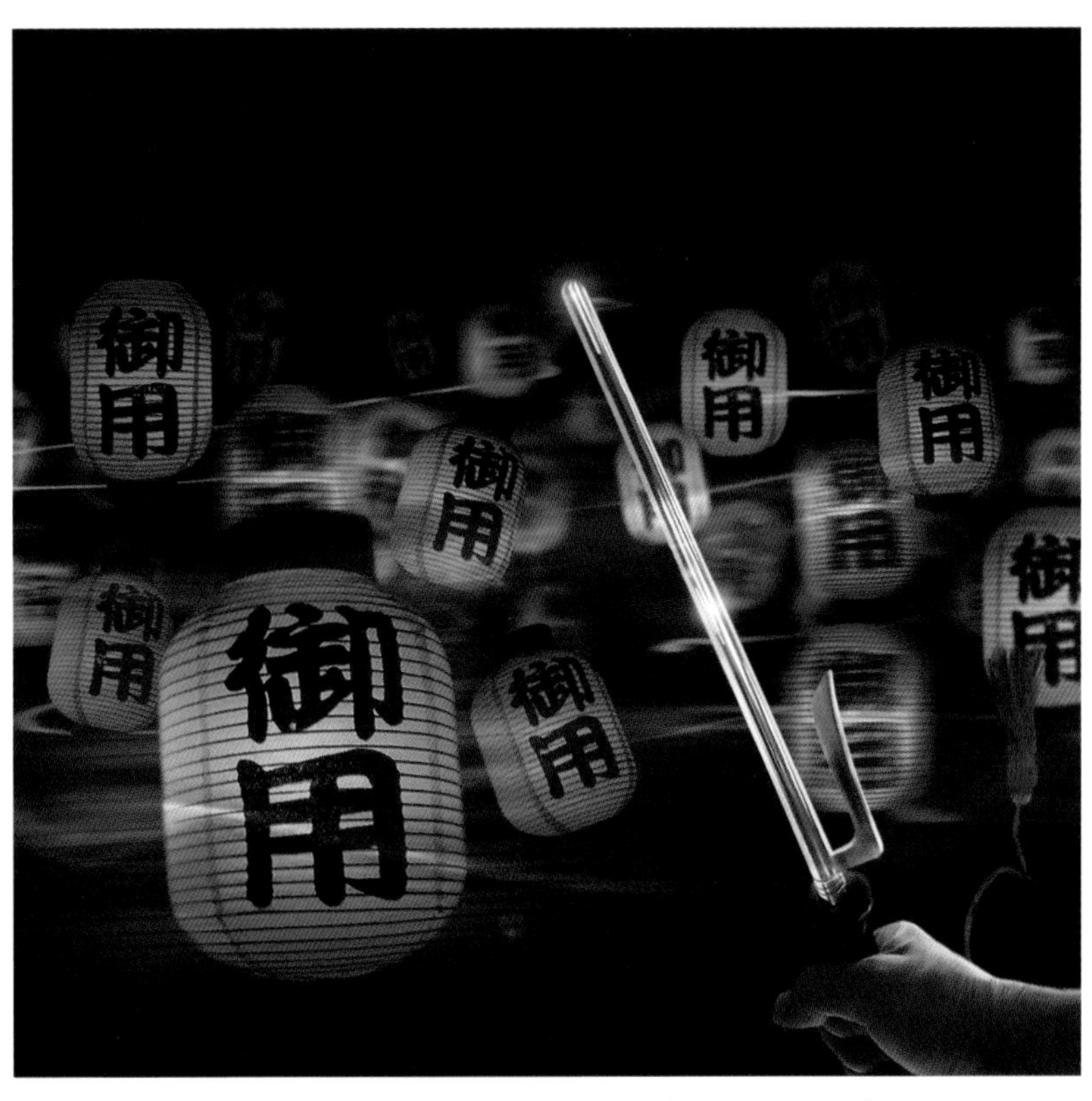


なった暗い過去、元は根津の親分と言われた岡っ引きだった。諸国を放浪し人足時代におぼえた籠風車作り。世を偲んでひっそりと生きているが……。

◆【加田三七捕物そば屋】村上元三：旧幕時代、南町奉行所同心であった加田三七、御維新後湯島で蕎麦屋を始めた。だが昔の血が騒ぐ。

◆【貧乏同心御用帳】【岡っ引きどぶ】柴田錬三郎：何人もの親無し子を育てながらの貧乏同心、大和川喜八郎。そして岡っ引きどぶ、こいつは武士を捨てて飲む・打つ・買うの放蕩三昧。まあ狂四郎やら色んなのが出てくるは…。柴錬ここにあり！

◆【神谷玄次郎捕物控】藤沢周平：北町奉行所の定町廻り怠け者同心。

◆【耳なし源蔵召捕記事】有明夏夫：大阪弁がええねー。舞台は明治やさかい、化学をケミカル→舎密となって科学的捜査や岡蒸気に乗るのが大好きやし。

耳なしの海坊主親分が一発カマス！。そら、浪速のど根性でっせ。

◆【彩色江戸切り絵図】【無宿人別帳】松本清張：切り絵図の「蔵の中」なんて大店の殺人事件なんだが、ある朝庭に穴が掘ってあってその中で男が死んでいる。一体何んで穴掘ったんだ？ 以外や以外、さすが清張ミステリー……。人別帳の大牢の話、こりゃ凄い、老名主、詰めのご隠居なんて、おめー、ツルはどうした？ 少し暑苦しいぜ、さくを作ろうぜ、きめ板で……そして赤猫だーッ。

◆【鬼平犯科帳】池波正太郎：言わずと知れた火付盗賊改、長谷川平蔵だ。おとなしく縛につけイ！ 最近は彼の食生活のほうが人気！

◆【深川安楽亭】山本周五郎：捕物帳じゃないが、抜け荷の拠点、江戸の吹きだまりにたむろする無頼たち。その人情模様。映画「いのちぼうにふろう」監督：小林正樹の秀作。

◆【旗本退屈男】佐々木味津三：封建制下、天下泰平のマンネリ停滞時代に退屈じゃ退屈じゃと五月女主水之介。小説より市川歌右衛門のでかい顔とド派手な衣装、天下御免の向こう傷が唸らせる。「諸羽青眼崩し邪破の剣ひとさし舞ってつかわそう」なんてセリフでチャンバラだ。最後は御政道の一言だもんね。衣装デザインは日本画の異才甲斐荘楠音。

◆【ふたり鼠・鉄砲の弥八捕物帳】飯島一次：銭ならぬ炒り豆の礫打ちが得意技。「朧屋彦六世直し草子」「室町小町謎解き帖」等々、飯島氏はシャーロック・ホームズ・クラブ会員。

まあ、科学的捜査なんて及びもしない時代背景だから、荒唐無稽、歌舞伎を見るつもりでのお楽しみこそ捕物帳の真骨頂だ。しかし、江戸の現実を記録した数多くの資料が存在する。

●「与力同心目明しの生活」横倉辰次／生活史叢書：捕物帳を読むにはその背景を。伝馬町の大牢の仕来たりなんてそれはもう！ 刺青の違いや縛り方、刑罰、お仕置き……興味が唆られる。江戸時代の刑罰はこのようなものだったのだ。首切り朝右衛門なんか……。

●「図解・隠し武器百科」名和弓雄：新人物往来社／江戸時代は道具の発達は無かったという定説があるが、何のなんの、あるはあるは、あらゆるユニークな武器の百貨店だ。飛び道具「印地」ってご存知？ 子連れ狼に印地打ちの男が登場したりして。——よう、よう！ それにしても「水戸黄門」「暴れん坊将軍」「遠山の金さん」は気に食わねエぜ、だってよ、最後は御政道と権力を振り回すんだぜ。何が庶民の味方でぇ、あっしらのことが分かるかッてんダィ！

# V

# HARDBOILED

## ハードボイルド

ハードボイルドの探偵たちはタフである。劇中必ず一回は後頭部をブラックジャックや拳銃のグリップで殴られて失神する。だが後遺症は残らないようだ。相当に頭蓋骨が硬いのであろう。ハードボーンドだ。まあ、硬骨漢そのものではあるが・・・

# ハードボイルドの定義とは何か？

固ゆで卵である。いや、新兵を鍛えまくる鬼軍曹の糊を利かせたカラーである。男っぽく硬質で感傷に流されない、冷酷さと非情さを持ち、強靭で妥協しないタフガイ。まあ、こういったところか。もちろん小説や映画上の約束事で、こんな男が実際にいるわけではない。いたら面白いだろうがちょっと照れるネ。文学としては反道徳的、暴力的、結果より行動を冷徹に客観的に簡潔な描写で記述する文体でE・ヘミングウェイやダシール・ハメットを嚆矢とするとあるが、時代が時代だけにいま読むと正直に少々退屈である。原作は乾いた一視点で事実のみを描写する文体だが、ヘミングウェイには「氷山理論」というのがあり、顔を少ししか見せない氷山のように、残る部分は読者の想像に委ねるという訳である。

映画となるとセンチメンタルな面が出て来る。やはり映像と音楽には感情に訴えなければ面白くないわけだ。まあ、男の矜持、痩せ我慢、ストイシズム、皮肉な警句もハードボイルドの大いなる愉しみの一つである。

あの有名なフィリップ・マーロウーの泣かせる科白なんて「If I wasn't hard, I wouldn't be alive. If I couldn't ever be gentle, I wouldn't deserve to be alive. ――ハードでなければ生きていけない、ジェントルでなければ生きていく気にもなれない」「To say Good bye is to die a little. ――さよならをいうのは、少し死ぬことだ」「Take my tip - don't shoot it at people, unless you get to be a better shot. Remember? ――撃っていいのは撃たれる覚悟のある奴だけだ」そして、ラッキーストライクの紫煙とスコッチ、場末のバーと暗黒街が奴らの世界だ。

ダシール・ハメットの「マルタの鷹」(The Maltese Falcon)は聖典と呼ばれている。「ブラック・マスク」に一九二九〜三〇年に連載された。これは探偵小説というより悪漢小説ではないか。主人公のサム・スペード、身長6フィート以上、顎、鼻、眉、額がV字形で笑えば金髪の悪魔然としている。そしてそのやり方は滅茶苦茶なのだ。同僚の女房とできていて、その同僚が殺されると「あいつは無能だ」とか、美人の依頼人から金を絞り取るは、警察に楯突くは、裏切りを仕向けるは、依頼人と寝た後でうそぶくは、まあ論理的な推理なぞ糞食らえである。それまでの推理小説や探偵小説の定型をぶっ壊している。そこがハードボイルドなんだろう。徹底して心理描写を排し外から見た目線のみの簡潔な文体、登場人物に喋らせることでプロットを構成していく。ストーリーは単純。お宝「鷹の像」の奪い合いである。しかし、これらを映画の映像がハードボイルドのスタイルを決定づけたのではないか。非情でいて、そして男の矜持と行動というイメージが出来上がったのだ。

映画ではハンフリー・ボガートがペンシルストライプのスーツやコート、フェルト帽なんぞ着こなしてカッコいいのだ。気障な科白を吐くし、そしてまあ何と言うお喋だ。最後のシーンは大演説だ。「一度だけ教えてやろう。相棒が殺されたら男は黙っちゃいない。犯人は逃がさない。それが探偵ってものさ」……また「あなたが好きだった。初めて会ったときからよ」「運が良けりゃ二〇年もすれば刑務所から出られる。出たらきたまえ。その可愛い首が吊るされなきゃいいがな」……刑事が鷹の置物を持ち上げて言う。……It's heavy. What is it?「重いな、何だ?」The stuff that dreams made of.「夢が詰まってるのサ」……「マルタの鷹」は三度映画化されており、特に一九四一年のジョン・ヒューストン監督、ハンフリー・ボガート主演のものが有名だ。原作をそのまま映像化し、フィルム・ノワールの古典と呼ばれている。

またヘミングウェイの「殺し屋」も三度映画化された。ロバート・シオドマク監督（1946）ではバート・ランカスターとエヴァ・ガードナー。ドン・シーゲル監督（1964）はリー・マービンがいい味を出していた。だが映画だけに原作に語られていないところはフラッシュバックで過去のあらましを語るしかないので「氷山理論」のテイストが消えちまった。アンドレイ・タルコフスキー監督（1956）が旧ソビエト時代に全ロシア国立映画大学三年生で原作に忠実に製作している。彼自身も「バードランドの子守歌」（盲目のジャズピアニスト、ジョージ・シャリング作曲）を口笛で奏でながら店にやって来る客を演じている。冷戦最中にもアメリカやヨーロッパの自由文化に憧れる若者だったのだ。短波放送や「肋骨レコード」（非合法な地下出版物でX線フィルムを再利用したソノシート形式）で聞くアメリカン・ジャズ、ロックンロール、ジーンズにソヴィエトでも若者は強烈な憧れを持っていたのだ。

余談だが「バードランド」はバードの愛称でジャズに革命を起こしたチャーリー・パーカーに因んでつけられたジャズクラブである。これぞハードバップはアート・ブレイキーの「バードランドの一夜」（1954）だ。ピー・ウィー・マーケットの甲高い声の司会で始まる、その臨場感とひたすら熱くて熱い演奏だ。クリフォード・ブラウン(tp)やホレス・シルヴァー(p)が溌剌とした演奏をくり広げる。そのアート・ブレイキーとジャズ・メッセンジャーズだが一九六一年に来日、「モーニン」がどれほど衝撃的だったか！メンバーはイリデッセント（玉虫調）の細身コンテンポラリー・スーツで固め、トランペットのリー・モーガンが意気高らかに吹きまくる。そして端正なＭＪＱ、翌年はホレス・シルバーが「シスター・セイディ」を引っ提げてクリス・コナーと来日。アーシーで、ファンキーで、グルービーなモダンジャズに日本中が酔いしれたのだ。

## ハードでなければ

ホームズが引退して養蜂を楽しんでいる頃、飛行機、潜水艦、戦車、毒ガスといった近代兵器による大量殺戮の第一次世界大戦があった。この大戦によってヴィクトリア・エドワード朝時代は終焉を迎えた。価値観の大転換である。戦争を体験し、ロストジェネレーション世代と呼ばれる作家たちが現れた。従来の探偵推理小説の冗長さから脱し、行動で表現するという大きなうねりである。簡潔な客観的行動描写と乾いた文体でスピード感のある表現、ハードボイルド小説の時代が始まった。ハードボイルドとは反道徳的で冷酷非情、結果より行動と言うタフガイ探偵のお話だ。特にアメリカに於いて二〇年代の俗悪なパルプマガジン「ブラック・マスク」こそ彼らの活躍の場であった。いつか文学となり映画となりストイックでハードな男達となった。男の矜持を貫くタフガイのくせにハードの裏にセンチメンタルな哀愁さえ帯びた男たちだ。

ハードボイルドは一視点で見た簡潔、客観性、感傷や批判をせず、硬質で乾いた描写する文体のフィクションである。アーネスト・ヘミングウェイの「殺し屋」(1927)が源流であると言われるが本人は「私は、ハードボイルドではない」と否定している。その外面描写だけの乾いた文体とは「……アーク灯がすっかり葉を落とした枝の間から白々した灯を投げかけていた」(殺し屋)こんな調子だ。そしてダシール・ハメット「血の収穫」(1929)の探偵コンチネンタル・オプ、同年「マルタの鷹」の私立探偵サム・スペードが登場、そしてレイモンド・チャンドラー「大いなる眠り」(1939)「さらば愛しき女よ」(1940)、と続いて行く。

ブラックマスクを代表とするパルプフィクションは毒々しくも扇情的で俗悪さこそエネルギーだ。それは表紙のビジュアル表現にあり、イラストレーションが何ともリアルで同時代の「タイム」や「エスクァイア」誌などの光沢紙を使ったslick(スベスベ)なお上品さとは対照的である。ヘミングウェイ「キリマンジャロの雪」やフィッツジェラルドも「エスクァイア」に寄稿している。30年代は雑誌の黄金期であった。

そして映画がこんなタフガイたちのイメージを作り上げた。フィルム・ノアールの定番であるトレンチコート。Across the Pacific（1942・日米が風雲急を告げる頃、下野亜丸（ジュノア）船上で繰り広げられるスパイ劇）でのハンフリー・ボガートがその後のハードボイルドスタイルを確立した。「カサブランカ」では霧の空港で粋に着こなし「三つ数えろ」「大いなる眠り」と続く。だが「マルタの鷹」ではトレンチコートは出てこない。これらの映像が定番スタイルを形成したのだ。シニカルなワイズクラック（警句、軽口）を口にし、目深に冠ったソフトフェルトハット（フェドーラ）にトレンチコートがお決まりのファッションになった。映画のヴィジュアルがスタイルを作ったのだ。「さらば愛しき女よ」（1975）ロバート・ミッチャムが秀作だ。……太平洋戦争の足音が近づく一九四〇年、夜のロスアンジェルス下町、やるせなくホーンがむせび泣く、クレジットが流れる、ネオンが映る安ホテルの窓、初老の男のつぶやき「最近疲れを感じる……関心はジョー・ディマジオの連続安打だけだ……」この哀愁がたまらないね。……大男ムース・マロイ（ジャック・オハローラン）これがいいんだ。チンピラのシルベスター・スタローン。ハードボイルドは男の夢なんだよ。最後のシーンもなんて「ポケットの二千ドルが家が恋しいとサ」……泣かせるじゃないか。

「さらば愛しき女よ」(1975) 監督：ディック・リチャーズ　音楽：デヴィッド・シャイア　出演：ロバート・ミッチャム、シャーロット・ランプリング、ジャック・オハローラン 他

こんなマーロウ映画はもう作ることは出来ないだろう。もうそんな時代背景を覚えている人がいなくなったのだから……。いまソフトにトレンチコートなんて人いますかね？ 探偵なんて家業も浮気調査くらいなものだろう。スマートフォンや監視カメラとくりゃタフガイも形無しだ。

トレンチコートはむしろフランスのフィルム・ノアールに美学を発揮する。ジャン＝ピエール・メルヴィル監督（1917～1973）は裏社会に生きる男たちの友情と裏切りと哀しき宿命を描くのが実に上手い。

「いぬ」のジャン＝ポール・ベルモンド、「影の軍隊」「ギャング」のリノ・ヴァンチュラ、「サムライ」のアラン・ドロン。「仁義」のイヴ・モンタンとノワール美学を堪能させてくれた。

そのトレンチコートだが原型は第一次大戦で兵士が着用した「塹壕(トレンチ)用防水外套」である。軍用だけに物々しく厳ついのである。まず素材はあのバーバリーが耐久性・防水性に優れた全天候型レインコート素材として開発した。「Gabardine・ギャバジン」(1902)と名付け商標登録した。経糸、緯糸ともに双糸を用い2／2の綾織りである。ダブル仕立て、両肩には肩章(エポーレット)、襟下には喉元の防水用スロートラッチ、右胸にはガンパッチ、ベルトには手榴弾なんかを吊るためのDリング等々、現在では無用なものなのだが原型を頑なに守り続ける故に意味があるのだ。大戦終了後、帰国した兵士たちが着続けそれが一般化したものだ。この男っぽさと仰々しさが、映画に格好の風采として取り入れられた。まあ、格好つけて言うなら「トレンチコートは人生という北風、俗世間の塵から身を護るためにこそあるのだ」。そう、トレンチコートは新品では様にならない。着古して、洗い晒して、擦り切れて、着る者の鋳型が出来てきてこそ「似合う」と言う言葉が相応しい。

スクリーンではリノ・ヴァンチュラがいいんだ。タフそのものの分厚く厳つい体型に過酷な過去を背負ってきた中年男の一抹の寂しさがね。

また「カサブランカ」の名画面、霧の空港でリック(ボガート)が何ともキザなセリフを吐く。
「ルイ、これは新しい友情の始まりだ」
製作当初はリックの役はボガートではなくて元アメリカ大統領のロナルド・レーガンだったそうだ。彼ならどう言うだろう。イルザの顎を突っついてを「戦時国債を買え」。そんな話をどこかで読んだことがある。

まあ、"Here's looking at you, kid."「君の瞳に乾杯」この気の利いたセリフが有名だが直訳すれば「神様が見ているゼ、カワイコちゃん」ってとこか。

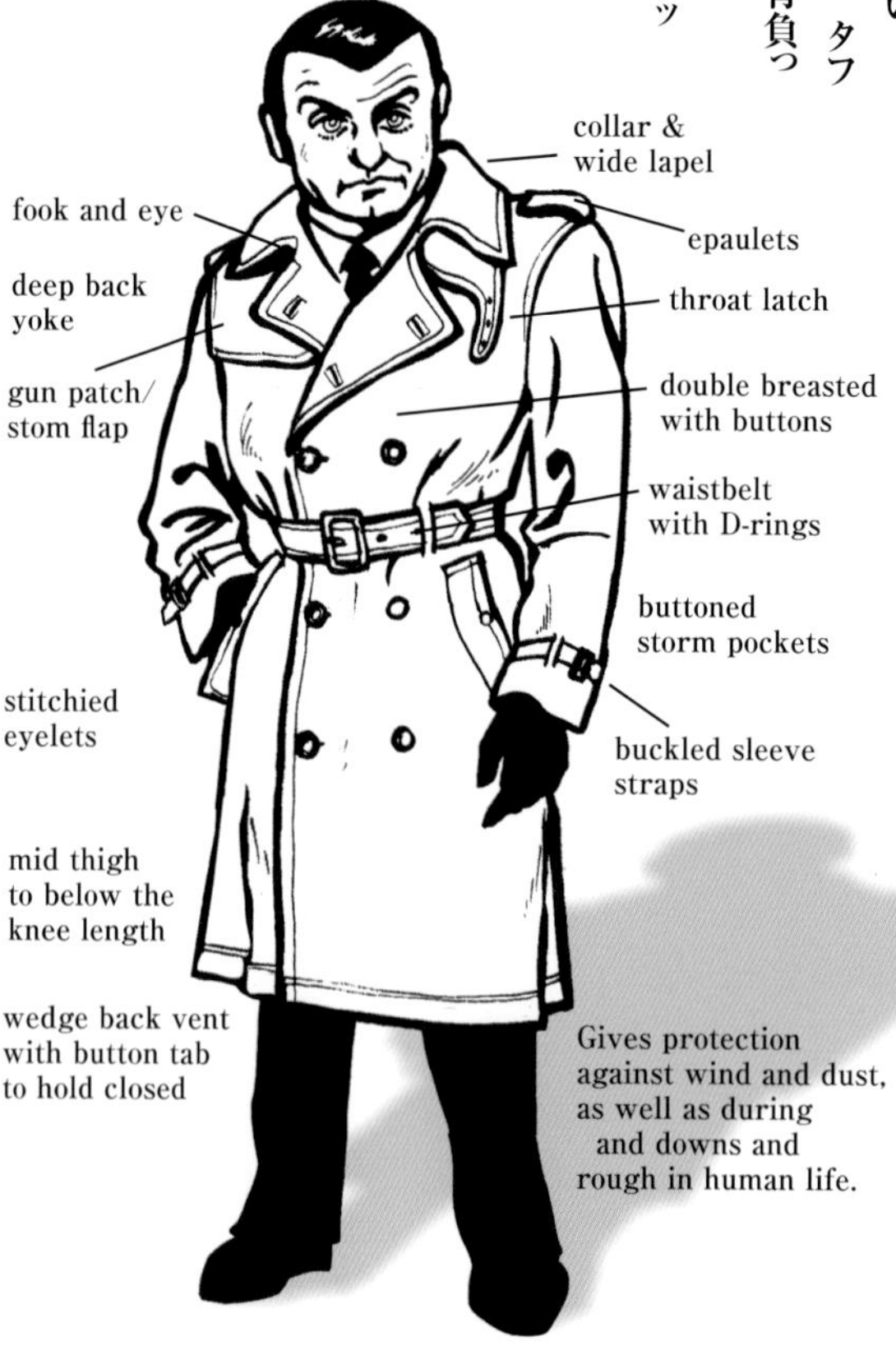

collar &
wide lapel
fook and eye
epaulets
deep back
yoke
throat latch
gun patch/
stom flap
double breasted
with buttons
waistbelt
with D-rings
buttoned
storm pockets
stitchied
eyelets
buckled sleeve
straps
mid thigh
to below the
knee length
wedge back vent
with button tab
to hold closed
Gives protection
against wind and dust,
as well as during
and downs and
rough in human life.

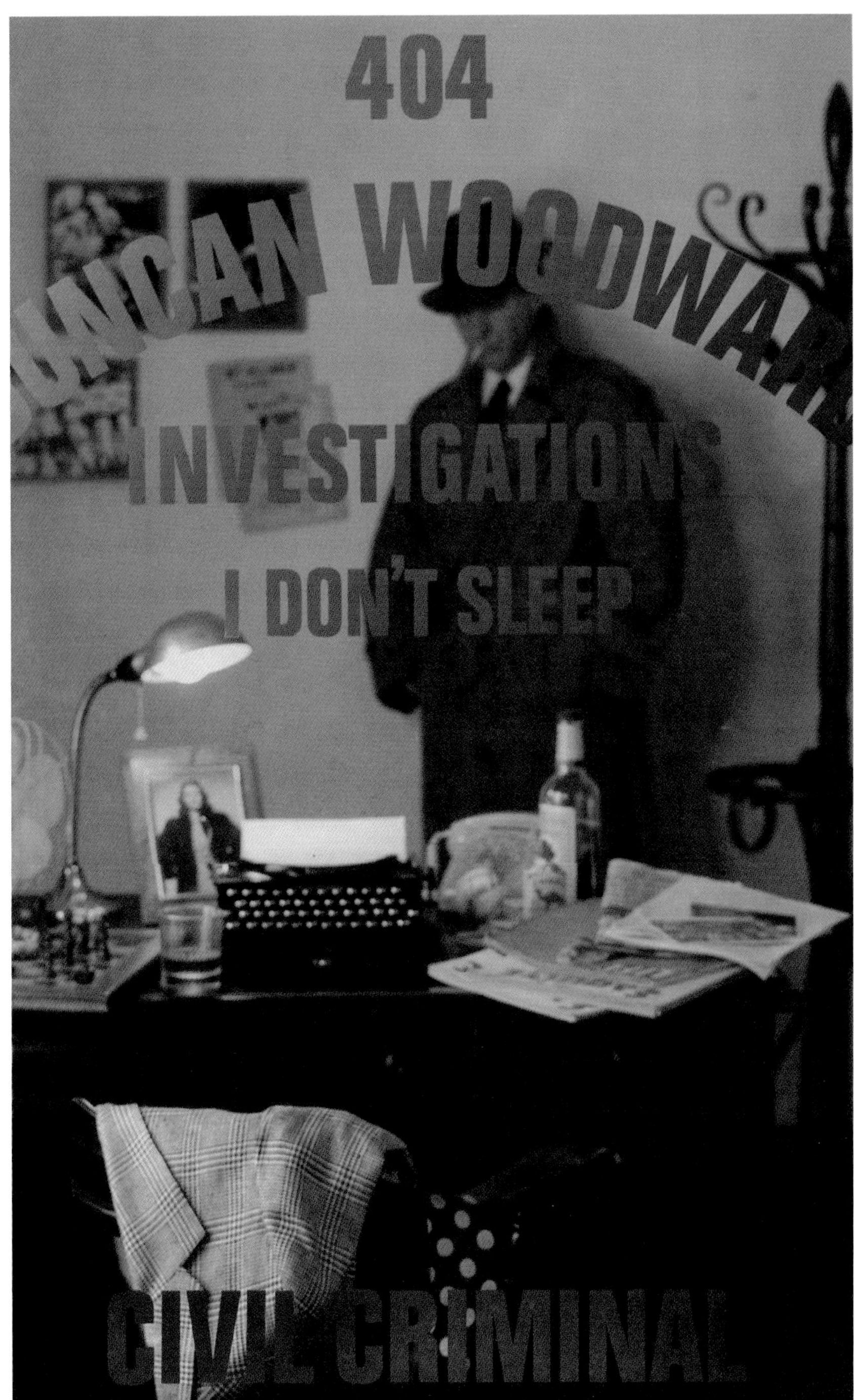
404
INVESTIGATIONS
I DON'T SLEEP
CIVIL CRIMINAL

## 鷹は飛び去った

流転の鳥「マルタの鷹」は今どこにいるのだろう。そもそもは聖地巡礼のキリスト教徒の保護を任務として聖ヨハネ騎士団は設立された。ホスピタル騎士団とも呼ばれ、本拠地を移すに従ってロードス騎士団、マルタ騎士団とも呼ばれるようになった。一二九一年、騎士団とキリスト教徒勢力が守っていた最後の砦アッコンが陥落し、騎士団はキプロス島に逃れ、更にロードス島へ向かった。しかしその拠点もオスマン帝国の攻撃により放棄し、騎士団は各地を転々とするが、神聖ローマ帝国カール五世に嘆願して、マルタ島、ゴッォ島、トリポリの三つの下賜地を与えられた。マルタ島はスペインの領地であり、島を去る時は返還することを条件に毎年一羽の鷹を皇帝に献上することであった。騎士団はサラセン人から奪ったた莫大な富を有しており、最初の年の貢ぎ物として、鳥の代わりに、極上の宝石で飾り立てられた輝かしい黄金の鷹の彫像が作られた。

鷹はガレー船に積み込まれ送り出された。しかし、赤ひげの異名をとったバルバロッサ・ハイレッディンの海賊に奪われてしまい、鳥はアルジェに百年間留まり、その後、アルジェの海賊と行動を友にしていた英国の冒険家、フランシス・ヴァーニー卿によって持ち去れた。そしてシシリー島に渡り、ヴィットリオ・アマデオ二世の手に落ちた。退位後、シャンペリーで迎えた妃への贈物の中に加えられた。これは「ヴィットリオ・アマデオ二世の治世」を著したカルッティが記載している。しかし、その後にナポリを攻略した軍隊のカルロス三世の財相フロリダ・ブランカ伯爵の手元にあり、一八四〇年のカルロス王家の王位継承権戦争の終結まで同家に所有されていた。その頃スペインを追われたカルロス主義者に溢れていたパリに鳥は姿を見せた。奪われぬ用心のため黒いエナメルを塗られた鳥はパリ近辺を転々とし、一九一一年ハリーラス・コンスタンディニスというギリシャ人の古物商が骨董店で鳥を見つけた。しかし、この男は殺され鳥は盗まれた。鳥はコンスタンチノーブル郊外に住むケミドフというロシア人将軍の手元ありそれを買い取ったキャスパー・ガットマン、行方を探索する私立探偵サム・スペードを巻き込んで殺人事件まで巻き起こるが、その「鷹」は偽物だった。

一九三〇年以来、いまも世界の裏側で熾烈な「マルタの鷹」の争奪戦が繰り広げられている。決して表には出ないが……。

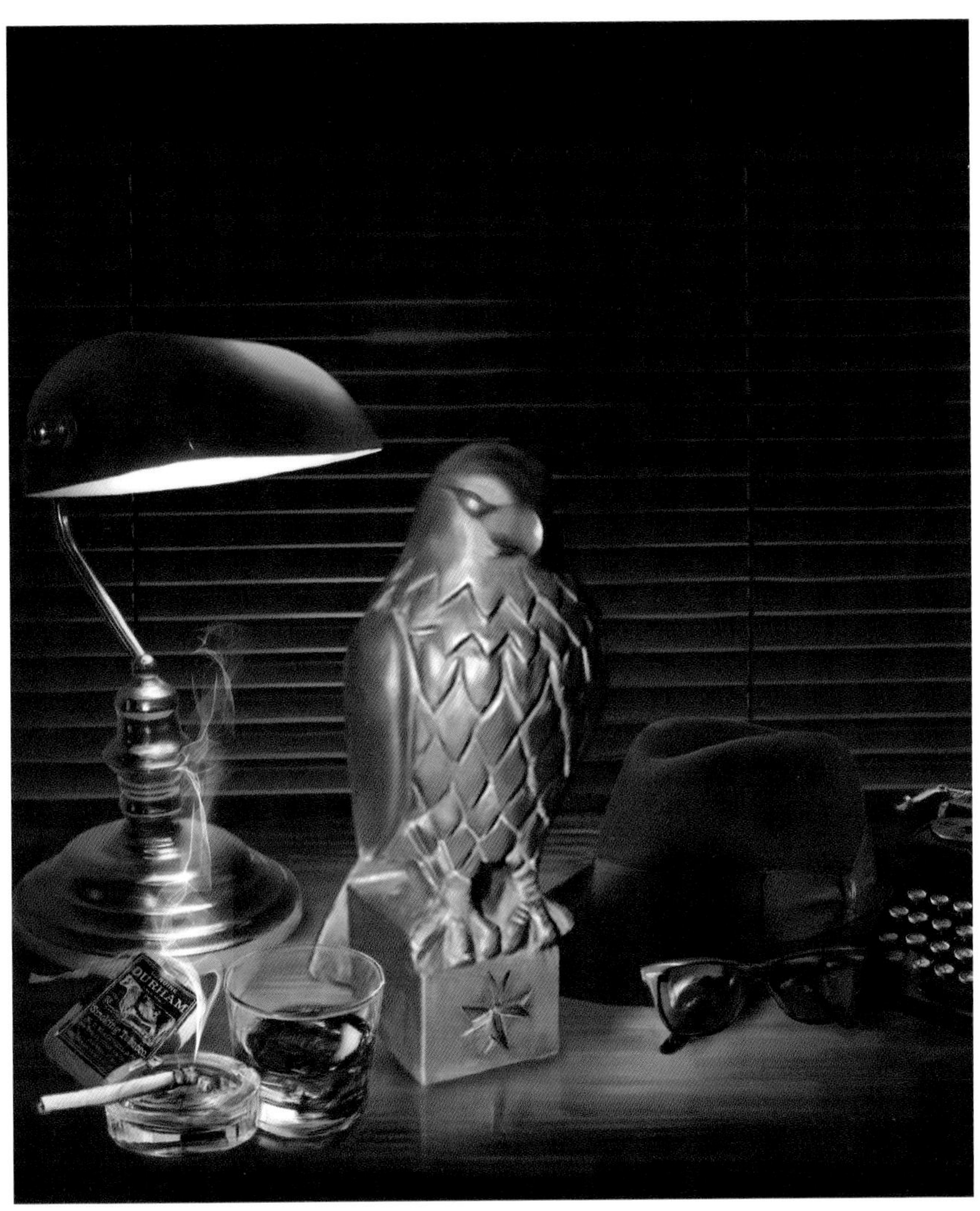

宝石に飾られた鷹に言及している古文書がある。J・ドラヴェル・ルルー著「聖ヨハネ騎士団縁起」、パオリ著「聖騎士団の起源と制度」である。騎士団長ヴァリエ・ド・リラダンは聖アンジェロ城でトルコ人奴隷に黄金と宝石の鷹の像を作らせ、騎士団員であるコルミエとかコルヴェールというフランス人の騎士が指揮を取るガレー船に積み込まれた。（マルタの鷹・小鷹信光／訳・ハヤカワ文庫）上図：サム・スペードのオフィスに於ける「マルタの鷹」
右図：鷹を持つマルタ騎士団。

# ミスター・モト

「マルタの鷹」がなぜ私の手元にあるのか? これを説明するのは少々複雑である。一九三〇年代初期、若い日本人の男が桑港(フリスコ)に降り立った。当時は世界的大恐慌の最中であり、口減らしと若者特有の夢を求めて旅立ったのである。様々な職種を転々としながら全米を放浪し、コンチネンタル探偵社にボーイとして雇われる。そこでサム・スペードと知り合い、スペードが私立探偵として独立してからも友情は続いた。……と、生前の叔父から聞いたことがある。

話はこれだけで終わらない。ミスター・モトことモトケンタロウという男をご存知だろうか? 小柄で眼鏡の日本人の探偵・諜報員である。いつもI'm Japanese Lonely Gentlemanと自己紹介する。常に微笑を絶やさず、アイムソーリーを連発し、ソフトな物腰で慇懃無礼、真っ白なスーツを着こなしお洒落である。柔道の達人であり、大男を投げ飛ばし密かに活躍するのだ。モトとは何者だろう? もしかしたら叔父の風貌にそっくりであり、時期的にもモトのモデルではないだろうか? ハードボイルドが盛んだったアメリカ30年代後半に「サンキュー・ミスター・モト」「天皇の密使」などの映画が次々と作られた。あの怪優ピータ・ローレがモトを演じている。ローレといえば「マルタの鷹」(ジョン・ヒューストンの脚本・監督 1941)フィルム・ノワールの古典である。サム・スペード(H・ボカート)奇妙な男ジョエル・カイロ(P・ローレ)が共演している。翌年撮られた「カサブランカ」でも共演し、味のある演技を見せていた。この接点で「鷹」がローレことモトの手に渡りモトの故郷である日本(叔父は敵国日本人であるので収容所に送られ、一九四二年に日米交換船・浅間丸で帰国)にやってきたのではないだろうか? つまりスペード(ボガート)⇩カイロ(ローレ)⇩モト(叔父)の流れである。相当の眉ツバのものだが現にあるのだから動かしがたい事実である。埃だらけの古い新聞紙に包まれたものを開いてみた。黒いエナメルを剥がしてみると燦然と輝く鷹が現れた。恐らくあのレプリカであろうが。……

★ジョン・P・マーカンド(後にピュリッツァー賞受賞作家)が、戦前から戦後まで六編を書きつづけた、日本人主人公の冒険譚。ミスター・モトのシリーズは第一作の「ミカドのミスター・モト」が発表されるや否やたちまちに好評を博し、発表からわずか二年の間に八本もの映画が作られた。戦後の六五年にもヘンリー・シルバがモトがを演じる「リターン・オブ・ミスター・モト」が作られている。

Henry Silva
Mr. Moto in
The Return of
Mr. Moto
Peter Lorre as
Mr. Moto


Peter Lorre as Joel Cairo

Humphrey Bogart as Sam Spade in The Maltese Falcon.

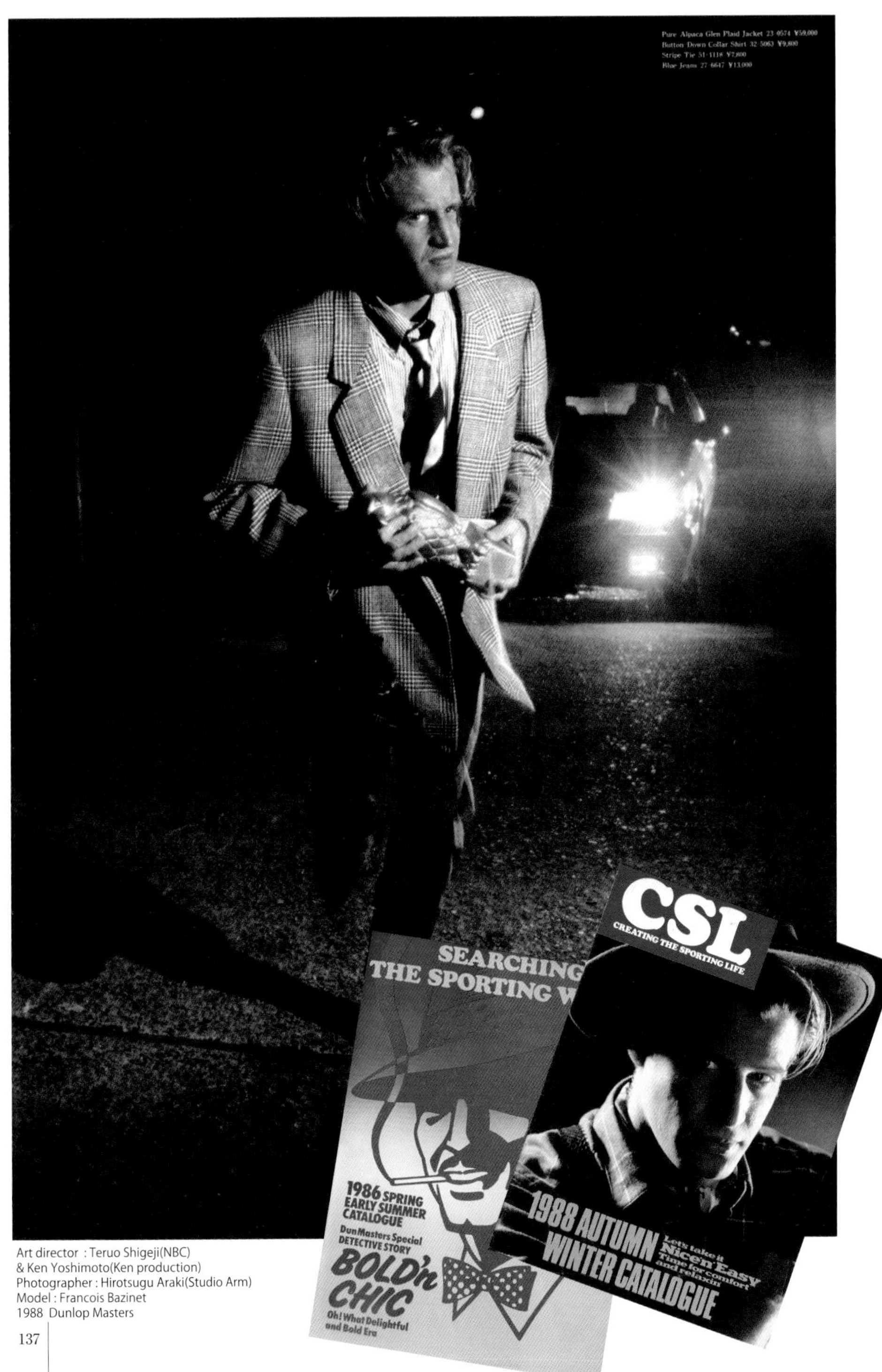

Pure Alpaca Glen Plaid Jacket 23-0574 ¥59,000
Button Down Collar Shirt 32-5063 ¥9,800
Stripe Tie 51-1118 ¥7,800
Blue Jeans 27-6647 ¥13,000
SEARCHING
THE SPORTING W
1986 SPRING
EARLY SUMMER
CATALOGUE
DunMasters Special
DETECTIVE STORY
BOLD'n CHIC
Oh! What Delightful and Bold Era
CSL
CREATING THE SPORTING LIFE
1988 AUTUMN
WINTER CATALOGUE
Let's take it
Nice'n'Easy
Time for comfort
and relaxin'


Art director : Teruo Shigeji(NBC)
& Ken Yoshimoto(Ken production)
Photographer : Hirotsugu Araki(Studio Arm)
Model : Francois Bazinet
1988 Dunlop Masters

## 七つの顔の男だぜ！

ホームズは変装の名人である。「黒ピーター」ではロンドン各所に様々な変装用具を揃えた五ケ所の隠れ家を持っていると語っている。「ボヘミアの醜聞」では馬丁と聖職者に、「脅迫王ミルヴァートン」では配管工になって屋敷に潜入し女中と婚約までしているのだ。また老婆に変装し「背の高い人間がいつまでもこんな体勢でいられるもんじゃないよ」とボヤいたり、「空家事件」では、古書蒐集家の化けの皮を外してワトスンを失神させたりと枚挙に遑がない。アルセーヌ・ルパンも変装の名人だし、ミステリーには一人二役や双生児であった、多重人格だった、なんてオチもあるし（これはノックスの十戒で禁止されている。またヴァン・ダインの二十則というのもある。要は使い古した陳腐な手を使ってはならないと）。相手や読者を煙に巻く手法を散々に凝らしている。今ならネット上で、アバターという偽人格も簡単に作れるしね。語源はサンスクリット語のアヴァターラで、インド神話や仏教での神や仏の「化身」の意味だそうだ。

我国にも変装の超達人がいる。名探偵多羅尾伴内だ。「貴様は誰だ⁉」「七つの顔の男じゃよ。ある時は片目の運転手、ある時はインドの魔術師、ある時はキザな紳士、ある時はマドロス、またある時はせむし男、異国の大富豪……。しかしてその実体は正義と真実の使徒、藤村大造だ！」（おい、自ら正義と真実の使徒なんていうのか？）扮装を剥ぎ取って事件の真相を解説した後で、二挺拳銃を構えて撃ちまくる。弾の出ること何十発。（いつ保弾したのか？）おまけに発射の反動のハネ上がりがなく、左右の手を交互に突き出しながら射撃するのだ。その弾丸は悪人どもの拳銃だけに命中するのである。その射撃術はトンでもないのだ。不思議なのは観客には、あのデカイ顔と大きな頬で変装が一発で分かるの

に、なぜか悪人共には見破られないのだ。警察が駆けつけると彼は悠然とオープンカーで去ってゆく（おい、いつのまに用意してたんだ?）。「藤村さ〜ん!」助けられたヒロインが追いかけると、車はすでに遠ざかり、一片の詩を書き残した紙片が貼り付けられている。……「一人の男夜の帳に消えゆき、一粒の麦撒かれたり、一粒の麦撒かれずば人の夜に光あらざるべし……」。おいおい、ヨハネ伝かよ?

片岡千恵蔵主演で、一九四六年（昭和21年）から六〇年代まで製作され、その荒唐無稽、痛快無比な活躍が大評判となり、その後、多くの俳優が演じたのだ。七〇年代には「怪傑ズバット」が現れ、その超人的ナンセンスに呆れたものだ。拳銃の腕を競うと、相手の弾丸にズバットの弾が当たり撥ねとばすのだから。一体どんな動体視力を持っているんだ!

閑話休題。人には変身願望や自己顕示欲がある。ヒゲを蓄えを鬘を被り、お洒落をするのも、化粧もコスプレも、高級車に乗ったり、タトゥーを入れたりと、その心理は様々なスタイルを取る。まあ、それが人間なんだからナ……。

おっと、ハードボイルドの話だった。我が国のハードボイルドは大藪春彦「野獣死すべし」（1958）を持って人口に膾炙する。膾炙とは細切り肉を炙ることだそうだ。確かに大藪アクションには生肉を大量に食するシーンが多い。主人の公伊達邦彦はクールに徹し冷酷無情、その背景には筆者の少年時代の体験が色濃い。外地で敗戦を迎え帰国するまでの苦闘が反映されている。映画は須川栄三監督（1959）主演の仲代達矢が好演、何とも決まっていた。裏カジノ親分を襲いその用心棒（佐藤允）に付け狙われる。この殺し屋ファッションは「死の接吻」ヘンリー・ハサウェイ監督（1947）のリチャード・ウィドマークの黒シャツに白ネクタイという殺し屋ユードーが作った。佐藤允は目つきが似ているし和製ウィドマークと呼ばれたものだ。……「大学の入学金強奪に引込んだ仲間を車ごと崖から海に落とし冷たくニヤリと笑い、最後は完全犯罪を成功させ、海外留学と来たものだ。……後年リメイクされたが、その大演説シーンに映画館の暗闇で鼻白み赤面した記憶がある。

おいおい、金払ってまで何でこちらが恥ずかしさを堪える必要があるんだ。

若きホームズと愛器ストラディバリウス

# VI

# ミステリーの系譜

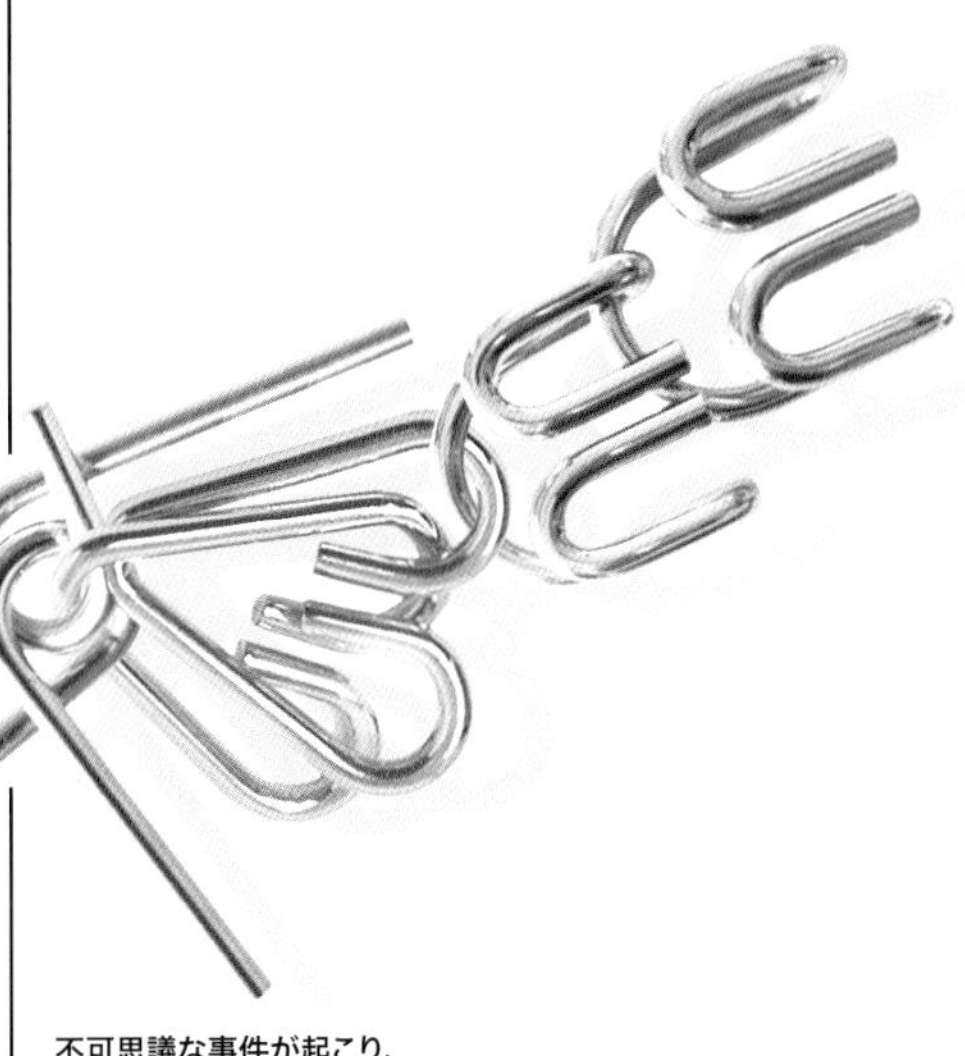

ミステリーの語源はギリシャ語のミューステオン、つまり人智では計り知れない神秘と不思議。それが小説となり、直感ではなく証拠と論理的推論によって謎の解明を行うというミステリーの世界が始まった。

**不可思議な事件が起こり、**
**その解明のため探偵たちが思考し推理する。**
**途中はサスペンスに溢れ、暴力を伴い、そして意外な結末で終わる。**
**活字文化のエンターテインメント小説群である。**
**本格推理・探偵・悪漢・サスペンス・冒険・スパイ・ハードボイルド**
**警察・法廷・社会派・スリラー・暗号・ユーモア・怪奇幻想……**

## ミステリーとは？・ホームズ譚を読み解くために

ミステリーとは謎解きである。推理小説、探偵小説とも称されるが、要は不可視げな事件が起こり、それを解明して行く物語である。事件（犯罪）が起きる。その犯人は誰か？ 動機は？ 犯行はどのようにして？ 読者には謎のままに物語が展開し、不可能を可能にする合理的な解釈が求められる。そして推理力と洞察力に優れた探偵が登場、最後にそれらの謎が解き明かされ大団円となる。このパターンが一般的だ。その探偵の代表格がシャーロック・ホームズだ。様々な性癖と奇行、言動と行動、生活が生き活とワトスン博士の口から語られる。一九世紀という科学的思考と機械化による近代が始まった頃が舞台である。それより夥しい探偵たちが、それぞれ趣向を凝らして登場するが、どこかにホームズの影を引きずっている。まあ、ホームズだってデュパンという先達がいたからこそなんだが……。これらのスタイルを踏襲したのが「本格推理小説」と呼ばれている。数多くの名作と呼ばれるとものを消化していないと愛好者の前では恥をかく始末となる。彼らは膨大な作品を読みこなし喧々諤々の論議を無上の楽しみとしている連中だ。ミステリーの楽しみとは小説作法の常として、様々なキーワードが埋め込まれているのである。簡単に列挙してみると。

**トリック**

探偵対犯人の図式の中に読者に更なる「謎」を仕掛ける。つまり装置である。マジックに於けるミスディレクション（わざと偽の手がかりを与えるレッドヘリングという言葉もある。燻製ニシンの臭いで猟犬の鼻を惑わすことから）「密室」「アリバイ」「証拠品」「一人二役」「時間差」「変装」「芝居」など注意を他に向けさせ誤認に導くテクニックで、読者を誤った方向にそらす手段である。そして種明かしの意外性こそがプロットの醍醐味である。作者が知恵を絞り読者に挑戦する。それを読者が推理し犯人を当てる楽しみだ。「チクショー、ヤラレタ！」騙される楽しみでもある。また「マクガフィン」という言葉はスパイは書類や地図を狙い、泥棒はネックレスを狙うという小道具用語だ。それ以上の意味は無いと、ヒッチコックは言うけれど……。

**叙述トリック**

作者が意図して曖昧さを読者に与え、ミスリードさせるように仕組まれたものである。意地が悪いのである。ミステリーの文章の書き方や構成を利用して読者をを誤方向に誘うのだ。

**サスペンス**

「ハラハラドキドキ・手に汗握る」こんな緊張を強いる心理状態に追い込むのである。シリアス、スリル、アクション等々。読者、観客の心を宙ぶらりんにする訳だ。そう、ズボン吊りのサスペンダーと同じである。残りのページが惜しいような結末への希求を抱かせ、持続させる意図のもとに書かれたものである。特にスパイ物や冒険物に著しい。

**倒叙**

最初から犯人や犯行を明かし、犯人目線で展開させるプロットで書かれたものである。これで読者を引きづり込むのだ。

**フーダニット**（whodunit）

誰がそれをやったのか？ 不可能事件の犯行トリックの解明である。ハウダニット（howdunit）どうやってやったのか？ どのように犯行に及んだのか？ 犯人の犯行方法。ホワイダニット（whydunit）どうしてやったか？ 犯行動機の解明である。

**プロット**

筋立ての面白さで読者を引き込むのだ。その構成の技巧が冴える短編は、珠玉という言葉が相応しい。

**ブラック・ユーモア**

シニシズム、懐疑主義、風刺性、タブー、ネガティブ、グロテスク、ホラー、不気味など「苦い笑い」である。エドガー・アラン・ポーを嚆矢とし、アンブローズ・ビアス、オー・ヘンリーたちがこのジャンルを創り上げた。それに続く短編の名手たちがアメリカを中心に数多く登場した。特に一九五〇〜六〇年代に放映された「ヒッチコック劇場」ではロアルト・ダールを始めロバート・ブロック、ヘンリー・スレサーたちが苦い笑いをＴＶで振りまいた。シャルル・グノー作曲「マリオネットの葬送行進曲」をBGMにおとぼけヒッチおじさんが登場、なんとも人を食った面白さだった。同じ頃「アルフレッド・ヒッチコック・ミステリー・マガジン（ＡＨＭＭ）の日本版が登場、ジャズ、映画、ショートショート、拳銃特集などお洒落で気が利いたデザインがなされていた。またエラリー・クイーン・ミステリー・マガジン（ＥＱＭＭ）も発売された。

江戸川乱歩は推理小説とは「主として犯罪に関する難解な秘密が、論理的に、徐々に解かれていく経路のおもしろさを主眼とする文学」と定義している。おもしろさの条件として①発端の不可解性②過程のサスペンス③結末の意外性の三つをあげている。推理・探偵小説の本質を追求し続けた乱歩は昭和十一年（1936）に「鬼の言葉」という評論集を出し、ここにミステリーの社会的地位が確立されたともいえる。

# 夢のまた夢　ポー賛

A Dream within a Dream ……
我々が見、あるいは見ていると思う全てのものが、夢の又夢であるに過ぎない。———　エドガー・アラン・ポー

“Lord, help my poor soul.” 主よ、哀れな魂をお救いください……。エドガー・アラン・ポー最後の言葉だと言われる。夢見る人、幻視者、この耽美的、神経症的憂鬱症、幻想、幻影、ネクロフィリア、飲酒癖、虚言癖、そして、闇にひっそりと浮かびあがる夢幻的な美しい女、心を震憾させる想像の風景、イマジネーションの宇宙……。

この男はあまりにも感性が強過ぎる人物と思われているが、実際は論理的で計算に優れ冷徹な科学者のような頭脳を持っていたのだろう。「ユリイカ」（精神的ならびに物質的な宇宙論）「ハンス・プファールの無類の冒険」「シェヘラザーデの千二夜の物語」「メルツェルの将棋差し」などを始め、その小説や評論の背景には当時の最新の科学知識に基づいて創作されている……ＳＦの父だ。史上初の探偵オーギュスト・デュパンを創り、「黄金虫」は暗号解読、「使い切った男」はサイボーグだ。「ウイリアム・ウィルスン」は心理学的二重人格者の悲劇だし「群衆の人」は現代の都市の孤独を先取りしている。なんという凄い直感と頭脳だろう。そしてあまりにも美しく音楽的で静謐で奇怪不思議に満ちた詩の数々に底なしのイマジネーションの深淵を覗く。ポーは共感覚者（Synesthesia）ではなかったろうか？　そう、文字を見、音を聞けば色彩が見え、ある感覚を別の感覚で表現することができる能力だ。イマジネーションを明確な映像として見る事ができ、その想像の映像を言葉で表せる芸術的・言語的才能だ。誰もが持っている力だがポーはとりわけ強い能力があったのだろう。彼が絵を描いたという記録はないが、絵筆を取れば幻想的なシュールレアリスム画家として後世に名を残したかも知れない。

長編詩「アル・アラーフ」はイスラム的リンボの世界だ。冥界というか、幻想の中にだけ存在する天界と地界のあわいを言葉で揺蕩う。そして有名な「大鴉」……

**むかし荒涼たる夜半なりけり　いたづき羸れ黙坐しつも　忘郤の古學の蠧巻の奇古なるを繁に披きて黄奶のおろねぶりしつ交睫めば　忽然と叩叩の欸門あり　この房室の扉をほとほと　ひとありて剥啄の聲あるごとく。儂呟きぬ賓客のこの房室の扉をほとほとと叩けるのみぞ。さは然のみ　あだごとならじ。……大鴉はいらへぬ Nevermore にどとなけめ**

……雅語を駆使した日夏耿之介の訳は格調高く独特の趣がありギュスターヴ・ドレの挿絵と相まって美しい装丁の本がある。

●「アッシャー家の崩壊」谷崎精二／訳：あの嵐の夜にアッシャーがリュートで弾き語る即興詩「狂える城」。
●「大鴉」路書房：日夏耿之介／訳　古書店で何気なく見つけた。挿絵がギュスターブ・ドレ、夢幻への耽溺だ。
●「黒夢城」写真家サイモン・マースデンのエドガー・A・ポーの世界。崩壊の古城、深閑の墓地 … モノクローム、特に赤外線フィルムを使用した廃墟の画像がひたすらに美しい。

# 狂える城、そしてアッシャー家の崩壊

ポー賛 …… The Haunted Palace

重苦しく雲が低くかかり、もの憂い、暗い、寂寞とした秋の日もすがら、私はただ一人馬にまたがり妙にもの淋しい地方を通りすぎて行った。そして黄昏の影があたりに迫ってくるころ、ようやく憂鬱なアッシャー家の見えるところへまで来たのであった。…… 私は眼の前の風景をながめた。…… 阿片耽溺者の酔いざめ心地 …… 日常生活への痛ましい推移 …… 夢幻の帳のいまわしい落下 …… といったもののほかにはどんな現世の感覚にも例えることのできないような、魂のまったくの沈鬱を感じながら。心は氷のように冷たく、うち沈み、痛み、…… どんなに想像力を刺激しても、壮美なものとはなしえない救いがたいもの淋しい思いでいっぱいだった。…… ほとんど眼につかないくらいの一つのひび割れが、建物の前面の屋根のところから稲妻状に壁を這さがり、沼の陰気な水のなかへ消えているのを、見つけることができたであろう。「アッシャー家の崩壊」（谷崎 精二／訳 春秋社）

この話を知ったのは小学生の頃、姉がラジオの朗読で聞いたのを語ってくれた。最後の「血のように真っ赤な月が ……」。何と言う表現だろう！ 眼前に赤い月が見え、子ども心に戦慄を憶えた。それ以来ポーには心酔している。あまりにも有名でいまさらストーリーや解説をしても始まらないが、冒頭の一節だけで寂寥とした風景描写にこれからの物語に没入させてしまうのだ。陰鬱な屋敷、その微かなひび割れの描写が最終節に大きな意味を持たせているのだ。この巧妙な計算！…… そしてアッシャーの譚詩バラッド、これはおのれの人格が崩壊していく様を詠っているのであろう。「The Haunted Palace・狂える城」が先に書かれ後に小説に挿入されたものだ。その詩は ……

王なる「思想」の領域にそは立てり！ そして狂気に堕ちいるいる様を…… かくて今この渓谷を旅ゆく人々は赤く輝く窓より、調べ乱れたる楽の音につれ大いなる物の怪の踊り狂い動けるを。また蒼白き扉くぐりて 魔の河の奔流のごと恐ろしき一群走り出いで、高笑いす、── されどもはや微笑まず。……（谷崎 精二／訳 春秋社）

叡智に輝いていた二つの窓、怪しき赤き窓とは双眼のことなのだろう。そして終節に至って …… このその輝きは、沈みゆく、血のように赤い、満月の光であった。月はいま、その建物の屋根から稲妻形に土台まで伸びていた。月はあの亀裂を通して輝いているのであった。…… 幾千の怒濤の響き、長い、轟々たる、叫ぶような音が起った。……

そして、私の足もとの、深い、どんよりした沼は、「アッシャー家」の破片を、陰鬱に、音もなく、呑のみこんでしまった。ゴシックホラーの形式を取りながらスプラッターになりがちな恐怖譚を知的で美意識に満ち、芸術にまで高める品性である。以後のおびただしい他の恐怖譚と一線を画しているのだ。

不思議なことに夥しいポーの映画が作られたが悉くB級の誹りを免れていない。ポーの持つイマジネーションとその耽美的美意識を掴むことができないからであろう。唯一鑑賞に耐えるのは「世にも怪奇な物語」(1967)だろうか。ポーの原作をオムニバスで仏伊三人の監督が第一部「黒馬の哭く館(メッツェンガーシュタイン)」ロジェ・ヴァディム監督。二部「影を殺した男(ウィリアム・ウィルソン)」ルイ・マル監督。第三部「悪魔の首飾り(悪魔に首をかけるな)」フェデリコ・フェリーニ監督。いずれもがなかなかの秀作である。

# 赤き死の仮面

ポー賛……The Masque of the Red Death

純粋な想像力は美しさあるいは醜さから、今まで化合されたことのないものでもって作られる……この精神の化学作用において……醜いものからさえもそれが想像させる唯一の目的であり、同時にまた想像力の不可避的な験である。美しさを製造することに於いてポーはこのように語る。また想像力こそは諸能力の女王とフランスの詩人ボードレールがは言った。……光輝、燦爛、峻刻、幽玄、怪異、人工美、冷徹な計算によるプロットと技巧。

「赤死病の仮面」の精緻さは特別である。まずおどろおどろしい赤い死、僧院の閉鎖空間、青、紫、緑、橙、白、菫、この色彩の氾濫のなかを豪華絢爛な仮面舞踏会の渦がある。艶やかで、夢幻的で、グロテスクで、奇異で……、そして真っ黒な天鵞絨のタペストリーで被われた第七の部屋を赤の瑠璃玻璃を通した篝火が揺らめく。黒檀の大時計が時を告げ、その時オーケストラもワルツに興じる人々も一瞬動きが止まる。ここに経帷子の赤い死が現れるのだ。……「それは夜盗のように潜入し、宴の人びとは一人また一人と彼らの歓楽の殿堂の血濡れた床にくずれ落ち、その絶望的な姿勢のまま息絶えていった。そして黒檀の時計の命脈も、陽気に浮かれていた連中の最後の者の死とともに尽きた。三脚台の焔も消えた。And Darkness and Decay and the Red Death held illimitable domini. あとは暗黒と荒廃と「赤死病」があらゆるものの上に無限の支配権を揮うばかりだった」（八木敏雄／訳　岩波文庫）

ポーが想像した恐怖と人工美の極みである。この短編はゴシック・ロマンスだが二世紀近い時を経ても耽美性という点でこれを超えるものは知らない。

音楽では、「赤死病の仮面」によるハープと弦楽四重奏のための「幻想的な物語」がフランスの作曲家アンドレ・カプレAndre Caplet（1878～1925）によって作曲されている。ポーの頭の中にはどんな音楽が流れていたのだろうか。

映像としての音楽ならバロックからロココ風にしたいものだ。特にフルートによる短調の調べと弦楽のさざめき、チェンバロの音色。それに時おり、重々しい大時計の真鍮の肺臓から深暗な音が鳴り響くのだ。そんなイメージを感じてしまう。

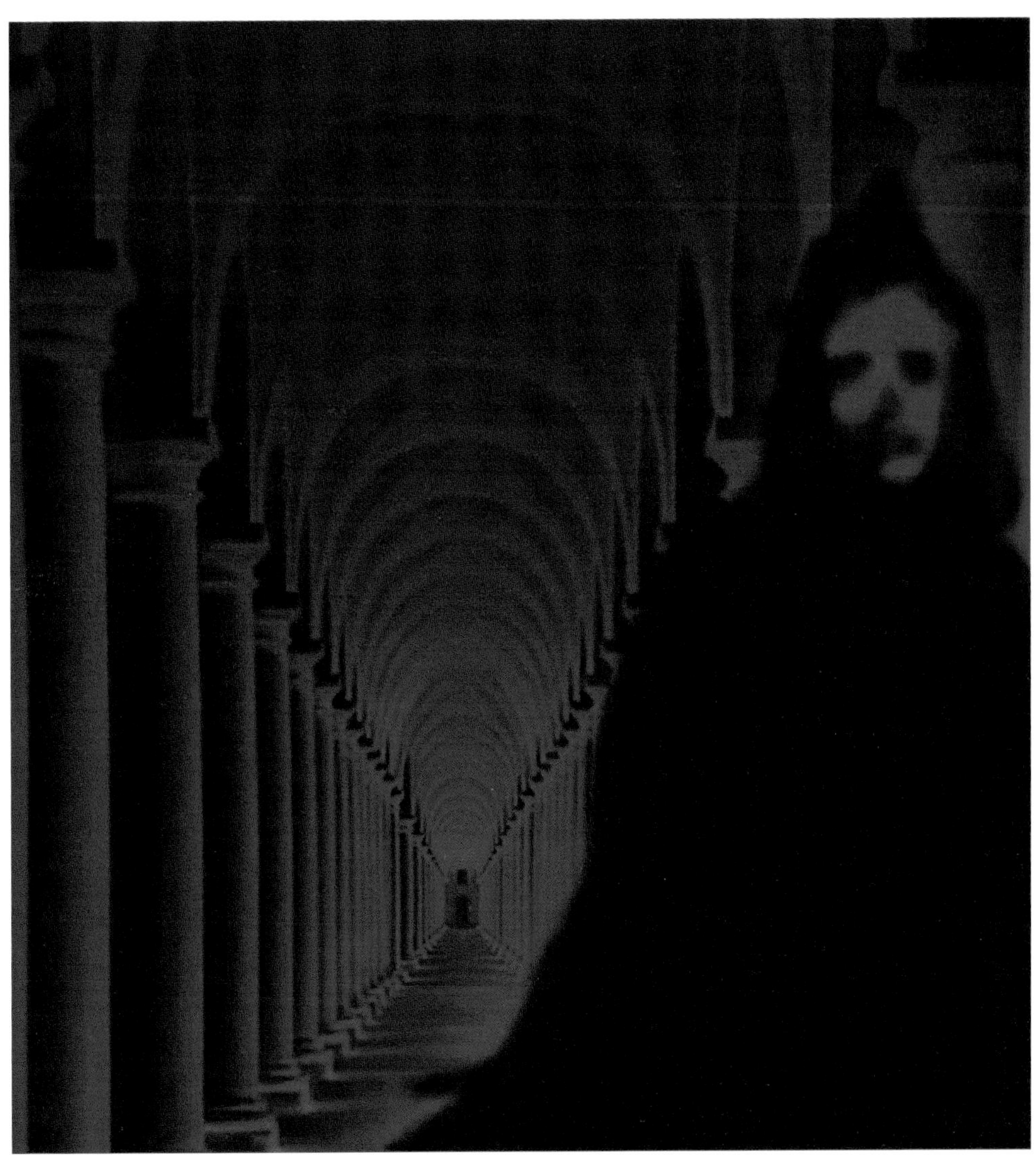

## 大渦に呑まれて　ポー賛　……A Descent into the Maelstorom

ＳＦ＝サイエンス・フィクションは科学的背景を基盤にイマジネーションを広げることから空想科学小説と言われる所以だ。荒唐無稽の冒険譚と言ってしまえばそれまでだが、科学的整合性を持ち、いかに面白く、いかに驚異であるかに技巧の術を凝らすのだ。

エドガー・Ａ・ポーの「メエルシュトレエムに呑まれて」。緻密な計算と絶妙の技巧の素晴らしさに思わず引き込まれてしまう。冒頭に白髪の老人と崖上から海を眺めながら刻々と変化する模様が描写される。崖上は烈風が吹きすさび、腹這いで灌木にしがみつく描写には思わず高所恐怖症感に襲われる。……そして白髪の漁師の体験が語られるのだが、大渦に呑まれ、めまぐるしく旋回する船上でのパニックと冷静な観察の二律背反の眼。咆哮と鳴動の大渦、漏斗の内部は眼の届くかぎり四十五度の傾斜の壁であり滑らかに輝く黒檀であった、底なしの深淵に揺らめき喘ぐ水蒸気、それに時と永遠への架け橋の虹が架かり月光が照らす。何と言う幻想的で美しい情景だろう。叫喚と静寂の対比だ。狂乱の動きのなかで漏斗の渦の壁に見る形状による沈下速度の差、ここには物理的な観察眼があり、恐怖と美と詩的でありながら、数学的ともいえる落下風景をアンチノミーで見せる。そう、ポーの視覚的描写は、眼前の出来事のように映像を喚起させるのだ。ポーは映像作家だ。精緻な計算が夢を見ている時に感じる現実性と恐怖を、読者にイマジネーションとして創り出させるのだ。人工的、技巧的、幻想美、彼の頭蓋のなかにはどんな世界が交錯しているのだろう。そしてこれが書かれたのは一八〇〇年も前だ。ポーの近代性は時を越えている。

ジュール・ベルヌも「海底二万哩」でノーチラス号の最後をスカンディナビアの半島沖のメエルシュトレエムに消えさせ、アーサー・Ｃ・クラークが宇宙のメエルシュトレエムを描いたのも頷ける。

……余談だが「一夜にして髪が真っ白になった」とよく聞く。それは恐怖や心理的ストレスによるのだという。ポーの時代にもそんな噂話もあったのだろうか。しかし思うにこの「メエルシュトレエムに呑まれて」が発表され、世界に翻訳され、我が国ではポーに心酔していた乱歩によっても「あまりの恐怖に一夜にして白髪」話が書かれ、人口に膾炙していったのではないか？

生理的には恐怖のあまり髪の毛が逆立ち、その時に毛根に空気が入り白くなるというだが、実のところは加齢などによ

りメラミン色素が作られなくなるからである。毛根で生まれたばかりの髪は白髪である。毛根で髪が成長する時に色素細胞からメラニン色素を取り込むことで、髪には色がつくのである。
　長年会わなかった知人に会うと、頭が真っ白になっていて驚くことに出くわすが、これも記憶と時間の錯覚がもたらすのだろう。
　そういえば私も両鬢に白いものが相当に目立って来た。

# 群衆の人　ポー賛

人間には三つの事しか起きない。「誕生」「生」「死」。生まれたことは覚えていない。死は恐ろしい。そして、生きることは忘れている。――ラ・ブリュイエール

ロンドン、秋の日暮れ、病気から回復しつつある私は、とあるカフェの弓形の窓から表の雑踏を眺めている。時が過ぎ急に密度を増してきた群集を観察するうちに、ふとある老人に気付く。彼の顔には奇妙な表情が浮かんでいた。痩せて貧弱な体、服は古び汚れてはいるが、街灯に照らされると生地は上質、長外套(ロケロール)からダイヤモンド付きの短剣が見える。そこには冷淡、用心深さ、吝嗇の、貪欲の、冷淡の、悪意の、残忍の、得意の、歓喜の、極端な恐怖の、強烈な無常の、絶望広大な相反する精神力の諸観念が雑然と浮かび上がった。唖然とし魅せられ、どんな奇怪な経歴があの胸底に書いてあるのだろう。その顔に異常なまでに興味をそそられ、いったいこの男は何者なのか? 強い好奇心で尾行を始める。老人は雑踏を何をするでもなく行ったり来たりを繰り返す。酔漢や娼婦の屯する貧民街も歩き、また都心部へと戻っていく。尾行は夜明けまでも続けられ、そして翌日の夕刻までも続く。疲れ切り、しびれを切らし老人を正面から見据えたが、彼は私の存在に気付かないない。そこで私は気が付いた。そうだ一人でいることができない彼は「群衆の人なのだ」。これ以上追かけても無駄なことだろう。と語る。

エピグラフにラ・ブリュイエールの「ただ一人いることに耐えぬという、この大いなる不幸」とある。この老人とはいったい何者なのか?……それはカフェの窓ガラスに映った自分自身ではないのか。自らが群衆の中の一人であり孤独さに耐えられなくなり人混みの中でこそ微かに安堵できる自分自身なのだ。自己像幻視、すなわちドッペルゲンガーを見たのではないだろうか。雨さえ心地よく感じる、病み上がりの熱っぽい体で都市を漂泊する自意識、他を観察しながら自らも見られているという被観察者たる二重性、その自意識と何だろうか。歩く影のように地上を彷徨う人間たち「群衆の人」なのである。そう、あなたも、わたしも。

これから約四〇年後、ホームズ譚の第一作「緋色の研究」での冒頭ではジョン・H・ワトスンもアフガニスタンの戦傷を癒しながら為す事もなくロンドンのカフェで屯ろしていると、かつて助手をしていた男からシャーロック・ホームズを紹介される。また「ギリシヤ語通訳」ではホームズの兄であるマイクロフト・ホームズに初めて出会い、ディオゲネス・クラブで兄弟が窓下の人々を見ながら推理を展開するが、この「人間観察」はポーの「群衆の人」を彷彿される。ワトスン博士の出版代理人であるコナン・ドイルによるポーへの賛辞であろうか。

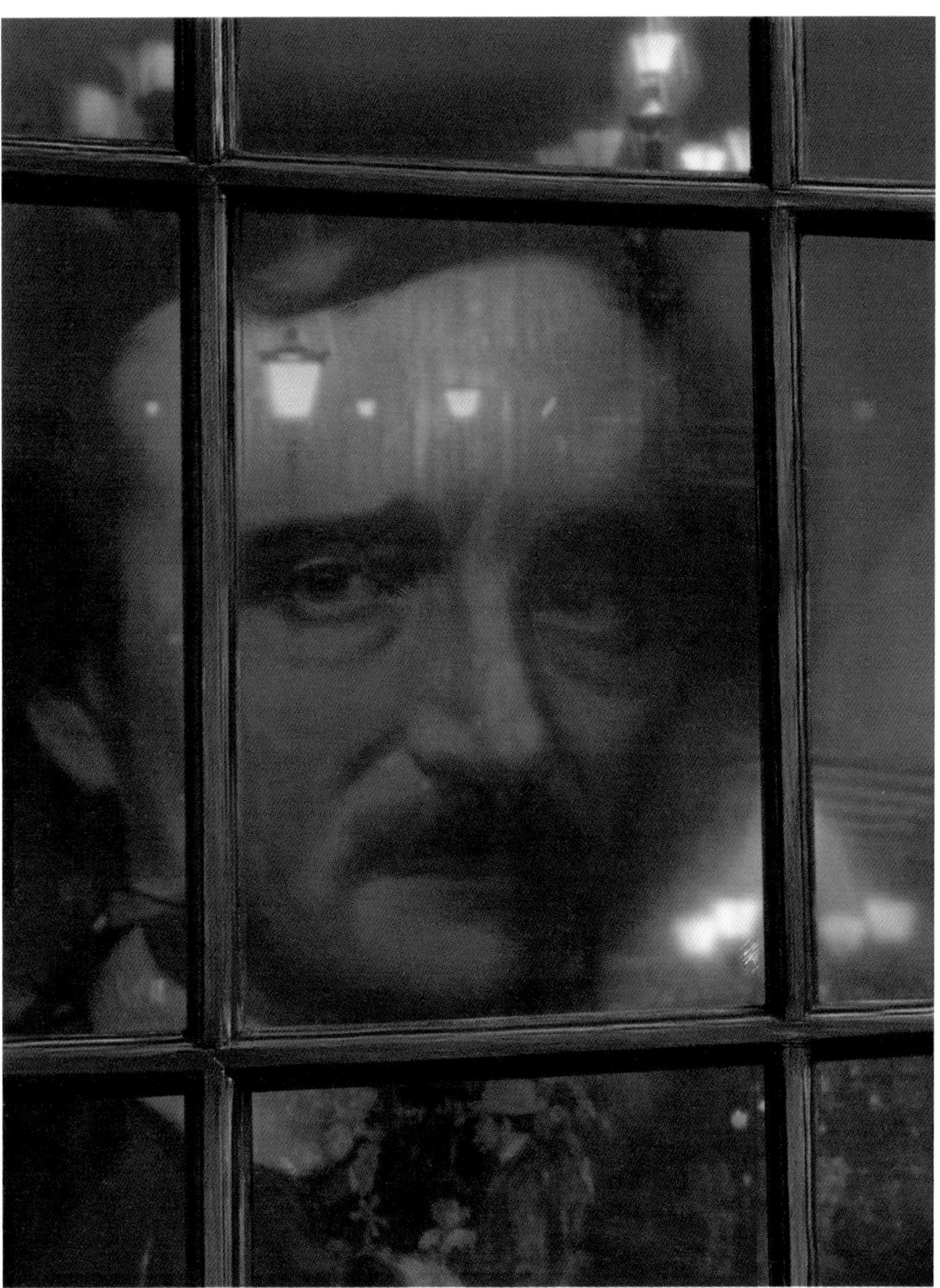

The Man of the Crowd.1840

# ドッペルゲンガー　ポー賛

おお、わが分身よ、青ざめた友よ！　——　ハインリヒ・ハイネ「ドッペルゲンガー（影法師）」—シューベルト「白鳥の歌」

誰かに見られているような気がする？　鏡に映った自分は本当に自分なのか？　自分を自分が第三者として見ている体外離脱体験に近い感覚になったことはないだろうか？　画家が自画像を描くとき、鏡に映った画家とそれを見ているもう一人の画家の客観的心理とは？　夢の中の自分は感情まで伴っているのに行動を意思で実行できない——覚めたら自分に戻る？　もしかしたら毎日の自分はマトリックスの中で生かされているだけではないのか？　また自分にそっくりな人物に会ったことは？

ウイリアム・ウイルソン（William Wilson・1839）は緻密に計算された人間心理を扱った奇妙な味が残る小説だ。

幼少のころ寄宿学校で自分にソックリな男に出会う。それ以来、語り手はしてはいけない悪行をしたいという天邪鬼精神の欲望が強まり悪行に走らせる。悪徳に逸る際に、いつももう一人のウイルソンが現れ囁く声で邪魔をする。それは無意識下の良心の姿か？　分身は恐怖の対象なのか？　語り手である自己が肉体的・精神的に衰弱して崩壊して行く恐怖でもある。

憎しみが増大し、ウイルソンはもう一人のウイルソンに対して剣を抜く。語り手はその時、部屋に巨大な鏡が現れたような錯覚を見る。「よく見るがよい、私の死において、この姿こそが君の姿なのだ。よく見るがよい、君が自らを完全に殺したのだということを」

人間は誰しもがその場の観察者であり被観察者でもあり表裏一体である。この心の二重性と天邪鬼精神、高い崖やビルの屋上に立つと恐怖で足が竦み震えるが、もし飛んで見たらどうなる？　という奇妙な好奇心も同居している。これはポーの「群衆の人」「天邪鬼」「告げ口心臓」にも見て取れる。

## ユリイカ・Eureka ポー賛

E・A・ポーは最晩年（1848）に「ユリイカ・物質的宇宙ならびに精神的宇宙についての論考」を著した。理性学的、形而上学的、数学的、詩的宇宙論である。ユリイカとは古代ギリシャ語で「発見」を意味し、アルキメデスが浮力の原理を見つけた時ユリイカ！と叫びながら裸で街中を駆け回ったとの逸話がある。ユリイカは一九世紀当時の最新科学的知見で直感的に宇宙の本質を記述した壮大な論考である。そして人間と神との関係についてポーの思想的総決算でもある。その背景は当時の世界観であるニュートンの絶対時間・絶対空間論に基づいている。だが、アインシュタインが時間も空間も絶対ではないと相対性論を発表するのは半世紀以上後の事だ。ポーの説は、過去→現在→未来の「過去と未来の究極の終結」は無限の連なりとなり、宇宙は膨張と収縮を繰り返す「サイクリック宇宙論」を示唆している。そして神とは信仰の領域であり、知的信念とは異なるものであると。ポーはボルティモアのウエストミンスター教会墓地に眠る。A Dream Within A Dream …… 夢のなかの夢 ……

## 鐘のさまざま・The Bells

ポーの詩は音楽的だ。この詩は擬音語（オノマトペ）詩でありリズミカルだ。橇の楽しげなリンリンリンと銀の鈴、結婚式のリンドンと喜びの金の鐘、火事のカンカンカンと緊急の銅鐘、葬儀の重々しいゴンゴン～と弔い鉄の鐘。その響きをベル、ベル、ベルと韻を踏むが日本語では「鈴、鈴、鈴、」「鐘、鐘、鐘、」「鐸、鐸、鐸、」などと表すことができる。

ポーには「詩作の哲学」「構成の原理」など「大鴉」の成り立ちから構成までを解説している。彼は詩人そのものなのだ。

The Fog Horn by Ray Bradbury

# 灯台

孤独を愛するものは野獣か、しからずんば神なり。
——アリストテレス

数ページにも満たない短編である。そして唐突に終わる。ポーが謎の死を遂げた一八四九年の未完作なのか？ また意図的なのか？ 日記形式で孤独を求め本の著作のため犬と共に灯台にやってくる。日記は一七九六年一月一日、二日、息遣いさえ谺となる灯台は分厚い壁の円筒である。満潮時には下部が海水に浸り、どうも灯台は基盤が脆弱のようだ。三日目の日付だけで唐突に話は終わる。何事が？ 読者の想像力が喚起され忘れがたい奇妙な味が残る。それだけの話で様々な空想とストーリーが湧き起こる。

ポーの衣鉢を継ぐレイ・ブラッドベリは「霧笛」という作品でオマージュを捧げた。霧の夜に霧笛が鳴り響き、それに呼応して太古の眠りより覚めた恐竜が、あまりの孤独さに仲間の声を聞き一晩中灯台を廻るのだ。深い霧に覆われた海、冷たい風が吹きすさぶ中、霧笛と咆哮の応酬が続く。

——霧笛は鳴り響き、恐竜はそれに応える。ただ一頭生き残った底知れぬ孤独の叫びだ。無限の哀しみの咆哮だ——。

そして「原始怪獣現る」、水爆実験で蘇った「ゴジラ」へと続いていく。

## トルコ人(ザ・ターク)・メルツェルの将棋差し

プロ棋士がコンピュータに破れる。こんな記事を見たのはいつだったか? だからどうなんだ! 現代の私たちはPCもスマートフォンもインターネットだって当たり前に使っているじゃないか。……機械に負けたからってコンピュータのCPUに熱いコーヒでもぶっかけるか電源を切りゃいいのだ。と言いながら何か寂しい。チェス(西洋将棋)も日本の将棋もインド古代のチャラトンガが起源と言われている。二千年の歴史があるのだ。一方コンピュータのチェスの歴史を見ると半世紀ほど前にクロード・シャノン博士が論文を発表、以来デジタルとなり、一九八八年チェスコンピュータがグランドマスターを破り、一九九七年には史上最強と言われた名人ガルリ・カスパロフがコンピュータと対戦して一進一退、最終戦で破れた。VVSIチェスプロセッサーを搭載した「ディープ・ブルー」は一秒間に二億手を解析するそうだ。なにしろ三分間に四〇〇億の局面を計算し、過去一〇〇年間の序盤戦を記憶しているだと。最近では「ストックフィシュ」なるチェスエンジンもあるそうだ。……

私は将棋もチェスも全く不調法なのだが興味は尽きない。「2001年宇宙の旅」でもHAL9000が対戦していたネ。いずれ人間型ロボットが実際に手を動かしたり仕種や表情まで出て来たらどうなるのだろう? 少し気味悪い気もするが。

まあ、寛政から明治にかけて活躍した「カラクリ儀右衛門」こと田中久重も凄い男だ。東芝の創業者であり、彼の作った「万年自鳴鐘」という見事な万年時計を国立化学博物館で見た事がある。その精密さはマニュアルの限界に挑む好奇心の発露である。ギアやゼンマイ、クランクの時計仕掛けにはその機構の知恵に嬉しくなってしまう。コンピュータはつかみ所もなく、音も無く稼働するメカニズムもないのだ。その点カラクリ仕掛けは人間的だ。ヴォーカンソンの「アヒル」やチャールズ・バベッジの計算機、今ならスチームパンクの世界だ。時計仕掛けと言えば一九六四年にできたロンドン・ピカデリーのフォートナム&メイソンの時計、みんなあんぐりと口を開けてお上りさんをやっている。……おいおい人形に見蕩れていると財布を掏られますゼ! しかし最も愉快な話は一七六九年ハンガリー・ブレスブルグの貴族ヴォルフガング・フォン・ケンペレン男爵によって作られた「トルコ人・The Turk」だ。人間相手にチェスを指し、以後一八五四年に消失するまで八四年間にわたりほとんどの試合に勝利したと言う。トリックが行われていないということを確かめさせるために、対戦前に内部を観客に見せて、これは自動機械であり人が隠れていないというパフォーマンスもやったのだ。あのナポレオン・ボナパルトやベンジャミン・フランクリンとも対戦した。「ザ・ターク」はケンペレンが死去すると、ケンペレンの息子が一八〇八年にメトロノームの発明者でもあるメルツェルに売却。そしてアメリカにも渡りE・A・ポーも「メルツェルの将棋差し」という短編で分析している。

Turken bauen ドイツ語で「嘘をつく、人を欺く」……トルコ人に失礼だね。

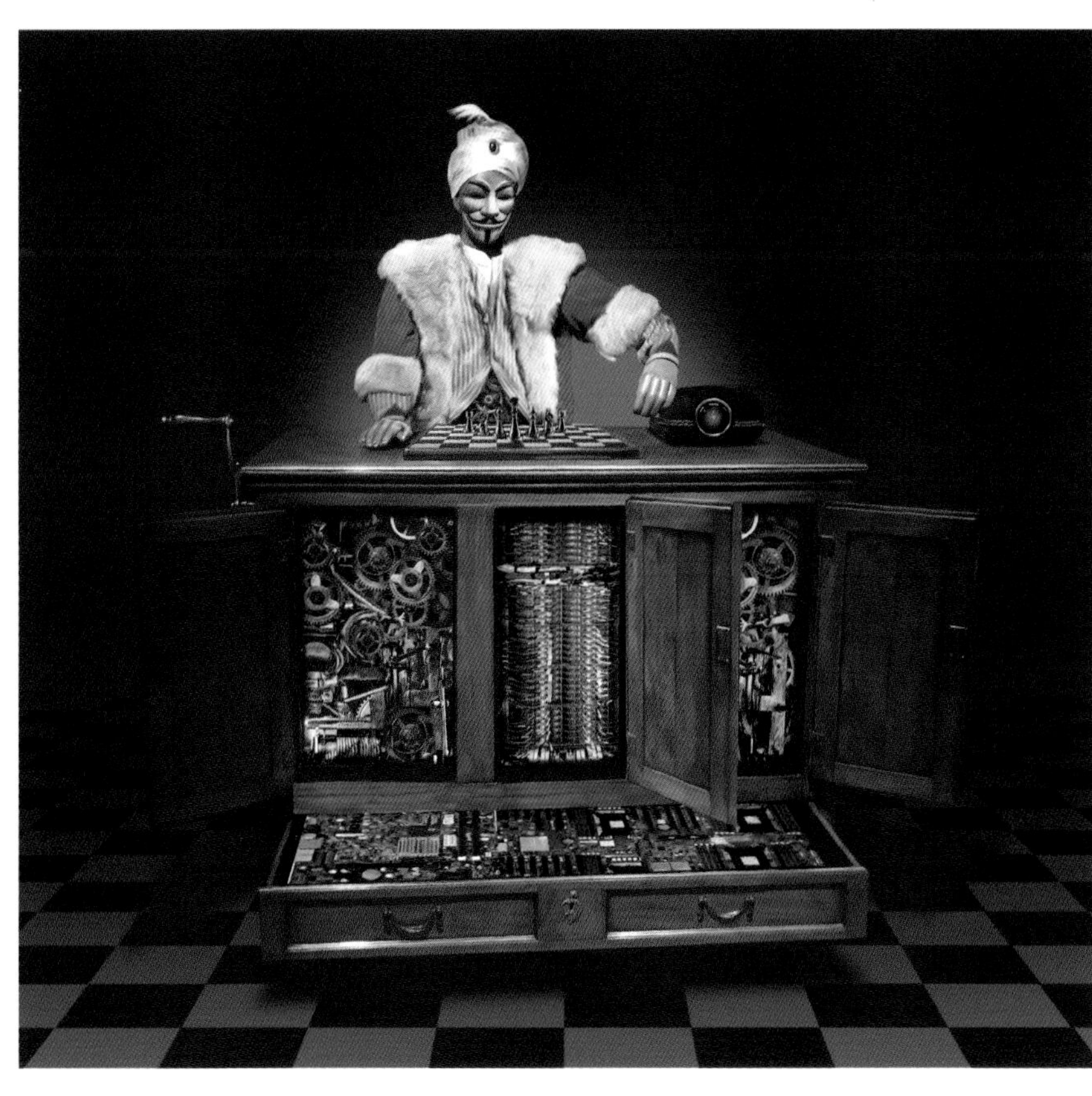

これは人間が隠れていて駒を動かしているとポーが創作した探偵デュパンのごとく一七条に渡り推理している。

①タークが駒を置く時間と間隔が一様でなく不規則である。機械なら規則性に従うはずだ。よって純然たる機械ではない。

②自動人形が駒を進めようとする前に左肩を覆っている掛け布が動くのだ。またメルツェルが駒を動かすより早く反応することがある。

③時には負けることがある。機械の発明家がわざわざ未完成なままにしたのだろうか? 純粋機械として可能性を否定するのだろうか?

④勝負が佳境に入ると、首振りや目玉をギョロつかす等の仕掛けが全く作動しなくなる。その余裕が無くなるからだ。

⑤体内には機械装置がひしめいているように鏡を使って見せている。と、いうことは純然たる機械ではない。さも複雑そうに見せるのは観客に驚くべき効果が簡単な手法によってもたらせて

いることをアピールしているからだろう。

⑥ タークの造形が粗雑である。角ばった動きはわざと機械であるという点を強調するためである。

⑦ 機械のゼンマイを巻くのが装置に対して軽すぎる。中の機械と連動していないからだろう。観客たちにカラクリめぐる錯覚を植え付け煽り立てるためにだけ巻く動作をするのである。

⑧ メルツエルに「自動人形は純粋機械なのか?」という質問に彼は「企業秘密です」と答え、機械でないと意識しているからこそ沈黙を守るのである。

⑨ 扉の開閉は必ず順番が決まっている。台座内の機械は、正面の第一扉を開け、後方の扉も開け、ロウソクで照らすが第一扉内の機械は動かないが、その奥の機械はわずかではあるが変動しているように見える。中の人間は後方の扉が閉まるやいなや上半身を直立させなければならないからだ。

⑩ タークは普通の人間よりかなり大きい。

⑪ 台座も相当大きく、引き出しは見かけより浅い。わざと内部を小さく見せようとする目論見が見える。

⑫ 中央区画内部にはことごとく布の布の裏地が施され、中の人間の移動を隠すためのものであろう。

⑬ 対戦者が離れた場所で勝負させられるのは、仕掛けを看破されないためである。

⑭ メルツェルが箱の中身を見せる手順が毎回同じ。またタークのタバコは箱の中の蝋燭の煙を誤魔化すためだ。

⑮ 過剰なまで立てられた蝋燭は、中の人間がタークの衣装を透かしてがボードを見るために明るさが必要だからだ。

⑯ 対戦の間、必ず一人の仲間の姿が見えなくなる。彼が病気の時は公演が中止された。

⑰ タークは左腕で勝負する。機械なら右腕でもできるはずだ。それは中の人間が隠れている姿勢にあり、彼の右腕で操作するには無理であり、あまりにも窮屈であるからだ。

以上の考察でタークの装置は中に人間が隠れてチェスを指していると結論づける。

そして、一八二〇年にロンドンのロバート・ウィリスが手品だと暴くまで誰にもバレなかった。ザ・タークはチェスの名人が内部に隠れて操作する手品であり悪戯であったのだ。何とも楽しい話で、箱の内部を扉の開閉の順序で機械だけに見せる手口は現代のマジックでよくやる手を使っている。

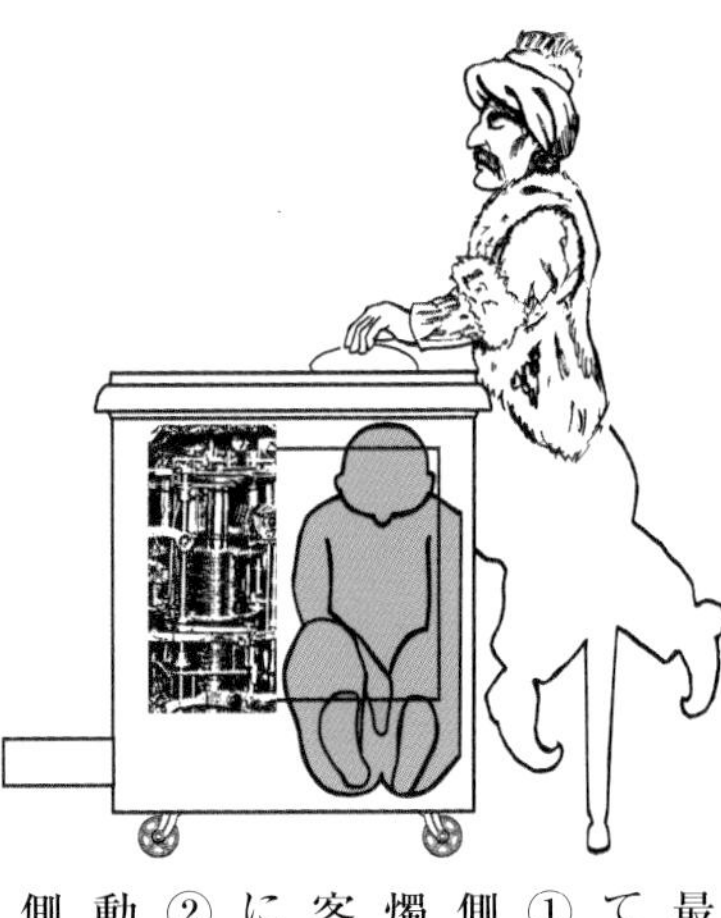

最初から箱の中にチェス上手な人物が隠れている。

① 機械装置の内部を見せるために箱の右側のドアが開かれ、背後のドアも開けて蝋燭を照らし、機械以外何も無いことを観客に見せる、その時、内部の人物は左側に隠れている。

② 右の扉が閉められると同時に右側に移動して機械を左側に押し出す。そして左側の扉を開く。

③ 両方の扉が閉ざされると、人形の体の中に入り込む。胸の服を透かして盤面を見て、窮屈な姿勢だが左手で駒を動かす。

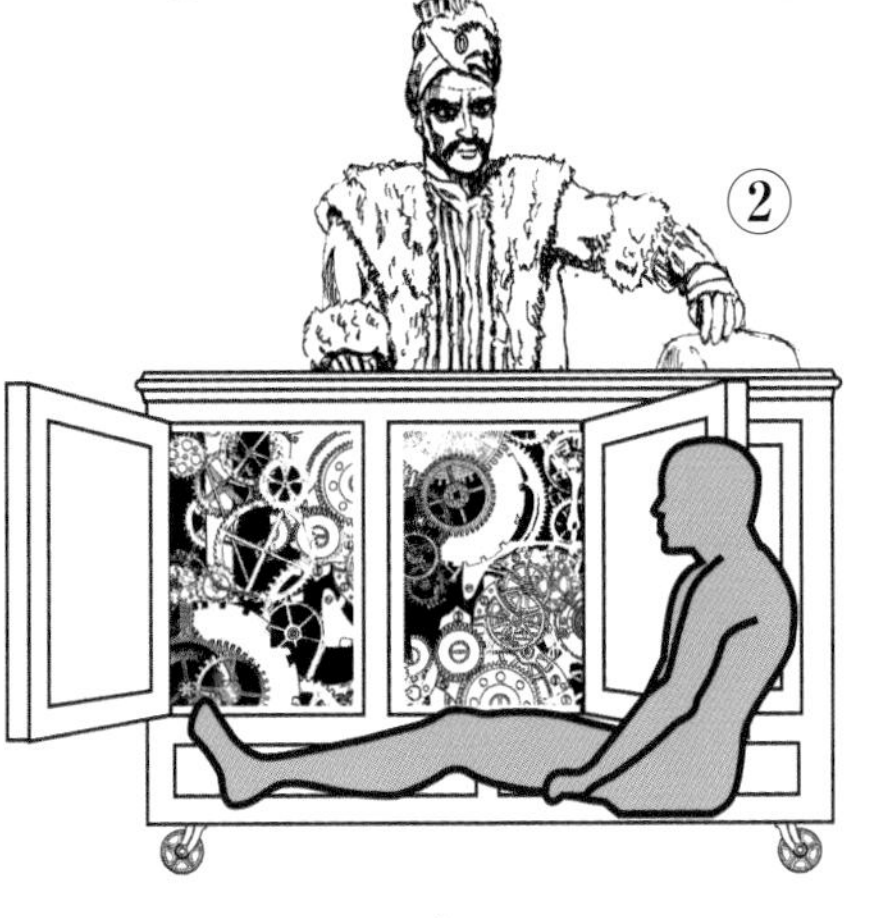

チェスといえばイングマール・ベルイマン監督の「第七の封印」（1957）も忘れがたい映画だ。猖獗を極める黒死病、邪教が蔓延し、不安に覆われる時代、無益な十字軍遠征から祖国に帰還する騎士（マックス・フォン・シドー）の前に、死神が現れる。彼は神の存在と自らの命を賭けたチェスの試合で死神と対決する。それは死を恐れる時間稼ぎではなく神の存在を確認し、無益な戦役で揺らいだ信仰を取り戻すためのものだった……。しかし彼は死神とのチェスに敗北を喫する。魂の救済も神との対話も何一つ達成できなかったが、素朴な旅芸人の一家を死神から守ることには成功する。荒れ果てた城で妻と再会、「而して小羊、第七の封印を解き給いたれば……」無残にも死神が現れ、その場に居た者すべての命を奪ってしまう。翌朝死神の魔の手から無事逃げ出した旅芸人一家が見たのは、死神に先導され数珠繋ぎになって「死の舞踏・ダンスマカーブル」を踊る犠牲者たちの姿だった……。このシーンは今も眼に焼き付いている。「神はなぜ沈黙しているのか！」を問う映画だった。モノクロームの映像がひたすら美しい……。

　第一の封印が解かれると、見よ、白い馬が躍り出た。そして赤い馬が、黒い馬が、青白い馬が、乗っている者の名は「死」と言った。第五、殺された人々の霊魂が叫んだ。第六、大地震、太陽は黒く、月は血の海となり、天の星は地に落ちた。

　第七……七人の天使のラッパが鳴り響くと天変地異と多くの禍がもたらされた。そして最後の審判が始まる。怒りの大いなる日が「ディエス・イレ、Dies irae」（ヨハネ黙示録」第六章七つの封印）

　現代はインターネットというハイテク魔術？によって世界中と将棋やチェスを対戦できる時代だ。そしてチャットGPTの時代が始まった。すべて人間が作り出したものであり興味は尽きないのだが、ちょっと怖い気もする。将来どんな世界が待ち受けているのだろう？一瞬にして世界中のコンピュータが壊れる事態が起きたとしたら？まさに「怒りの日」だ。

## 「みずうみ」レイ・ブラッドベリ

波がぼくをこの世から、空の鳥から、汀に遊ぶ子供たちから、岸辺に立つ母から切り離した。それは九月。夏の終わり。理由もなく悲しみが湧き上がってくる季節だった。……（10月はたそがれの国　宇野利泰／訳　東京創元社）あの夏、湖で遊んだ幼い恋の少女タリィ、タリィの遺体は見つからなかった。

「タリィ！　戻っておいで、タリィ！」ぼくは二人でしたように城をつくった。「タリィ、ぼくの声が聞こえたら、お城の半分を作るんだよ」。それから十年が過ぎた。ぼくはハネムーンで再びこのみずうみを訪れた。その旅行も終わりに近づいた日、救命員が灰色の袋を抱いてボートからおりたった。「こんなおかしなことははじめてだ、死んでから十年にもなる」。

私は一人きりで渚を歩いていた。その水際に半分完成しただけの城があった。そこからみずうみに向かってちいさな足跡が……。「残りはぼくが作ってあげるよ」。……私は砂浜に上がった。そこには〝a strange woman〟（見知らぬ女性）がいた。夏の終わり、二度と還らない少年時代の夏。

SFの抒情詩人と呼ばれているブラッドベリは、少年のみずみずしい感性で見た驚きの世界を描くのが上手い作家だ。心のタイムトラベラーである。そう、TVもスマートフォンもない時代、暗闇があった頃、あの怖いもの見たさの見世物小屋や、子供が夜遊びできる祇園祭りの夜、アセチレンランプに照らされた出店にどれほど興奮しただろう。綿アメを舐めながら「カップとボール」の手品、花火屋、毒々しい細工物、好奇心がはち切れそうでいつまでも彷徨っていたかった。

レイ・ブラッドベリというと必ずE・A・ポーの衣鉢をつぐファンタージの巨匠という定冠詞がつく。しかしポーには童心やノスタルジーはない。ブラッドベリ自身は「現実にありそうなことを書くのが幻想小説で、現実にありえないことを書くのがSFだと語っている。ロケットやタイムマシンの言葉はあってもサイエンスはない。空想の未來と心の中のタイムマシンで少年に還っていく。古いアルバムを開いたり物置の雑多な箱を開けると、カビの匂と共に過ぎ去った時が甦る。脳の屋根裏に隙間から差し込む光、埃の微粒子が漂う。布を被せた家具、トランク、LPレコード、積み上げられた書籍、アルバム、玩具、そう、屋根裏はタイムマシンだ。

名手たちの短編のページを捲るのはこの上ない楽しみである。E・A・ポー…O・ヘンリー…A・ビアス…サキ…F・ブラウン…ロバート・シェクリー…ヘンリー・スレッサー…S・ジャクスン…スタンリイ・エリン…ロアルト・ダール……ああ、キリがない。

私たちはありえない宇宙に生まれたありえない存在です。

——レイ・ブラッドベリ

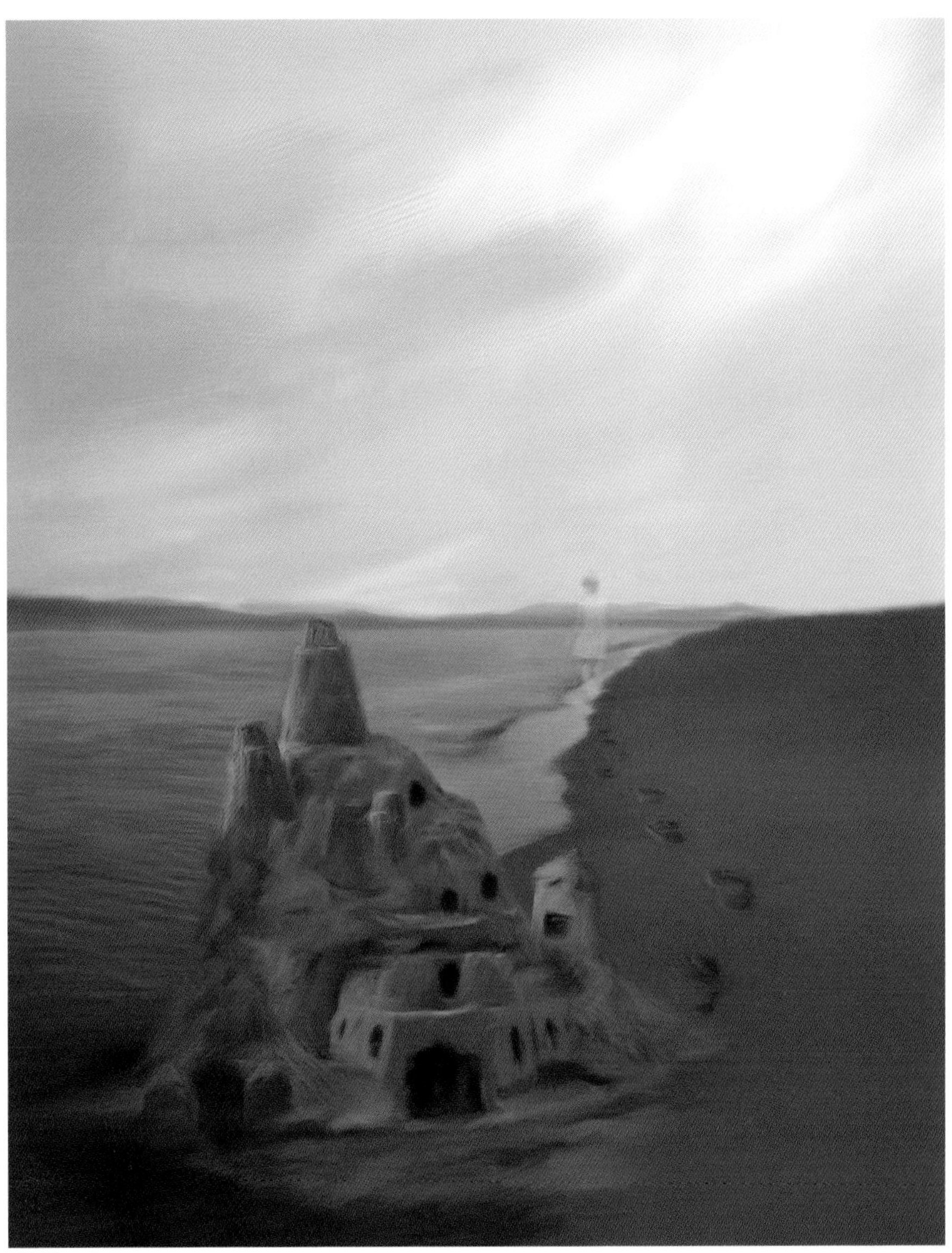

The wave shut me off from the world, from the birds in the sky, the children on the beach, my mother on the shore. There was a moment of green silence. Then the wave gave me back to the sky, the sand, the children yelling. I came out of the lake and the world was waiting for me, having hardly moved since I went away. "Dark Carnival" 1944:5 / Ray Bradbury

# 華氏451度　レイ・ブラッドベリ

本を焼く者は、やがて人間も焼くようになる。――　ハインリヒ・ハイネ

火の色は愉しかった。ものが燃えつき、黒い色に変わっていくのを見るのは、格別の愉しみだった。……何十年ぶりに何度目かの「華氏４５１度」を読んだ。小説ではサラマンダー（火蜥蜴）のシンボルを戴く焚書官（ファイアーマン）が主人公である。蔵書や読書が反社会的であり焚書官は本を火焔放射器で焼き尽くすのが任務だ。ディストピア（反ユートピア）の近未来の世界である。ある不思議な少女との出会いによって本を読み始めその深淵で広大な世界を知った、現実の社会から逃れ、読書の仲間たちがひっそりと暮らすコミュニテイに入る。そこには記憶という武器で本そのものになった人々がいた。自分はプラトンの「国家論」そのものだと語る老人。ダーウィンの「種の起源」の男、「マタイ伝」の人、「ガリバー」も……　生きた語り部たちは本の化身なのだ。

小説の現実は密告が奨励される相互監視社会である。家庭で人々は３ＤＴＶを彷彿させる映像に浸り「家族」と呼ばれる番組が主婦を虜にしている（あのチープなお昼のドラマを思い出す）。耳には海の貝と呼ばれるイヤホーンを四六時中差し込んで……。権力者は国民が馬鹿であるほど好都合なのだ。知らず、聞かず、語らず、考えず、自由を求めず、与えられたものだけで満足する愚民こそが必要なのだ。権力者が作った虚妄の番組で、思考停止にさせ、戦争という危機を煽る社会なのだ。時代が何か画一化され、ネットだ、スマートフォンだ。ゲームだＳＮＳだ。別に「スマホ」が悪いのではない。そのお手軽さと「いかにも時代人」が少々薄気味気悪いのだ。それを毛嫌いする奴は古い！　反社会人だ！　のイメージさえある。……　上質のユーモアの欠片さえないフェイクニュース、その書き込みの醜悪さ。本を持っても読んでもいけない社会、国旗や国家を強要する社会、権力が威張り散らす社会。「自分」という眼を閉じさせる社会……。「華氏４５１度」（摂氏２３３度）は紙の燃えはじめる温度である。本書が書かれた一九五三年当時のアメリカに吹き荒れていたマッカーシズム、赤狩り、その忌まわしさと恐怖が書かせたのだろうか。

「禁書」とは権力が有害と見做した書籍、いや、国民に知恵と理性による疑問を持たせないために権力が仕組んだ陰謀である。かって歴史には度々行われ、特にナチによる記録フィルムで見る一九三三年の映像は異様な興奮を漂わせている。「インディ・ジョーンズ最後の聖戦」でもこのシーンを再現していた。火炎の持つ異様な興奮と高揚、わたしもあの場にいたら思わずジーク・ハイル！　と叫んだかもかも知れない……。かって、オルダス・ハクスリーの「素晴らしき新世界」があった。ジョージ・オーウェル「１９８４」もあった。日本でも現実として治安維持法があり思想的書物を持つ人たちを特高や憲兵が残酷に取り締まった。戦争中には「大本営発表」という捏造で人々を煽りながら、書物による個人の直感、洞察力、認識力の高まりを抑えたのだ。非国民！　と叫んで。そうだ、ＴＶが始まった頃に「一億総白痴化」という言葉が流行った。いまならネットで「八十億総白痴化」か！　道具は使い方

Fahrenheit 451 (1953)

次第だ。世界の一部の国では未だに言語や書籍、インターネットを規制している……。

「書物」とは知的財産なのだ。活字（いまはフォントという）を文法というルールに従って並べれば文章というものになり、そこには想像力という映像（クオリア）を見る。なぜ記号の羅列から「喜び、好奇心、泣く、笑う、同情、怒り」などという情動が喚起されるのだろう。（わたしは仕事柄一日中ＰＣに向かっている。知らないことは直ぐにネットで検索する。「ああそうか」と知った気になるが、消した瞬間に大半は記憶に残っていない。想像や感情が伴わないないのだ。なぜなのだろう?）。「数学」は物理現象を記号で書き表し、「音楽」は楽譜という記号から美と快感と情動が起こす、「映像」は視覚記録と幻影を作りだした。

いまや、すべてはビットという単位で作られ、データという電子単位で構成されている。チャットＧＰＴも始まった。面白いことに、かって勤勉のシンボルであった二宮金次郎の銅像ね。背には薪を背負い、寸暇を惜しんで読書している。♬〜手本は二宮金次郎〜だ。いま街を歩けばバックパックを背負いスマホを見ながら歩く人々が多い。

あれっ?二宮金次郎と同じ格好だ。

本を焼くよりも悪い犯罪があります。
その中のひとつは本を読まないことです。

——レイ・ブラッドベリ

# 何かが道をやってくる　レイ・ブラッドベリ

秋の香りがする万聖節の前の夜、田舎町に遠くからカリオペ（蒸気オルガン）の音色と共にやってきたのはカーニバルの一座。それに誘われ少年二人は町外れに走った。そこには大テントが張られていた。「カーニバル団が来た！」「クガー＆ダーク魔術団」は昼間に見るとまったく普通でみんなも喜び賑わっている。だけど夜には何だか邪悪さと怪しさがある。

あの鏡の迷路で目にしたものはいったい……無数の鏡に先生が見たものは？ 数十年後の自分、年老いた自分の姿を……。後ろ向きに廻る回転木馬に乗ると逆回転するたびに一年ずつ若返っていくのだ。そして少年へと変身するのだ。何を企んでいるのだ？ あのドキドキするような怖いもの見たさの誘惑に抗うのは難しい。……ブラッドベリは少年の世界へと誘う。早く大人になりたいと少年の願いと、いつの間にか自分の歳を意識せざるを得ない自分と。

……全身に生きた刺青を入れた魔術団の首領ミスター・ダークや魔女たちに追われる羽目に。彼らは興行先で人をさらっては、骸骨人間や小人といった奇形人間に改造、カーニバルの見世物としてこき使うという悪魔のごとき一座だった。

しかも首領ミスター・ダークは「逆回転する回転木馬」

Something Wicked This Way Comes

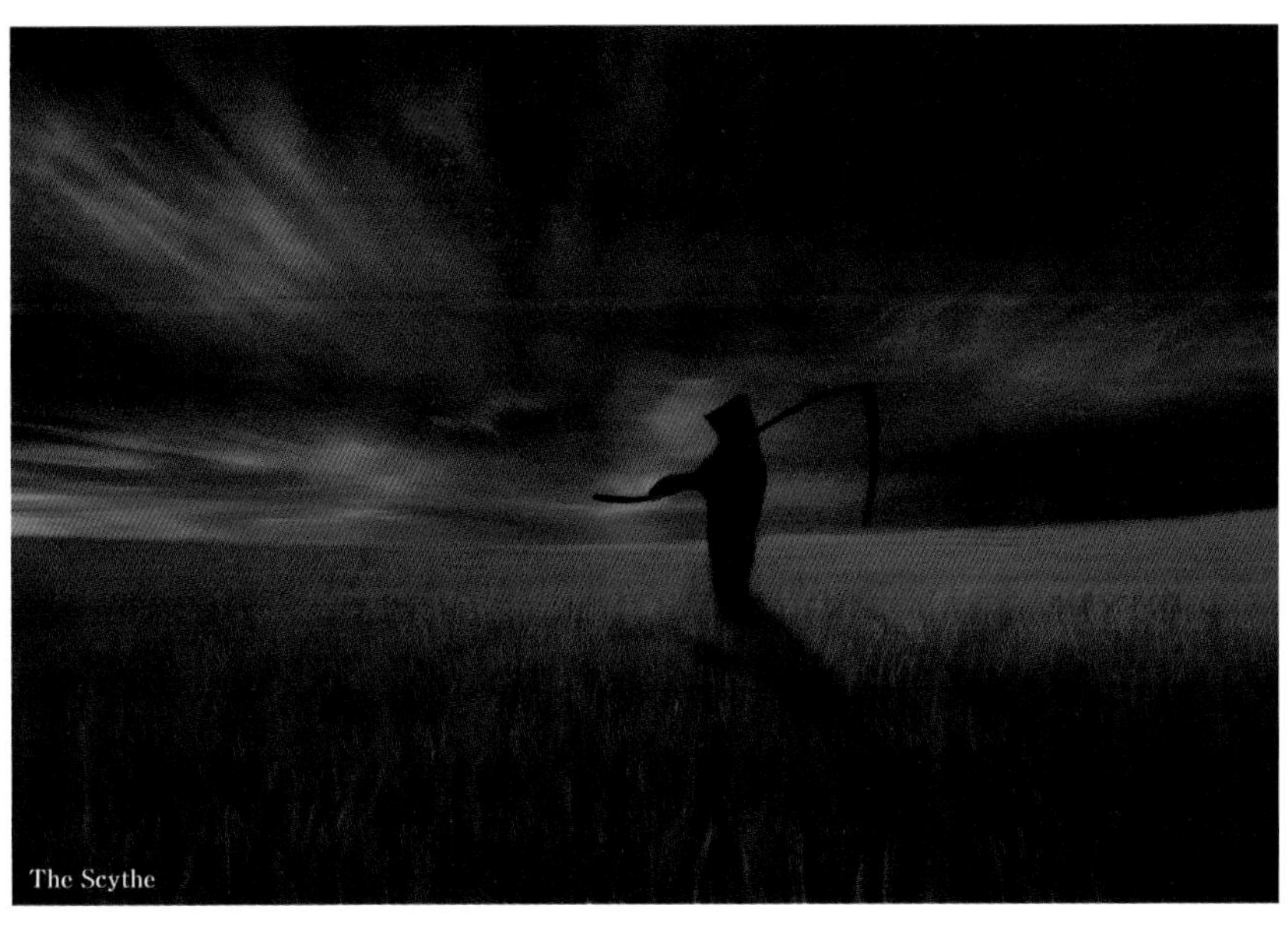


で若返りを繰り返し、数百年以上前から、この邪悪な所業を続けているのだ！ 回転木馬は時間短縮機械だったのだ。
首領が回転木馬に乗ってる時にウィルが操作盤を破壊、暴走して高速で順回転する木馬のせいで首領はミイラ状になり、灰となって散る、そして「人間の恐怖」をエネルギー源とする魔術団にとって笑顔より恐ろしいものはないのだ。笑顔を先端に刻んだ弾丸をライフルにこめ…… 首領ダークが修復した回転木馬で少年に若返りするが、慈愛という力に息絶えてしまう。
そう、ブラッドベリは秋が似合う「一〇月は黄昏の国」なのだ。

## 大鎌

三〇年代末、干魃と砂嵐、強欲な資本家、土地を追われ西へ向かう貧しい農民一家があった。一面の麦畑の中に一軒の農家があった。誰もいない。手紙がありこれを読む人にこの農場をゆずると…… 大鎌があった。麦がたわわに実り刈入れを待っている。刈らなければ。彼は毎日大鎌を振るった。振うたびに目の前で麦は枯れ、新たな緑が芽吹くのだ。そして微かな悲鳴が聞こえたような気がした。麦一本一本が人の命であり男は死神の仕事をしていることに気づいた。

男が刈り取る度に、その時世界各地で多くの人々が …… 戦争で、強制収用所で、…… 彼は黙々と大鎌を振るい続ける。……

過去を持たなければ未来もありません。——レイ・ブラッドベリ

## 乙女 The Maiden　レイ・ブラッドベリ

彼女は限り無くなく美しかった……すらりと高く麗しく、彼女は立っていた。……彼女は自分の前に身を投げ出す男たちを、サディストらしい彼女のやり方で愛したのだ。そして二人……一枚の刃で結ばれた彼と彼女は深紅のオーガニズムにひたりながら、星の消え行く空の下に横たわっていた。（Dark Carnival・黒いカーニバル：伊藤典夫 訳：ハヤカワSF文庫）

一ページにも満たないほどの短編だがその耽美、残酷美、プロット、リズムも冴え、奇妙な味の余韻が残る。この恐るべき装置はフランス革命が生んだ。アンシャンレジームの矛盾を人道主義に基づいてと、発明された機械、ギロチン。ギヨタン博士は不名誉な名として歴史に残った。しかし先行する機械はあった。「スコットランドの娘」「マンナイヤ」と呼ばれ、あの父親殺しの悲劇の乙女ベアトリーチェ・チェンチも一五九九年九月十一日に執行された。

◇「ギロチン」ダニエル・ジェルールド：その血にまみれた誕生から廃止までの歴史、作家や芸術家たち与えた衝撃と大衆の受け止め方、恐怖の文化史だ。

◇「死刑執行人サンソン」足立正勝：代々にわたってパリの死刑執行人を務めたサンソン家四代目の当主シャルル＝アンリ。信心深く、国王、王妃を崇敬し敬愛していた。そして他ならぬその国王と王妃を処刑したことによって歴史に名を留める。「サン＝無い」「ソン＝音」サンソン家の紋章は「割れた鐘」である。

◇「パリの断頭台」バーバラ・レヴィ：フランスの死刑執行人サンソン家の七代にわたるドキュメンタリー。

◇「ある首斬り役人の日記」フランツ・シュミット：ドイツ、ニュルンベルクの死刑執行人フランツ親方の日記。一五七三年から一六一七年までの刑罰の記録。刑の執行月日、罪人の名前、その出身地、罪状、執行された刑罰が淡々と記述されている。

◇「斬」綱淵謙譲：首切り朝（浅）右衛門として異名を馳せた男の歴史小説。七代に亘る一族の歴史と最後の首切り人吉亮を描く。その元ネタになったのが◇「山田朝右衛門の回想」（報知新聞・明治四一年七月（1908）掲載）。明治十三年に制定された刑法で「死刑ハ絞首ス」と定められ朝右衛門吉亮の「斬」は使命を終えた。明治四十四年没。享年五十八歳。技に長け、大久保利通暗殺犯島田市朗、高橋お伝、雲井竜雄、夜嵐おきぬ等を処刑した。その時、涅槃経の四句を心中に唱え、人先指を柄にかけるとき「諸行無常」、中指を下ろすとき「是生滅法」、薬名指を下ろすときに「生滅滅已」、小指を下ろすが迅いか「寂滅為楽ッ」と唱える途端に首は前に堕ちるんです。と語る。明治一五年一月一日（1882）に刑法が改正され斬首刑は廃止となった。よって、明治一四年七月二四日、山田吉亮（七代目山田浅右衛門吉利の三男）が市ヶ谷監獄署内で、強盗殺人犯の巌尾竹次郎と川口国蔵の二人の斬首刑を執行したのが最後に行った斬首となる。吉亮は一二歳で初めて刑場に入って以来、兄弟の中では最も多く刑の執行した。山田浅右衛門の名は、長男の吉豊が継いでいるので、閏八代目、あるいは裏八代目と呼ぶ人がいる。村野薫著「日本の死刑」から

フランスの作家ガストン・ルルーの「金の斧」はキラリと光る短編である。ルツェルン近くの湖畔のホテルで、ピアノを披露してくれた老婦人へのプレゼントとして、斧を象った金のブローチを贈る。彼女はそれを見るなり震えだし湖に投げ捨ててしまう。その訳を聞かされたのは。……

## 長雨　**レイ・ブラッドベリ**

レイ・ブラッドベリ／刺青の男（1951）

雨が続いた。激しい雨、止むことのない雨、汗と蒸した雨。霧雨、土砂降り、噴水のような雨、目を鞭打ち、足首をさらう流れである……すべての雨と、雨の記憶すら溺れさせる雨。……それは皺だらけの類人猿の手に変えてしまう。降り止まぬガラスの雨……「やめろ、やめろ！」絶叫し、夜の空に拳銃を発射した。そのフラッシュのなかに無数の雨の雫が見え、まるで音に驚いて、雨そのものが動きを止めたような数億のしずく、数億の涙、数億の宝飾品、白いベルベットの上に並べられた数億の宝石。フラッシュが消えると、そのあいだ停止し躊躇っていた雨のしずくたちは、冷たさと痛さの昆虫たちのように、いっそう烈しく降りかかってきた。

遭難した宇宙船の隊員達が太陽ドームを求めて雨びたしのジャングルを彷徨する。発狂し絶望し、一人、また一人と……（「刺青の男」小笠原豊樹／訳：ハヤカワＳＦシリーズ）

ブラッドベリの短編は何故か心に残る。忘れていたものが雨の夜などにふと浮かび上がり、イマジネーションと映像を喚起する。そう、濡れながら雨中を彷徨する自分を見てしまうのだ。

# 叫ぶ男　チャールズ・ボーモント

チャールズ・ボーモント／「夜の旅、その他の旅」（1960）

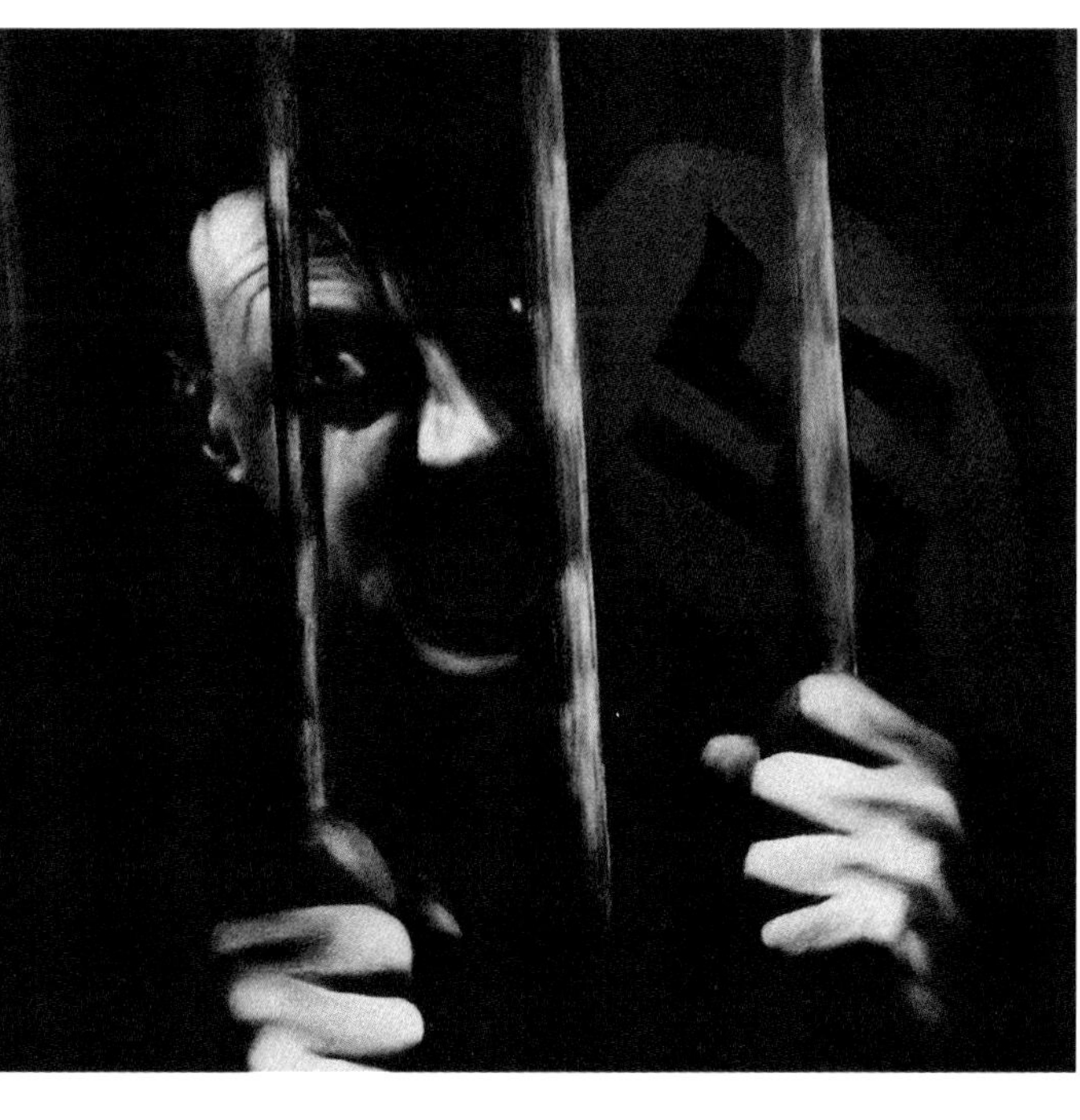

一九二〇年代後半 …… 私はボストン児である。ヨーロッパを自転車で旅していた。ドイツ・モーゼル河畔で酷い熱を出し記憶を失った。気がつくと古い僧院の藁の上で一人の修道僧が看病してくれていた。…… 奇妙な事に夜になるとどこからか泣き、吠え、喚く声が夜通し聞こえるのだ。修道僧は私には聞こえません。熱のためです。…… ある夜、部屋を抜け出し吠え声の場所を探した。…… 窓から覗くと裸の男が泣きわめいていた。…… 後ろに総院長が立っていた。

「その男は気が狂っているのです。悪魔なのです」…… 私は鍵を盗み男を解放してやった。…… 私はボストンに帰り恰幅がつき穏やかな日々※を送っていた。その頃から新聞に、ブラウナム・アム・イン生まれの男の記事が載るようになった。あの吠える男だ。…… そしてときは移り。……

上手い！ 何と言う技の冴えだ。「奇妙な味」と呼ばれる技巧の冴えが！。ボーモントはレイ・ブラッベリに師事し、たった三八歳の若さで若年性アルツハイマーでこの世を去った。同じく「隣人たち」の意表を突くサスペンス。これは「侵入者」という映画になり本人も出演している。

併せてロアルド・ダール「誕生と破局」も怜悧で皮肉でユーモアと辛辣さと、残酷で読者をいたぶるエンターテインメントと ……

※ ブラウナム・アム・インはヒトラーの生地

## ふくろうの河　アンブローズ・ビアス

男は河の流れを見下ろしていた。後ろ手に縛られ、首にはロープが巻かれている。一枚の板の両端にこれから処刑される者と兵士が立っていた。兵士が足をずらすと板はバランスを失い男は落ちることになる。男は目を閉じ妻と子供たちに最後の思いを馳せた。板が跳ねた。男は水中に落ちた。ロープが切れたのだ。夢中でもがきロープを外し空気を求めた。銃撃を受けながら激流に流され岸に辿り着いた……木の葉の一枚々が輝き、巣をかけるクモの姿、露が虹色に煌めき……。

男は駆けた。妻と子供が暮らす我が農園を、家を目指して。妻が男に気づき駆け寄ってくる。妻を抱きしめようとした瞬間……一秒にも満たない瞬間に男のさまざまな想念が、瑞々しく、リアルな存在感を持って現前する話だ。

そう、南北戦争を背景にアラバマ州北部の「アウル・クリーク橋の一事件（Occurrence at Owl Creek Bridge 1892）」この一作だけでもビアスの名は不滅である。アンブローズ・グウィネット・ビアス（1842～1913 メキシコで失踪）。彼はニガヨモギの汁と酸のインクで書いたと言われ、ビタービアス（辛辣なビアス）と渾名された。「悪魔の事典」には【麻縄(hemp)】植物の一種類で、その繊維質の皮から作った首巻きは、戸外で公開演説の後、しばしば人の首に巻きつけられ、巻きつけられた者はその後風邪をひかない。とある。なんとも苦い説明ではないか。死を前にした人間の悲喜劇を容赦ない苦さで描く技巧短編の名手である。

これをフランスの映画監督ロベール・アンリコが「ふくろうの河」を一九六一年に製作、（日本公開は一九六三年）。三〇分ほどの短編だが原作に忠実でセリフは無く音楽だけである。そのモノクロームの映像がひたすらに美しい。草に木に、虫に、森を林を駆け抜け、鮮烈な生の輝きと喜びの映像表現だ。やっと我が家に、妻が笑みを浮かべて、そして……

この映画を見たくてわざわざ一時間もかけて姫路のステーション・シアターにまで出かけた古い思い出がある。アンリコ監督には「冒険者たち」一九六七年、アラン・ドロン、リノ・ヴァンチュラ、ジョアンナ・シムカス主演、という記憶に残る作品もある。その舞台である大西洋ラ・ロシェ二浮かぶ楕円形のフォール・ボワイヤール要塞島。こんな島が本当にあるなんて！原作はジョゼ・ジョバンニの小説「生き残った者の掟」、舞台は映画とは違うが哀しみとに生きる男たちを描いたハードな作品だ。

最後の一行、一句で結末が大きく覆る技巧の冴えこそ短編の妙味である。一度読むだけで忘れがたい一編が数多くある。要はアイディアであり閃きである。その機知に無上の喜びを感じるのだ。そう、タネがあるのは十分承知しいるくせに、嵌められる喜びと言おうか、奇術の名手が仕掛けるトリックにまんまと乗せられて喜ぶ自分がある。軽い嗜虐的な快楽とでも言うしかない。これを映像化した名手がご存知アルフレッド・ヒッチコックだ。

もし, このロープが切れたら …… 男の体がアウル・クリーク鉄橋にぶら下がり左右に揺れている。
すべては処刑の瞬間に見た …… 。

## レミングス　リチャード・マシスン

海岸は乗り捨てられた車であふれていた。人々は次々に現れ海に入っていった。……

二人の警官は浜辺に向かって進んでいく群衆を見た。多くの人がしゃべり、笑ったり、黙ったままで水に入って行く。

「わからない」

彼らは皆いなくなった。二人の警官は、人々が水に入った地点を見渡した。

「――北極圏に住むレミングって知ってるか？ 奴らは食べ物を食い尽くすまで際限なく増殖する。食料が無くなると巨大な集団は行進し始める。行く手の川や湖さえ容赦せず行進は続く。そして海に達すると飛び込み、力が尽きるまで泳ぎ溺れて消えてしまう。そう何百万も……」

「もう来なくなったようだな」

「そうだな俺も行くことにしよう。じゃ」握手を交わした。

残った警官は辺りを見回しタバコを消し、そして彼も水に入った。海岸には夥しい車が並んでいた。……

一ページに満たない短編だが、荒涼とした風景が眼前に浮かぶ。

レミングは北極圏に住むかわいい齧歯類、古くから数が増え過ぎると食物を求めて行進を開始し、前進を続ける。行く手の河や湖も恐れない。最後に海が遮ると飛び込み、集団自殺する不思議な動物として知られて来た。これは大いなる誤解であり幻想である。とりわけ、一九五八年公開されたウォルト・ディズニーによるドキュメンタリー「White Wilderness」（白い荒野）で、レミングの群れが海に飛び込むシーンや溺れ死ぬヤラセのシーンで「レミング集団自殺説」が世界中に広まったものである。また飛蝗（Locust Plugue）サバクトビバッタは数が増えると「孤独相」から「群生相」に相変異し、翅が長くなり濃色変し集団化する。行く手にあらゆる食物を食い尽くす。人間も「一億特攻」という言葉に高揚し玉砕戦を行い、第一次大戦や朝鮮戦争では人海戦術もあった。現代でもSNSに煽られた集団が、暴徒と化し凶暴化しパニックを起こす……。一九五八年の世界人口は約三〇億、現在はこの地上に八〇億人、核兵器は約一万二七〇〇発という。ウクライナ戦争がよりエスカレートしたら、もし？

リチャード・マシスンはストーリーテリングの名手である。「レミングス」は「13のショック」の一編。あのスティーヴン・スピルバーグ監督の「激突！」原作（決闘・Duel）では古い大型タンクローリーとの理不尽でスリリングな路上の対決が描かれている。

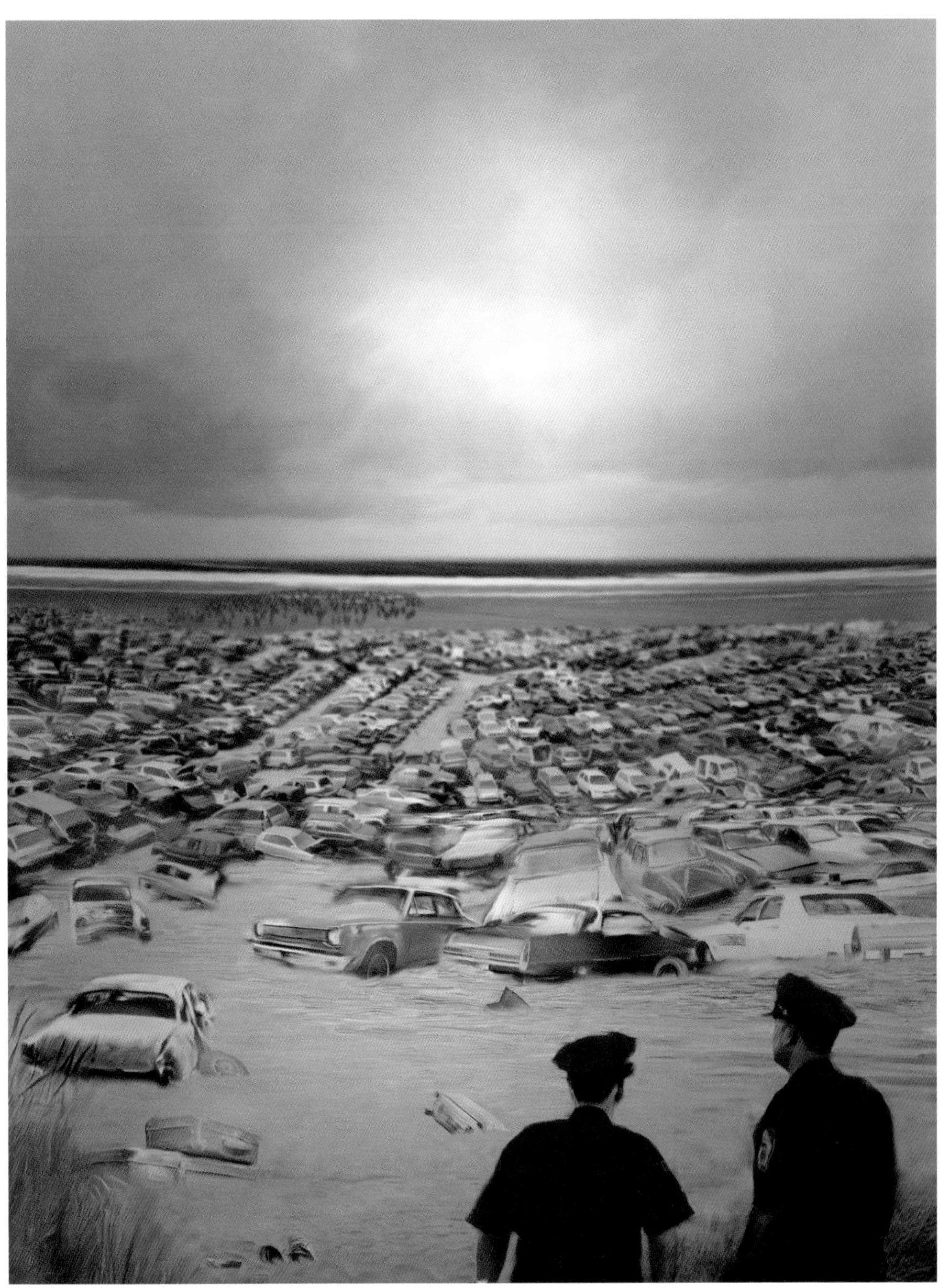

海、それは自分の心をありのまま映しだす鏡だ。——ハーマン・メルビル

# おお、モビィ・ディックだ！

「白鯨」ハーマン・メルビル（1851）は謎が多い小説だ。だからこそ惹かれ読み続けられ、歴史的名作と言われる所以だろう。背景は旧約聖書臭に満ちている。主人公イシュメールはアブラハムが女奴隷に生ませた子供である（創世記）。船長のエイハブは聖書のアハブ（列王伝）、この王はユダヤ教徒と対立し暴君である。また鯨に飲まれ腹中で過ごしたヨナの話もある（ヨナ記）。おまけに出航前にはイライジャ（エリア）という預言者まで現われる。書かれた時代、ピルグリムの東海岸という場所柄、聖書が深く根を降ろしているのは当然として、エイハブ船長にとってモビィ・ディックとは何なのか？

「仇敵」ならば復讐である。「邪悪の象徴」ならば巨大な悪に立ち向かう英雄である。「神」であるならば、神の創造に挑戦する人間、自然を克服し支配しようとする人間の傲慢か？それとも人間の愚かな行為か？　いやエイハブ船長こそが悪なのか？エイハブの憑かれたような復讐心と狂気とは……エイハブにとってはモビィ・ディックは悪意が凝縮した姿としてあり、モビィ・ディックを倒すことは、この世の悪を見極め打倒することなのだろうか……いやいや白鯨の意味は何なのか？白人種の奢りと衰退なのか？そういえば登場人物も人種は様々である。現実主義者の一等航海士スターバックは白人、全身刺青に覆われた誇り高い銛打ちクィークェグは太平洋諸島人、アフリカ系の黒肌のダグー、アメリカ・インディアンのタシュテゴ、拝火教徒、クエーカー教徒などなど……。

嵐が近づきセントエルモの妖しい火が燃える。そして発見！「潮を吹いている、雪の山のような瘤、おお、モビィ・ディックだ！」。死闘三日目。銛を打ち込むエイハブ。綱がエイハブの首に巻きつきエイハブは、海中深く引きずり込まれ船も藻屑と消えた。イシュメールだけがクィークェグの作った棺桶につかまり助かる。

聖書学・鯨学・海洋・気象・船舶操縦などおびただしい博物学、分知学が大半のページを占める。執拗というかくどいというか、それが退屈でみんな敬遠してしまうのだろう。

「白鯨」で象徴とか哲学なんかあまり考えたくない、海洋冒険譚として読むのだ。鯨辞典でもあり帆船時代のワクワクする冒険の面白さだ。そしてとにかく鯨は大きい、巨大なことは迫力と圧倒性である。ティラノザウルスにしてもブラキオサウルスにしても大きく強いだけで嬉しくなってしまうのだ。まして史上最大の動物である鯨、そして巨大で真っ白で島のごとき抹香鯨ときたら誰だって仕留めたいと思うだろう。単純に言えばそうなるのだが……

メルベル自身捕鯨船の体験があり、捕鯨船エセックス号の悲劇の話に触発され書き上げた小説だと言われる。……

太平洋で捕鯨船はクジラに激突、船は沈み、二十人の乗組員はわずかな食糧で三艘のボートに乗り込み、ここから壮絶な飢えとの闘いが始まり。ナンタケットの捕鯨船ドーフィン号に発見される。小舟には骨と皮だけになった二人の生存者がいた。エセックス号が沈没してから九五日が過ぎていた。もう一艘の舟は英国のインディアン号に救助された。生存者は三人で、両艇共に生き延びるために食人という手段をとっていた。

オーウェン・チェイス一等航海士はこの悲劇を、「捕鯨船エセックス号の驚くべき悲惨な難破の物語」という文章にまとめている。チェイスの息子も捕鯨船の乗組員で父親の本を海で出会った若者に貸した。この若い船乗りがハーマン・メルビルだった。彼がエセックス号の実話を元に想像力を膨らませ、鯨賛歌とも受け取れる小説が「白鯨」だ。

# 冒険だ、サバイバルだ。

冒険小説といっても幅が広い。探検、サバイバル、ミステリー、刑事・探偵、戦争、スパイ、山岳、海洋など様々なジャンルがある。古典としては「ロビンソン・クルーソー漂流記」「十五少年漂流記」、スティーブンソンの「宝島」や、ジュール・ヴェルヌ「海底二万里」、E・A・ポー「ゴードンピム」などが挙げられる。そりゃスウィフトの「ガリバー旅行記」は冒険に次ぐ冒険だ。

さて、悩んだ末、面白い順番で選ぶしかないだろう。と、独断で選んでみた。

◯「**高い砦**」デズモンド・バグリー：ハイジャックされアンデス高地に不時着した人々が独裁政府軍に襲われた。高山病に苦しみながら石弓を作り……。「男の中に熱い血が流れる限り不可能ということはない」この言葉は冒険小説の金言である。

◯「**北壁の死闘**」ボブ・ラングレー：アイガー北壁、神々のトラバースで凍りついた遺体を発見。ナチ騎士十字章と美女の写真入りのペンダントが……。

◯「**女王陛下のユリシーズ号**」アリステア・マクリーン：対ソ支援のコンボイ（ＰＱ‐17船団）がモデル。護衛艦ユリシーズの極北の死闘。必ず冒険小説の筆頭に挙げられるのだが、過酷さだけが延々と続き少々疲れる。「ナバロンの要塞」も原作、映画とも存分に楽しめる。ミッチ・ミ

High Citadel

ラー合唱団の勇壮なテーマ曲が耳朶に残っている。

○「**A-10奪還チーム出動せよ**」S・L・トンプソン：冷戦下、東西ドイツに暗躍するスパイチーム。頼りになる相棒は5000ccV8搭載五〇〇馬力のフォード・フェアモント。とにかく手に汗握るカーチェイス。

○「**深夜プラス1**」ギャビン・ライアル：プロフェッショナルとはこういう男たちなのだ！「もっとも危険なゲーム」も捨てがたい。

○「**ジャッカルの日**」フレデリック・フォーサイス：読み出したら止まらない。気がつけば朝だった。「オデッサファイル」もお勧めだ。そして「戦争の犬たち」キャット・シャノン、いい名だ。――「さあ、戦いの犬を解き放て」（シェイクスピア）。映画「ワイルドギース」原作ダニエル・カーニーも傭兵ものとしてなかなかのものであった。傭兵たちの挽歌である。

○「**シャドー81**」ルシアン・ネイハム：戦闘機がジャンボジェットをハイジャック。この奇想天外がいい。

○「**飛べフェニックス**」エルストン・トレヴァー：砂漠に不時着した双胴機を改造して脱出しようと……。その設計者が実は……。映画も実に面白い。アルドリッチは映画の職人だ。飛行シーンはポール・マンツ空軍、彼はこの撮影で還らぬ人となった。

○「**鷲は舞い降りた**」ジャック・ヒギンス：チャーチル暗殺の指令を受けて鷲は飛び立つ。デブリンは「私が最後の冒険者だからだ」とシュタイナに答える。葉巻をくわえた男の暗殺に成功するが……。

○「**砂漠のサバイバルゲーム**」ブライアン・ガーフィールド：アリゾナの砂漠のなかに水、衣服、食物も無く放り出された。さて灼熱の砂漠から四人の男女の生への死闘だ。ただ一枚の捨てられたビニールが……。

○「**一人だけの軍隊**」ディヴィッド・マレル：ベトナム帰還兵、戦闘のプロ、元グリーンベレーのジョン・ランボーの孤独な闘い。

○「**黄土の奔流**」生島次郎：金に匹敵すると言われる豚毛を求めて揚子江を遡り重慶へ……。

○「**砂のクロニクル**」船戸与一：クルドの武装ゲリラ、ホメイニの革命防衛隊、片足の日本人。彼女の死、そしていま生を終る。

○「**アラスカ前線**」ハンス・オットー・マイスナー：日本人特殊部隊がアラスカで……。妙な日本の戦艦の名前、何か風船爆弾を彷彿させる。まあ、最後はハッピーなんだが。

○「**大洞窟**」クリストファー・ハイド：ユーゴスラヴィアの地底深く、国際調査団が閉じ込められる。暗黒のなかで日本人がリーダーとなって、土砂流、毒虫などと闘いながら脱出をはかる。原題はＳｔｙｘ・ステュクス（黄泉の川）

他にも「**トム・ソーヤー**」「**インディジョーンズ**」「**針の眼**」「**アイガーサンクション**」「**ストーンシティ**」「**荒鷲の要塞**」……　ほかにもいっぱい！　いっぱい！　嗚呼、切りがない。

○番外「**敵中横断三百里**」山中峯太郎：椛島勝一の挿絵がいいんだ。昔、映画もあった。「**海底軍艦**」押川春浪：電光艇と桜木大佐の活躍や如何に?　また「**人外魔境**」小栗虫太郎なんてね。

# 謎（エニグマ）

夜も涼し　寝覚めの仮庵　手枕も　真袖も秋に　隔てなき風　兼好法師
夜も憂し　寝たく我が背子　果ては来ず　なほざりにだに　しばし訪ひませ　頓阿法師
折句：よねたまへ　ぜにもほし　↔　よねはなし　せにずこし

「ホームズ、その紙切れは何なんだね、呪文かい?」「ン、ウィリアム・ルグラン氏が解読した暗号だ。E・A・ポー氏が『黄金虫』でキャプテン・キッドの莫大な隠し財宝を見つけるという興味深い記録を残しているよ。暗号小説の嚆矢だね」「ああ、君の『マスグレーヴ家の儀式書』のヒントにした話しか!」「でも不可解な点もあるぞ。『黄金虫』は髑髏の左右の眼窩でも位置がずれるのにキッドから百五〇年も経ってるいるのに枝が伸びないのかね? マスグレーブだって二百年も前の記録の通りに推理しても、その間に木が成長するし枝も伸びるじゃないか、その通りには行かないよ」「……」

「また君は『踊る人形事件』事件で百六〇種の暗号法を分析し、小論を書いたこともあると言っていたね」「ああ、古くはカエサル式暗号からメアリ・スチュアートの暗号、ヴィジネルの暗号表とか鍵語やコードブックについてなどいろいろとね」

「踊る人形は見事な解読だったね」「ン、最初この絵は、子ども落書きだと思わせたいという意図を感じたね。そして手旗信号（セマフォ）かと思ったが、換字方だというのは直ぐ推理出来た。英語で個々の記号が現れる頻度から推理して見たんだ。それはeだ。eに続く文字で表される頻度はr、s、n、d、……qは滅多に現れない。そして足を広げて旗を持っているのは単語の切れ目だと推理するのは案外簡単だった。これは単式換字式暗号解読の原則であり初歩だよ」

暗号とはメッセージを部外者以外には読めない形式にすることである。秘密を守ろうとする人間と、それを暴こうとする人間の果てしなき知恵の闘いだ。

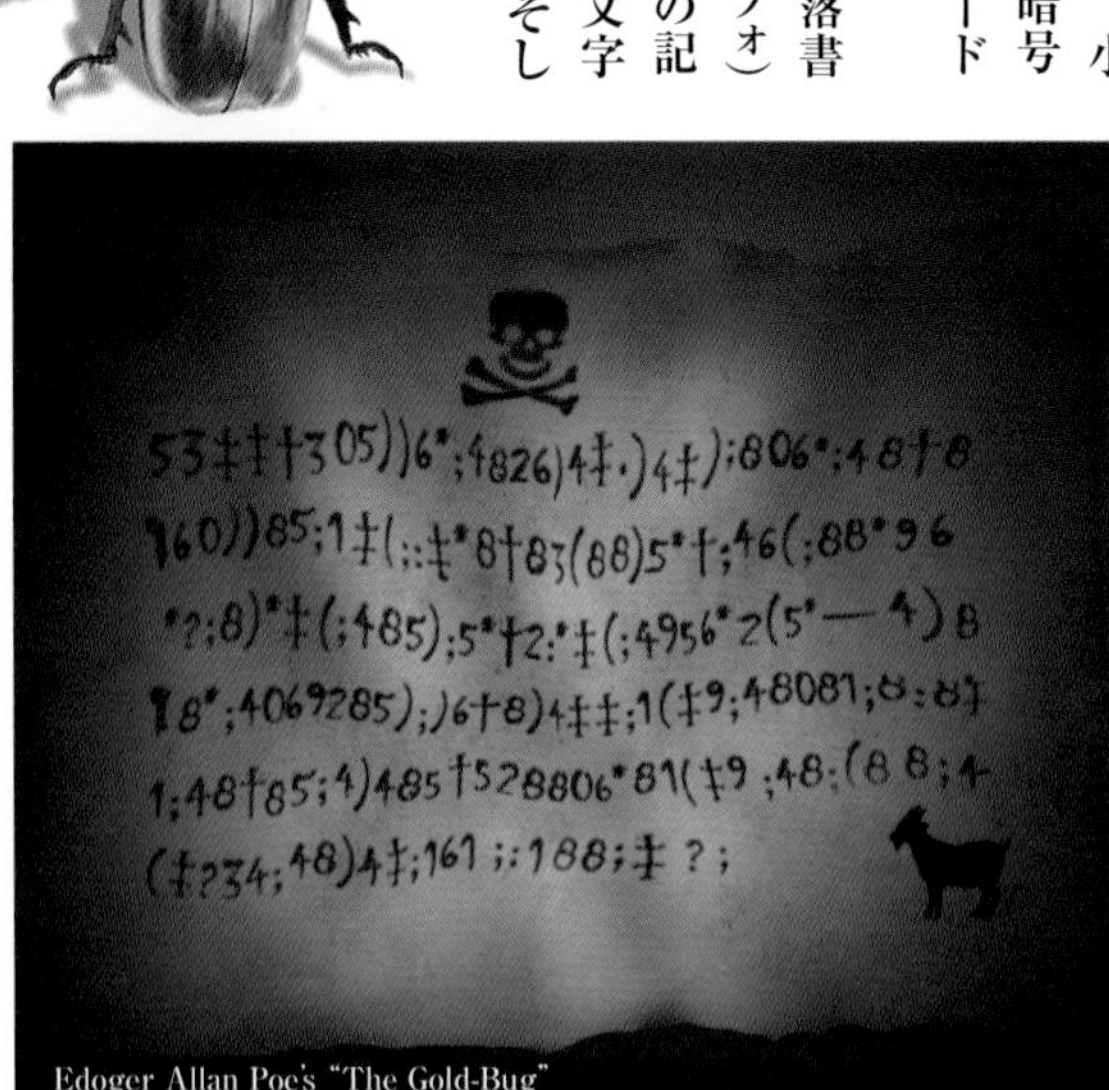

Edoger Allan Poe's "The Gold-Bug"

★ヴォイニッチ手稿の全ページを無料で閲覧、ダウンロードできるページもある。バイネッケ稀少図書・書簡図書館のページ。
http://brbl-dl.library.yale.edu/vufind/Record/3519597

暗号解読ではないが、古代文字の解読もロマンチックだ。特に有名なのが、古代エジプトのヒエログリフだろう。ロゼッタストーンに刻まれたギリシャ文字、デモティック（民衆文字）、ヒエログリフの三種の文字で書かれている。それに挑んだのがイギリスの天才トマス・ヤングである。そしてフランスのジャン＝フランソワ・シャンポリオンが解読に成功し、ヒエログリフ（古代エジプト象形文字・聖刻文字）が解明した。

そこでだ、ここに「この書の解読を試みる者は、生涯の時間を無駄に費やすことになるであろう」と警告される「ヴォイニッチ手稿」という稀代の奇書がある。一六世紀頃の羊皮紙に描かれた謎の文字による文章と彩色された占星図、植物、女性、といった絵が描かれている。その文章は多くの暗号研究者、歴史・言語学者によって何度も解読を試みたが、いまもって謎のままである。暗号か？ 人工言語か？ 錬金術か？ 薬草学か？……あの珍奇なコレクションで有名なルドルフ二世が所持していたこともある。何とも楽しそうな裸婦が泉で戯れている図はヒエロニムス・ボスの「悦楽の園」とも、一六世紀中頃、七十代のルーカス・クラナッハの「若返りの泉」や「ディアナとアクタイオン」とも共通しているようにも見て取れる。時期も同じ頃だ。女神ディアナ（アルテミス・ギリシャ神話）が侍女たちと水浴をしていたら、狩りに来たアクティオンがそれを見てしまい、怒ったディアナによって牡鹿の姿に変えられてしまい、アクティオンは自分が連れてきた猟犬に食い殺される、というギリシャ／ローマ神話のエピソードだ。クラナッハの絵は何か均衡を欠いたようなフィギュアを描き、そこが独特の雰囲気を作っている。「ヴォイニッチ手稿」これが解明されるのは何時だろう？

暗号の歴史を遡ると、いかに人間が秘密を共有する仲間だけとの情報交換をするかの攻防史である。第三者には絶対に知られたくない情報を護ろうとする人間、暴こうとする人間が暗号に知術を尽くすのだ。その結果、歴史を大きく変えた事件や戦争は数知れない。果てしなき知恵の闘いだ。それらを記述するとなるととんでもない大著になってしまう。そこでは有名なドイツ軍の「エニグマ」、日本の「パープル」、またロンドン郊外ブレッチリー・パーク村に密かに開設した政府暗号学校の逸話、そう、あのアラン・チューリングがアルゴリズムを実行するマシンの概念を組み立てた話など、興味深いエピソードに充ち満ちている。キリがないので一挙に時空を飛び越え現代のインターネットを使ったコンピュータ暗号に移ろう。公開鍵暗号とは？ 暗号鍵とは？ そうなのだ、発信者と受信者が「暗号鍵」のやり取りだ。それを解りやすく図解説明しよう。まあ、将来に量子コンピュータが実用化？ されればその限りではないが……

**対称型暗号**
**共通鍵暗号**

H「まず、僕が南京錠に施錠してワトスン君に送る。君は同じ鍵を持っているから開けることができる」W「でも事前にコピー鍵を作っておき、やり取りしなければならないね」H「これを対称型暗号と言うんだ」W「しかしだ。ホームズがミルヴァートン事件で金庫破り道具一式で鮮やかな手口で簡単に開けたじゃないか! あんまり安全じゃないね」H「そうだよ、だからもっと安全な方法があるんだ」

ホームズとワトスンはそれぞれに自分の錠とそれに合う鍵を持っている。H「僕が自分の南京錠に合う鍵でもって施錠し君に送る。ワトスン君は開ける必要はない。君の錠をつけて箱を送り返すんだ。そこで僕は自分の錠を外し君に送り返す。そうすればワトスン君は自分の鍵で開けることができる。これなら鍵をやり取りする必要がないよ。必ず一個の鍵がかかった状態だからモリアーティにも開ける機会はないよ」W「なるほど、考えたもんだね。でも複雑で面倒くさいね」。

この錠には3つの鍵穴があり、それぞれの鍵穴に合う大きな鍵 N、小さな鍵 E、D がある。

錠の開閉には、E、D のどちらかとN が必要である。NとEで施錠した場合、NとDでなければ開けることができない。

**H**「この南京錠には鍵がかかっている。ワトスンを君は大きな鍵 N と小さな鍵 E、D の3つを持っている。そこで君はNとE のコピーを多数作りみんなに配るんだ。つまり公開鍵だ。しかし D を持っているのはワトスン君だけなので僕は公開鍵 N、E で鍵をかける。そうすると施錠した僕本人にも開けられなくなる。開けられのはワトスン君だけだよ」**W**「そうか、それで公開鍵と言うんだね」**H**「もちろんこれは鍵の絵で表しているが実際は鍵もメッセージも数値化されたものだよ。二つの素数を掛け合わせたり100桁以上の数値にするんだ。たとえば RSA 暗号とは素因数分解が困難であることを利用したアルゴリズムだよ」**W**「そうか!総当たりで素因数を見つけようとしてもとんでもない時間がかかるね」**H**「暗号を解読するために使うのは復号鍵であって、暗号鍵ではない。第三者に見られても問題ないよ。暗号鍵は誰にでも公開されているから公開鍵なんだよ。この作り方の数式を解説する本や SNS でも見ることができるよ。つまり、公開鍵から秘密鍵を得るには素因数分解を行う膨大な時間が必要があり、現実的な時間では不可能だから安全性が確認されているんだ」

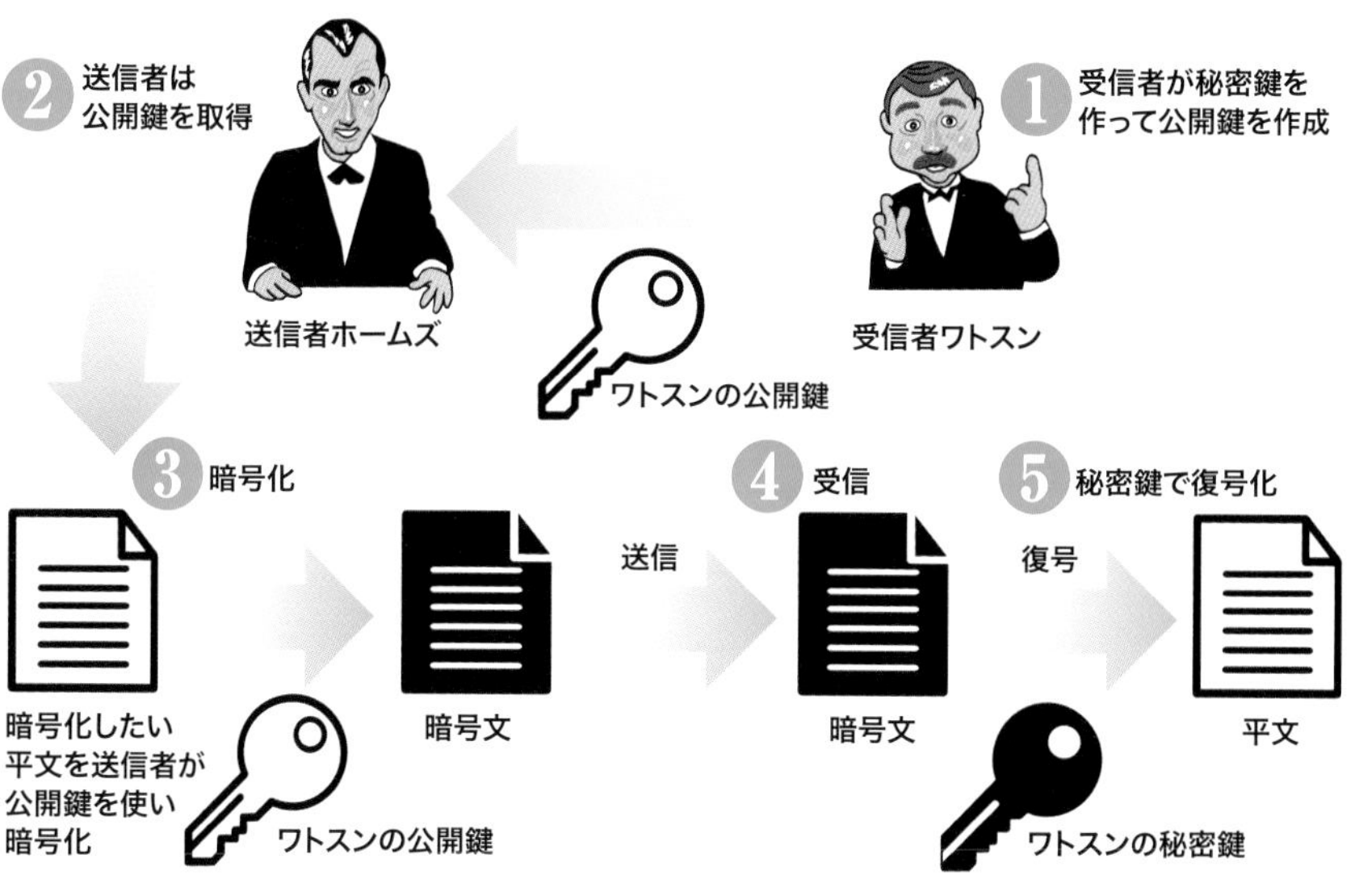


★CODE BREAKING Rudolf Kippenhane「暗号攻防史」ルドルフ・キッペンハーン著(赤坂洋子・訳/文春文庫・2001)を参考にさせていただきました。

# 乱歩暗号

日本人なら誰でも知っている**南無阿弥陀仏**の六文字で江戸川乱歩は暗号推理小説「二銭銅貨」(大正一二年・1923)を「新青年」誌に発表、乱歩の処女作である。空想好きで貧乏な青年二人が場末の安下宿の二階六畳一間で無聊を託つている。お互いに自意識が高く、俺の方が頭がいいと競っている。ある工場の給料日に「紳士泥坊」が現れ、マンマと給料を盗まれる事件が起こる。その後、泥坊は捕まったが金の行方は一切白状しない。二人の青年は「ああ、あの泥坊が羨ましい!」……ある日、私が置いた二銭銅貨に彼が目をつけた。この銅貨の秘密に彼は気がつき一人で捜査を始めた。そして謎を解き、得意げにその顛末を滔々と語り、あの泥坊の金を手に入れたと自慢する。あの二銭銅貨は表裏に別れる仕組みで中に暗号文の紙片が入っていた。その暗号は「南無阿弥陀仏」の文字列があった。これを六文字→真田の六文銭→盲人用点字と換字法で推理する。解読すると**ゴ**ケンチョーショー**ジ**キドーカラオモチ**ヤ**ノサツヲウケトレ**ウ**ケトリニンノナハ**ダ**イコクヤショーテ**ン**「五軒町の正直堂から玩具の札を受け取れ受取人の名は大黒屋商店」となる。つまり紳士泥坊はおもちゃの札を隠さないで隠すという巧妙な手口を使ったのだ。私は笑いを堪えながら、分置式暗号で八文字づつ飛ばして読むとゴジャウダン「ご冗談」となるよ、と。伏線として紳士泥棒のエジプト煙草から足がついた→煙草屋(刑務所への差入れ屋)→釣り銭の二銭銅貨→暗号紙片→謎解き→玩具の紙幣を持ち帰る。これは私が仕組んだものだ。ユーモアを交えた見事な小気味好い探偵推理小説である。

　そこにはポーの「黄金虫」の暗号、「盗まれた手紙」の意外な隠し場所、ホームズの「躍る人形」、また玩具紙幣に紛れ込ます手はチェスタトンのブラウン神父が「木の葉を隠すなら森の中」の名言へのオマージュでもある。大正というま

だ過去の日本文化が色濃い時代に、日本式暗号小説を発表した乱歩のユニークさが光る。

また「算盤が恋を語る話」（大正一四年・1925）も好短編である。内気な青年が同僚の女性に好意を持つが気が弱くて話しかけられない。そこでソロバンに託して心を打ち明ける。「十二億四千五百三十二万二千二百二十二円七十二銭」十二はイ、四五はト、以下を当てはめると「いとしきみ」となる。彼女は気付いてくれるだろうか？ある日彼女の素振りから読み取ったと感じる。それでソロバンに逢い引き場所を置く、そうすると「八十三万二千二百七十一円三十三銭」。これは「ゆきます」だ。喜んで待ち合わせの場所に行く、だがいつまで待っても彼女は来ない……恋は成就するのだろうか？そこには偶然という……。

西暦二〇二三年は乱歩デビュー一〇〇周年である。デビュー前は藍嶺というペンネームを使っていた。また笑ってしまうのだが「闇に蠢く」では「小納戸色」という筆名が出てくるがこれはコナン・ドイルのもじりである。江戸川乱歩の名はあのミステリーの父エドガー・アラン・ポーへのオマージュであろうが、実はもう一人の乱歩がいたのだ。ご子息の隆太郎による父・乱歩の回想録「うつし世の乱歩」によると、その人は辻村義介、ポーの「鐘楼の悪魔」を初めて翻訳したそうだ。酔って江戸川橋（神田川）を歩いているので仲間内からこの渾名がつけられたとか。

江戸川乱歩の本名は平井太郎（1894～1965）日本推理探偵小説の父である。あの不気味な小説は深夜土蔵の中で一本の蝋燭を灯して書いているんだ……と子供心に「だからあんな！」戦慄を覚えた記憶があるが、それは誰かが作り上げた都市伝説である。今も豊島区池袋、立教大学キャンパス内に「江戸川乱歩大衆文化センター」として旧邸宅共に保存されている。整然と整理された内外の夥しい蔵書、自らの書評の切り抜き年表「貼混帖」、そこには、切り抜きや克明な年表、間取り図、書き込み、そして漫画が……。理性的で緻密な人であったのだ。

| | ① | ② | ③ | ④ | ⑤ | ⑥ | ⑦ | ⑧ | ⑨ | ⑩ | |
|---|---|---|---|---|---|---|---|---|---|---|---|
| ❶ | あ | か | さ | た | な | は | ま | や | ら | わ | (ん) |
| ❷ | い | き | し | ち | に | ひ | み | い | り | ゐ | |
| ❸ | う | く | す | つ | ぬ | ふ | む | ゆ | る | う | |
| ❹ | え | け | せ | て | ね | へ | め | え | れ | ゑ | |
| ❺ | お | こ | そ | と | の | ほ | も | よ | ろ | を | |

## 鍵穴から覗くは誰ぞ？……密室ミステリーの密かな愉しみ。

本格ミステリーと言えば密室殺人事件は外せない。著者が投げかけたトリックと謎を読者が推理する楽しみである。世界初の探偵オーギュスト・デュパンが登場し、快刀乱麻を断つ冴えを見せるＥ・Ａ・ポーの「モルグ街の殺人事件」を源流として、それより古典的密室トリックとして名高い、ガストン・ルルー「黄色い部屋の秘密」、ジョン・ディクスン・カー「三つの棺」、カーター・ディクスン「ユダの窓」など枚挙に暇がない。世界中のミステリー作家が斬新さとトリックにチャレンジし、ありとあらゆるパターンの密室事件が書かれてきた。勝手な想像だが数十数百の、いやそれ以上の密室があるのだろう。密室はチャレンジ欲を唆るのだ。俺がもっと新鮮なアイディアを考えだしてやると……。

あのホームズも「まだらの紐」の密室殺人の謎を解く。日本では江戸川乱歩が「Ｄ坂の殺人事件」、「人間椅子」は究極の密室であろう。横溝正史は日本的開放家屋での「本陣殺人事件」を著した。名作と呼ばれるものは数多くあるのだが本格ものは結局、合理的で整合性のある結末を提示しなければならないからトリックが分かった時点で、なーんだ！と興醒めするものも多い。むしろ文章作法のレトリックに凝る作品の方が読者に挑戦状を叩きつける……答えは文章中にあると。大きく分類すれば心理的トリック、機械的トリック、物理化学的トリックに分けられる。後はそれらの組み合わせの様々なバージョンを展開するのだ。しかし、犯人たちは何故こんな面倒な工作をするのだろうか?

❶自殺に見せかける ❷アリバイ工作のため ❸第三者に罪をなすりつける ❹自己顕示欲 ❺時間差の錯覚を利用 ❻記憶の錯覚を利用 ❼他に誘導するためのミスディレクション ❽一人二役、等々。機械的・物理的トリックとしては①鍵穴やドアノブを抜いてその穴から糸を利用して施錠。この細い穴を利用して②毒ガス・毒液をかける、長い針でインスリンを注射 ③毒蛇、毒蜂などの致死性毒を持つ小動物を使う（実際軍事用にそんな蜂ロボットを作っているとか？）④矢を射る、氷の弾丸 ⑤圧搾空気、レーザー光線、低周波・高周波 ⑥死体に見せかけ実は生きている ⑦窓枠が外れる、部屋全体がエレベーター ⑧家がトレーラーハウスで移動 ⑨殺してから部屋を作り家を建てる ⑩部屋の温度を急変させたり、幽霊など幻視を演出しトラウマに衝撃を与え心臓麻痺を起こさす（そんなことが可能か?）⑪催眠術を使う……どれもこれも無理がある。だから現実のリアルさで描く社会派ミステリーが生まれたのだ。

これがファンタジーや恐怖小説、ＳＦなら奇想天外なオチで読者を煙に巻くこともできるのだが……。

憶い出すままに、思考機械による独房からの脱出、また一・五メートル幅の路地、両側は手がかりの無い壁。数秒で犯人が消えた?……答えは「歩いて登った」ロッククライミングでは(バックアンドフットと言うそうだ)。山小屋で脚を折った男、松葉杖も無く小屋に火をかけられた。どうして逃げる?(歩くのは脚だけではない)サーカスの空中ブランコの実演中に観衆の目前で一人が消えた?昔、キオの大魔術では双子を使ったとか、ディビット・カッパーフィールドの舞台では箱ごと空中に持ち上げられ閃光破裂音で消える。途端に観客席の後から爆音とともにハーレー・ダビットソンに跨がったカッパーフィールドが登場、鮮やかだ。彼は自由の女神さえ消したのだ。……読者の推理・想像を超えるオチを求めてミステリー作家は呻吟苦闘するのだが、人間という大きさを抜け出させすためには四次元空間でも通らなければ物理的に不可能だ。おまけに現代はスマートフォンで音声・録画、監視カメラがどこにでもあるし……。やり難い時代になったものだ。やはり密室ミステリーは時代が悠長だった19世紀から20世紀にかけての知的お遊びだったのだろう。これからもハイテクをかいくぐって新鮮な「密室殺人事件」が書かれるのだろうか。

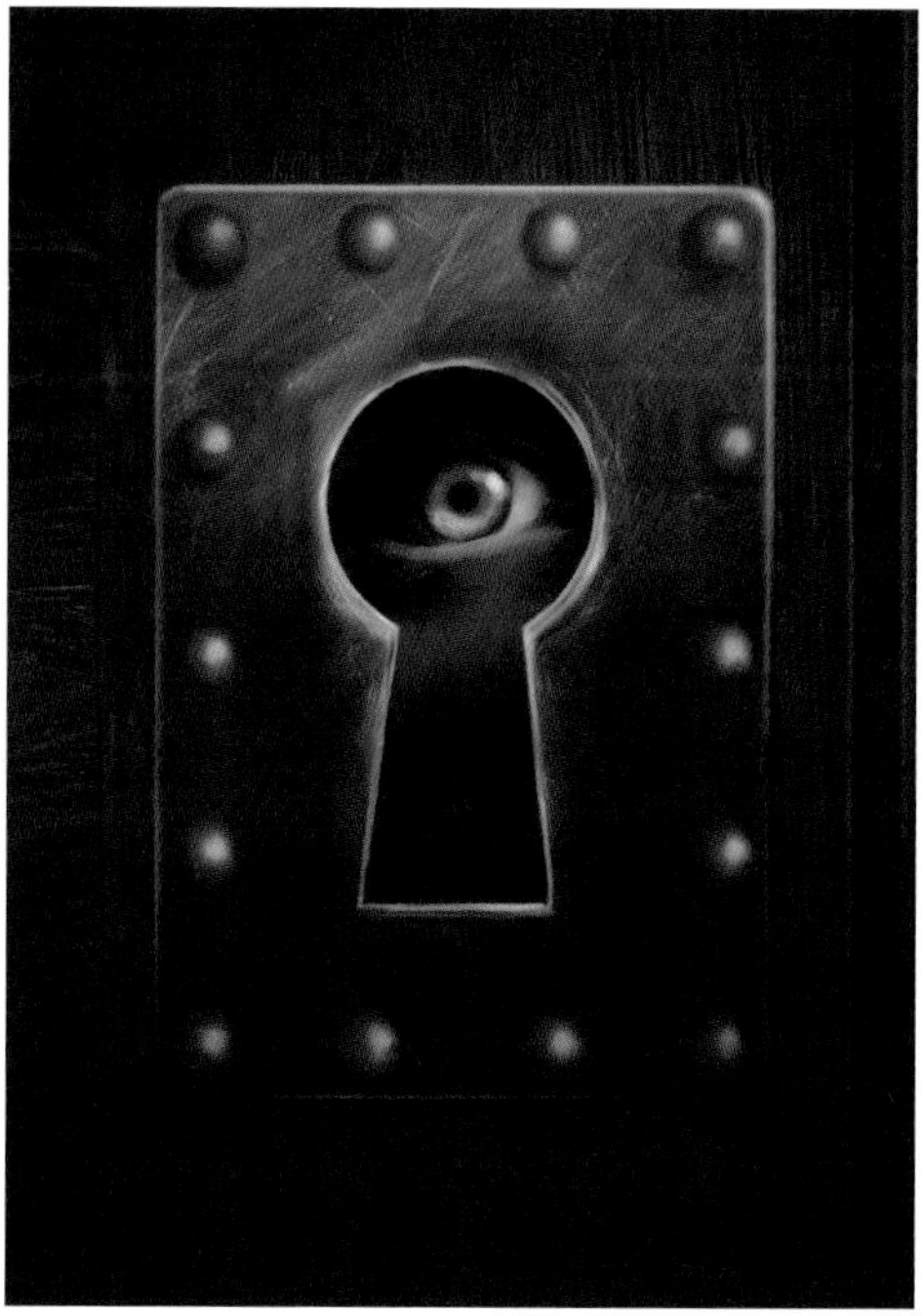

ところがフーデーニも吃驚の「密室からの脱出」が現実にあるのだ。現代の量子力学によると古典的物理学理論では乗り越えられないポテンシャル障壁を量子効果によって透過してしまうのだ。粒子の波動関数が障壁の外まで染み出してしまうからだ。走査型トンネル顕微鏡や電子デバイスなど現代の様々な機器に応用されているのだ。あなたのPCもフラッシュメモリーもね。そしてこの宇宙も無から有に、量子のゆらぎがトンネル効果で生み出されたというのだ。まさに密室ミステリーもここに極まりだ。

## リッパロロジスト

もう一三〇年以上も過去の一八八八年、ロンドン・イーストエンド・ホワイトチャペル地区を震撼させた猟奇性と残忍性に満ちた事件である。そう「切り裂きジャック」だ。未だに真犯人探しや研究書、事件をモデルにしたフィクション、ノンフィクションが大量に発表され続けられている。その正体を研究する人たちをRiperrologist／リッパロロジストと呼ぶ。名付け親はあのコリン・ウィルソンだ。未だに犯人探しが続く現象は「劇場型犯罪」の元祖と言われる。警察をからかう手紙や切り取った臓器の一部を送りつけたりと、ジャーナリズムを巻き込み主役、脇役、敵役、興味を増長するメディアや一般人が観客といった図式が出来上がった。……我らがシャーロック・ホームズも密かに捜査したはずである。しかし記録に無いのが不可解である。この年は「恐怖の谷」「ギリシャ語通訳」「四つの署名」「バスカヴィル家の犬」その他と重大な事件が続いて大忙しであったことは確かだが、この世間の耳目を集める事件の犯人にも迫っていたはずだ。コナン・ドイルも調査した記録があるが何故なのだ？一説ではヴィクトリア女王の孫、クラレンス公アルバート・ヴィクターが犯人だと？王室関係者だけに高名の依頼人からの要請があって、大英帝国の威信が揺らぐ、だから？……権力に阿ねたりしないホームズのはずだが？まだまだ新資料の発掘・犯人探しが続けられていくことだろう。この事件に関する本や研究書、パスティーシュは膨大である。未解決事件であるだけに想像力がより刺激されるのであろう。

◎【JACK THE RIPPER】切り裂きジャック――世紀末ロンドンの殺人鬼は誰だったのか？ロビン・オーデルとの共著、仁賀克雄：訳／徳間書店1990）あのアウトサイダーで鮮烈なデビューをした博覧強記のコリン・ウィルソン（1931〜2013）である。リッパロロジストという語の創始者である。自らを「新実存主義者」と自負する彼もいつの間にかオカルトやサイキック、超常現象を信奉するコナン・ドイルと似た神秘主義者になってしまったが。膨大な殺人者達を羅列した「殺人百科・小説「暗黒の祭り」も彼の作である。

◎**【ロンドンの恐怖：切り裂きジャックとその時】**（早川書房・1985）仁賀克雄（1936〜2017）日本における研究の第一人者である。この一冊で過去から現在までの事件の詳細と全貌、伝説までもが俯瞰できる。

◎**【真相〝切り裂きジャック〟は誰なのか？】**パトリシア・コーンウェル（相原 真理子／翻訳・講談社文庫）彼女のベストセラー検屍官ケイ・スカーペッタのように鋭く追及するのだが？彼女はこのために数億円もの私財を資料購入や調査に使ったという。その膨大な資料分析によってコーンウェルは最初から犯人を画家ウォルター・シッカートと名指して、残された手紙の切手と私信からの唾液のミトコンドリア（mt）DNA鑑定を行なったが、本来、mtDNAは母方からしか

遺伝しないので犯人を明確に識別するためには使用することが出来ない。また便箋の透かしや筆跡がよく似ていると言うが、しかし手紙にしても犯人の挑戦状か劇場型の野次馬かは判断出来ないし決定的証拠にはなり得ない。

◎【診断名サイコパス】ロバート・D・ヘア（小林宏明：訳／ハヤカワ文庫）

サイコパスとは「共感や恐怖を含む感情をまったく経験できない人間である」。良心、自制心、他者との紐帯を作る能力がない。知能が比較的に高く、警察に挑戦状や手紙を送りつける例が多い。

日本でも「宮崎・幼女誘拐殺人事件」や「酒鬼薔薇聖斗事件」などが典型である。トマス・ハリス原作の「羊たちの沈黙」はハンニバル・レクターや犯人を実在のサイコパスをモデルにしている。

◎**「ZODIAC」** ロバート・グレイスミス（イシイシノブ：訳／ヴィレッジブックス）一九六九年サンフランシスコを中心に起こった未解決事件のノンフィクションである。犯人が新聞社に暗号手紙や証拠物件を送りつけ挑戦する。それをクロニクルのカトゥーン（一コマ漫画）作家が追求する。ダーティー・ハリーの殺人犯スコルピオはこの事件を下敷きにしている。またこの本に忠実なドキュメンタリータッチの映画もあった。

◎**「イギリス流殺人事件の愉しみかた」** ルーシー・ワースリー（中島俊郎+玉井史絵：訳／ＮＴＴ出版）を読んでいると、あれッ？ これ知ってるゾ？ 切り裂きジャックから猟奇的殺人事件や処刑、ホームズからジキル博士とハイド氏、そしてドロシー・セイヤーズ、アガサ・クリスティと……ヴィクトリア朝事件の雑学大全である。

同著者による「暮らしのイギリス史」も異色の文化史だ。

◎**「恐怖の研究」** エラリー・クイン（大庭忠男：訳／早川書房 1976）エラリーにマニラ封筒に入った原稿が持ち込まれる。それはあのワトソン博士によるシャーロック・ホームズとの切り裂きジャックの事件簿である。仕事そっちのけで読み耽るが……現代と過去を行き来する体裁のパスティーシュだ。

## 切り裂きジャックのプロファイリング

悪名高いホワイトチャペルの連続娼婦殺人事件の犯人を多くの出版物がプロファイリングしているが、これだという決定的容疑者は見つかっていない。その犯人像とは？

①年代的・世代的推定……十代後半から四十代までの白人男性である。英国人、東欧人。知能程度はある程度高い。
②同一犯の推定、犯行手口の類似性……被害者五人は全て売春婦である。凶器は鋭利なナイフを使用。
③犯人の行動範囲と居住地、土地勘など地理的・空間的推定……殺人者はホワイトチャペル界隈に詳しい居住者か？
④犯人像の推定。どういう妄想や計画で行ったか？……ヴィクトリア時代の虚飾・偽善・階層格差のスラムに住む最下層民の売春婦への蔑視、汚いゴミを一掃したい憎しみ。被害者の選択……犯人の母親が売春婦であった？
⑤殺し方。死体処理の場所と遺棄場所、死体陵辱。……被害者や場所に計画性はない。屠殺人、医師、助手などある程度人体構造と解剖を知っている。

⑥目的……殺人によるスリルとカタルシス。生体解剖への好奇心と遊び。
⑦精神的異常……サイコパスによる快楽犯行である。
⑧捜査への関心とマスコミへのメッセージ……サイコパスは事件を手紙や頭の良さを誇示する場合が多い。世間の動揺を楽しむ傾向があり自己顕示欲である。だが切り裂きジャック事件の夥しい手紙類は犯人のものでなく、イタズラ、便乗、ジャーナリズムの捏造と愉快犯である。
⑨犯行の終了……犯人の死亡、自殺、精神病院隔離。

何しろ世紀を超えての時の経過だ。タイムマシンでもない限り永久に迷宮入りである。今となっては犯人は特定できないが「切り裂きジャック」はその未解決の不可解さえ故に、神話となり妄想と空想のシンボルとなった。今後も書き続けられるのであろう。

……最近にもこれが犯人だ！という法医学誌に論文発表とのニュースがあった。切り裂きジャックの真犯人はポーランド人理容師アーロン・コスミンスキーと判明したという。当時、殺人現場の近くに住み、犯罪歴・精神病・入院歴があり、目撃者の証言により茶色の髪と茶色の瞳と証言が一致し逮捕されたが、証拠不十分で起訴は見送られ、その後精神病院で死亡している。今回検証されたのは、被害者の遺体のそばにあったシルクのショールから検出された血液と精液から採取したDNA鑑定、しかしこのショールが本当に被害者の物か疑わしい物である。何しろ百数十年前のことだ。実際のサイコパス事件は耳目を集めるが、戦争という「巨大な人殺し」に人々は遠い国のことだと殆ど無関心だ。

チャップリンの「殺人狂時代」では「一人の殺害は犯罪者を生み、百万の殺害は英雄を生む」「奴隷廃止論者ベイルビー・ポーテューズは「人を一人殺せば人殺しであるが、数千人殺せば英雄である」と。アイヒマンは「百人の死は悲劇だが百万人の死は統計だ」とも。スターリンも同じ事を言っている。

このいま、世界では容赦のない戦争というとんでもない金と物資消費、政府公認の合法的殺人が日々行われているのだ。

……人間とはナンなんだろう。

# 奇妙な味

一度読んだら何か「奇妙な後味」が残り忘れ難い短編小説がある。苦さ、割り切れなさ、不気味さ、シックジョーク、ブラックユーモア、ホラー、ファンタジー、リドル・ストーリー……。何でもありなのだが超絶技巧を凝らしたプロット、そしてどんでん返し、オチの一行で妙な気分にさせられる。謎が謎を呼び、不条理そのもの。思いつくままに……。「奇妙な味」とは江戸川乱歩の造語である。

★「女か虎か」フランク・ストックトン：どんな話かはとにかく読むことしかないが、これは人間心理の迷宮である。
★「テイスト」ロアルト・ダール：ワインの銘柄を巡る賭けの話しだが、だんだん引き込まれ結末へと。ダールは賭けが好きだ。
★「開かれた窓」サキ：あまりにも有名すぎる話。また孤独な少年が凶暴な鼬を飼う「スレドニ・ヴァシュター」も苦い後味が残る。
★「注文の多い料理店」宮沢賢治：童話なんだが、ある意味ではエリンの特別料理より凄いかも。
★「賢者の贈りもの」O・ヘンリー：このウィットは見事としか言いようがない。「最後の一葉」も名作中の名作。
「魔女のパン」ほのかな愛と思い込みの親切心が……。
★「特別料理」スタンリイ・エリン：アミルスタン羊の特別肉料理。チシャ猫の笑いが頭にこびりつく。
「最後の一壜」ウーン！こんなワインがあるのか？
★「頂上の男」R・ブレットナー：八〇〇〇メートル級の未登峰に挑戦する男が頂上で見たものは……。
★「なにかが起こった」ディーノ・ブッツァーティ：特急列車の窓の外を眺めていると、人々が大あわてで逃げていく。いったい何が起こっているのか？やがて列車は無人の駅のプラットホーム着くが……。
★「アムンゼンのテント」J・マーチン・リーイ：南極点に放棄されたテントがあった……。中を見るな！見てはならない！
★「銀の仮面」ヒュー・ウォルポール：徐々に侵食されていく……。
★「ミリアム」トルーマン・カポーティ：ニューヨークに住む孤独な老女の前にミリアムと言う少女が現れて……。
★「蛇」ジョン。スタインベック：研究所に女が現れ蛇が餌を食べるところを見たいと。蛇が獲物を飲み込むと、女もかすかに前後に動かしていた。女はまた来るといい二度と戻って来なかった。
★「群衆」レイ・ブラッドベリ：事故で人が倒れていると、どこからともなく群衆が現れ野次馬で埋め尽くされ……。
★「壁のドア」H・G・ウェルズ：幼い頃の憧憬への感傷か現実逃避？扉の向こうに何があった？。

★「くじ」「シャーリイ・ジャクスン：何に〜か嫌な気分に……。

★「夜鶯荘」アガサ・クリスティ：新婚の女性が、優しい夫の机に古びた新聞の切り抜きが……。

★「泳ぐ人」ジョン・チーヴァー：アメリカ東部の金持ちの郊外住宅地、そうだ！友人のプール伝いに泳いで帰ろう……。
　バート・ランカスター主演、フランク・ペリー監督の映画（1958）が秀逸。

★「謎のカード」クリーヴェランド・モフェット：旅先のパリで謎のカードをもらった男、フラン語が読めない……。

★「おーいでてこい」星新一：なんたってアイディアが秀逸！

　他にも「緑の想い」ジョン・コリア、「件」内田百閒などなど、短編の名手たちが技巧を凝らして……そしてヘンリー・スレッサー、パトリシア・ハイスミスも、あれもこれも……。

恐怖には、恐怖に対する恐怖というものしかほかにはない。――――アラン「人間語録」

# 恐怖・怪奇・幻想

「恐怖は人間の最も古い、最も強い感情だ。その中でも、最も古く、最も強烈なのが未知のものに対する恐怖である」H・P・ラブクラフト……ゾッとするのは体の根源的なところの痙攣である。魂の空隙に潜む迷盲の不安である。怪談、これほど技巧を要する小説はないのではないか、近代恐怖小説はE・A・ポーを嚆矢をもってするが、名作と呼ばれるものは洗練の珠玉である。ラブクラフトのクトゥル神話系は邪神や物の怪で、スプラッターは残虐であっても美しくはない。やはりゴシック的設定のおどろおどろしさと耽美性背景、掴みどころのない未知、未知こそがより恐怖を増すのだ。

○「猿の手」W・W・ジェイコブス：猿の手は三つの願いを聞いてくれるが……。良く出来た話で、かってのオーソン・ウェルズ劇場で映像化された。ジョン・バリーのテーマ曲に乗って帽子とマントと葉巻のウェルズが登場。その第一話じゃなかったか？ 第二話はコナン・ドイルの「革の漏斗」だったような。また映画「マタンゴ」の原作ウィリアム・ホープ・ホジスンの「闇の声」も忘れ難い。

○「たんす」半村良：夜中になると一人ずつたんすの上に座り虚空を見ている……。たんすの取手がカタンカタンと聞こえる。おとーよー、お前のたんすをもって来たでよー。何が見えるって？ 言葉じゃ言えん。あんたも座ってみたらよーく見えるんよ。

白石加代子の朗読舞台劇「百物語」には凄みがある。

○「早過ぎた埋葬」E・A・ポー：古典の名作中の名作。リチャード・マシスンの「墓場からの帰還」も同テーマ。

○「人間椅子」江戸川乱歩：奥さま、いまお座りの椅子は……。生理的にゾーッとするとはこのことだ。

○「炎天」W・F・ハーヴィー：うだるような日、墓石に自分の名が刻まれていた……。

○「青頭巾」上田秋成：瞼に瞼をもたせ、手に手をとりくみて日を經給ふが、終に心神みだれ、生きてありし日に違がわず戯れつつも、其の肉の腐り爛れるを吝て、肉を吸骨を嘗て、はた喫いつくしぬ。……この辺は鬼気迫るね。江月照松風吹　永夜清夜　何所為（こうげつてらししょうふうふく　えいやせいしょうなんのしょいぞ）そもさん夜何所為ぞ！ 喝！「菊花の契り」「吉備津の釜」「浅芽が宿」も忘れ難い。

○「ポインター氏の日録」M・R・ジェイムス：カーテンが揺らめき、安楽椅子から垂らしたした指先に触れたものは……。

○「家のなかの絵」H・P・ラブクラフト：雨宿りに田舎の廃屋のような家に入ると一冊の挿絵本が開かれていた……。

○「耳なし芳一」小泉八雲：身体中にお経を書く、それだけで相当に不気味である。シュワルッツネッガーの映画「コナン」でもやっていた。そして「因果話」……奥方が臨終に殿寵愛の女を呼んで、庭の桜を見せておくれ。おぶった途端両乳房を握りしめ「とうとう願いがかなったぞえ、ああ嬉や」とこと切れた。手は乳房と一体になりどうしても取れなかった。女の胸には黒く萎びた手首だけが残され、夜になると乳房を責め苛んだ、彼女は尼になって国々を放浪したという……。

○「くろん坊」岡本綺堂：行き暮れて峠の一軒家に一夜を。そこには僧一人が。夜中に何かの怪物が歯をむき出して嘲けり笑っているような声が。次の日村人に聞くと、それは人でもなく、猿でもなく、からだに薄黒い毛が一面に生えているので、俗にくろん坊と呼び慣わしている……。

○「夢十夜」夏目漱石：第三夜「こんな夢を見た。六つになる子供を負ってる。たしかに自分の子である」田圃道を子供をおぶって歩いている。子供は盲目である。あぜ道を行くうち、子供は周囲の状況を次々と当て始め、恐ろしくなった自分は子供を放り出して逃げることを考える。道はいつしか。すると子供が「御前がおれを殺したのは今からちょうど百年前だね」と言う。殺人を自覚したとたん、背中の子供が急に石地蔵のように重くなった。

○「くだんのはは」小松左京：戦争末期、空襲で家が焼け以前に家政婦をしていたお咲さんが、芦屋の屋敷へと。その屋敷は、綺麗な「おばさん」と病気で姿を見せない女の子だけ。「もうじき何も彼も終わります」と予言を言う。そして敗戦、その女の子は……。そして……。

# 猫町伝説

猫とは不思議な生き物だ。気ままで優雅、毅然、おすまし、しなやか、残酷、媚びたり媚びなかったり、と。女性の性格に例えられることが多い。人間に一番身近な動物でありながら妖怪譚や神話のたぐいが。……あれは夢の中の出来事だったのだろうか？そう、ポール・デルヴォーの絵のような町、凍りついた時間、あまりにも静かな夜に猫が次々と集まってきて僕の頬に極めて柔らかい感触が……どこかに猫の町がありそうな気もする。

○「いにしえの魔術」アルジャノン・ブラックウッド：北フランスの小さな中世風の佇まいの町。宿屋の女将は大きな斑猫を思わす。傍らを柔らかく匂いのいいものが通り過ぎた。宿屋の娘だ。安息日（サバト）の夜、窓々に人の顔が現れぴょんと地面に飛び降りる。その瞬間四つ足の猫に変身するのだ。わたしも抗いがたいその衝動に駆られる……。

○「猫町」萩原朔太郎：そして「ウォーソン婦人の黒猫」……猫、猫、猫、猫、猫、猫、猫。どこを見ても猫ばかりだ。そして家々の窓口からは、髭ひげの生えた猫の顔が、額縁の中の絵のようにして、大きく浮き出して現れていた。……ああ　このおほきな都會の夜にねむれるものはただ一匹の青い猫のかげだ……。

○「猫の泉」日影丈吉：フランスの片田舎ヨンという町にたくさんの西藏猫がいると言う。その地で私は三十番目の外来者で予言を聞いて欲しいと頼まれる。大時計が刻を打つ、その機械音から予言を聞くのだ。…ガッタン　ルルー　グルール　グルルール…それがヴァッタン（去れ）ジュンノム（若者よ）デリージュ（洪水）ロルロージュ（大時計）と聞こえたような気がした。……

○「黒猫」エドガー・アラン・ポー：… 完全犯罪成立、つい調子に乗って妻を塗り込めた壁を叩く。その壁からすすり泣きか悲鳴のような……。

○「我が輩は猫である」夏目漱石、言わずと知れた……。

○「長靴を履いた猫」ヨーロッパの民話だが明治の我が国に翻訳された。題名は「猫君」（びやうくん）、その挿絵が奮っている。裃に居住まいを正した猫君が正座して……かわいいね。

○「チシャ猫」ルイス、キャロル：不思議の国でのアリスに出てくる猫は消えたのにニヤニヤ笑いだけが残っている……。

○「夏への扉」、ロバート・A・ハインライン：タイムトラベルものの古典であり、また「世のなべての猫好き」に捧げられた猫SFの名作である。

猫にあんまり関係ないけれど水が相転移するカート・ヴォネガットJrの「猫のゆりかご」とか、「空飛び猫」アシュラ・K・ル・グウィン、というのもいた。

今日までぼくはあまりに多くの時間を、猫のためにドアを開けた閉めたりすることに消費してきた」というセリフに、猫好きは思わずうなずいてしまうだろう。

○「夢先案内猫」レオノール・フィニ：日常のあわいに忍びこんできた猫が、異界へ、白昼夢へと、スフィンクスのごとく人間を導いていく。猫を愛する幻想　画家フィニが流麗な言語で綴ったファンジー。

そうそう「鍋島化け猫騒動」とか、谷崎潤一郎の「猫と庄造と二人のをんな」もあった。ほかにも僕の知らない猫話がたくさんあるのだろうな。

「この世でどうネコのようにミステリアスに書けたらと思う」エドガー・A・ポー。

「ネコに接するかが、天国でのステータスを決める」ロバート・A・ハインライン。

「惨めさから抜け出す慰めは二つある音楽とネコだ」アルベルト・シュバイツァー

みんな猫好きなんですね。

## おとぼけオジさん

ヒッチおじさん、あんたも人が悪すぎる。サスペンス神様、スリラーの巨匠、プロットの天才、映像の魔術師、スリラーの帝王、おとぼけとマクガフィン……。いくら賞賛の言葉を羅列しても映画を見れば納得する。大統領の顔の上を逃げ回り、鳥の群が襲い、裏窓から覗き見をし、列車から貴婦人が消え、高所恐怖症にさいなまれ、間違えられて危機一髪!。ハラハラ、ドキドキ、イライラ、ゾクゾク、ワクワクなど、心理的オノマトペアが盛りだくさん。そう、サスペンスとはズボン吊りのサスペンダーと語源は同じ。宙ぶらりんの状態に置くと言う事。ヒッチコック先生、あんたはエンターテインメントの王様だ! イギリス時代の古い作品は別として何回繰り返して見ただろう。「独断と偏見」という思い上がったクサい常套句を使わせていただくとして、そこで自分なりの順位をつけてみる。

**1**「サイコ」(1960):ロバート・ブロック原作、結末は喋るな!と箝口令。シャワーシーンのゾクゾク感、たまりませんね。

会社の金を持ち逃げしたマリオンが、執拗にパトカーに追け回されたり、母親の話になるとにわかに目つきが変わるノーマン・ベイツ。剥製、雨、不気味な家から女性のわめき声。突如、シャワー、カーテンに影、顔、シャワー、ナイフ、悲鳴、足、排水口、血が吸い込まれていく。恐怖、ショック、エロティシズム、残酷、このカット割りの見事さ!おまけに主人公であると思わせていた人物が死んでしまうから観客は宙ぶらりんになってしまう。つまりサスペンスなんですね。

このシャワーシーンはタイトルデザイナーのソール・バスの絵コンテに基づくそうだ。そういえばアメリカ映画の制作背景には徹底した絵コンテ(まるで劇画そのもの)があるのだ。「間違えられた男」の絵コンテなんてそれはもう!ヒッチコックはシナリオにいっぱい書き込み、光と影と表情まで計算され尽くされ、映画を作る前に「絵」「カット」「演技」「流れ」

で出来上がっているのだ。わが国では黒澤明監督の絵コンテぐらいしか知らないが、この辺が違うのだね。
最近の映画はデジタルなので光と影なんか無視してベタ光線、何ともツマラない陰翳の表情のない平面的画面ばかりだ。制作者のシナリオと美意識の劣化？ 見ていてこちらが恥ずかしくなる。何度裏切られたろうか。だからもう映画館には足を運ばないし、こんなものに金を出す？ あの名匠による素晴らしいシナリオと映像は何処へ行ってしまったのだ。年寄りの愚痴かも知れないが嗚呼、映画の時代は終わったんだ。くたばれ！ 頭の悪いお子様ランチ映画め！ スマン、スマンつい激昂して。
閑話休題、そして映画には感情同化作用があるので、ついノーマンに同化してしまい、あの車を沼に沈めるシーン。沈んでいくと途中で止まる。オイオイと観客に思わせて一呼吸おいてまた沈む。心憎いね。そして探偵が突如襲われ顔のアップから階段を転げ落ちるショッキングさ。最後のシーン、ノーマンの気味悪い顔に母親のミイラ、骸骨の歯が重ねられる。恐さが余韻を引くのですね。ヒッチコック先生、ここまで観客を嬉しくも、いたぶり、なぶりものにするのか！ 裏でおとぼけヒッチの顔が浮かびますね。

**2**「北北西に進路をとれ」(1959)：完成度は一番。タイトルはあのソール・バス。突如飛行機に襲われ、これは００７の「ロシヤから愛をこめて」が頂いていた。そしてラシュモア山の大統領の顔の上で……。恐いですねー。お洒落ですねー。

**3**「鳥」(1963)：ヒロインの背景のジャングルジムに烏が一匹、また一匹……。おいおい！ カメラがパンすると真っ黒に。

**4**「裏窓」(1954)：動けない。カメラの視点で裏窓を覗いていると。アイディアの勝利。

**5**「見知らぬ乗客」(1957)：証拠のライターが排水溝に落ちて拾おうとする指のシーン、イライラ、ゾクゾク、ヒッチの笑い顔が眼に浮かぶ……。

**6**「めまい」(1958)：話は上手すぎるけれど、当時は精神分析が大流行だった。カウチに寝そべって催眠術なんか。あの頃ヴァンス・パッカードの「隠れた説得者」やスキンナーのネズミの実験、マズローの欲望の段階なんかの心理学（疑似科学？）が人気の時代だった。

**7**「逃走迷路」(1942)：自由の女神のトーチでのアクション、高所恐怖症には刺激が強すぎる。ヒッチコックほど観客を手玉にとる人はいない。計算し尽くしているのだ。プロットの中に巧みに地雷を潜ませておいて、観客の苛立ちと不気味さが頂点に達する時に爆発さすのだ。突発的ショックである。

**8**「ロープ」(1948)：知的サスペンスそのもの。まるで舞台劇を見るような……。

**9**「海外特派員」(1940)：あの、こうもり傘が群がるシーンだけでも必見。

**10**「バルカン超特急」(1938)：窓に息を吹きかけ指で名を綴る。これはジョディ・フォスターの「フライトプラン」で頂いていた。

いや、「泥棒成金」も「白い恐怖」も「引き裂かれたカーテン」も「ダイヤルMを廻せ」も「レベッカ」も「救命艇」も、みんなみんな……。品性があってユーモアとおとぼけ、シルバースクリーン（銀幕と言ったほうが）の中だけに存在する美女、映像の美しさ、カメラワークの見事さ、そして光と影の絶妙さ！すっとぼけたヒッチのメタボのシルエットが何とも素敵だ。ヒッチシンドロームは尽きることがない。アルフレッド・ヒッチコック先生に乾杯！

**ヒッチコック劇場とヒッチコック・マガジン**

「ヒッチコック劇場」の最高作は何だろう？　迷う所だが「南からきた男・Man from the South」かな？　リゾートで老人が若い男に話しかける。「いいライターだね。それを10回連続で火を着けられるかね？」という奇妙な賭けを持ちかける。成功すればあそこの高級車をやる。失敗したら指を一本よこせという。賭けが始まる……。机に指を縛り付け肉切り包丁が……。一回、二回、三回、……七回目……。そして…その時……。原作はロアルド・ダール。何と主演はスティーブ・マックイーン、奇妙な男にピーター・ローレ。サスペンスに夢中になっていると最期に痛烈でアイロニーに満ちたどんでん返し。プロットと技巧で見せるんだ。読ませるんだ。チクショー、ヤ・ラ・レ・タ!!　とこうなる。戦慄のブラックジョークにゾクゾクしますね。

また「北北西に進路をとれ」これは何を意味しているのだ？　たぶんヒッチ独特のオトボケで意味なんてないのだろう。サウスダコタのラシュモア山はニューヨークやシカゴからは西で北北西じゃない。ノースウェスト航空だとかハムレットが気の狂った振りをして言う台詞　I am but mad north-by north-west.（私の気が狂うのは北北西の方から風が吹くときだけだ）とか諸説紛々である。

まあ、お固いことは言いっこなし。まずソール・バスのタイトルから素敵だ。斜めの線が交差してタイトルが映り、それがビルのガラスの壁面に変わる。プラザホテルのラグジュアリーな雰囲気（当時ケイリー・グラントはプラザに住んでいたので演技じゃないそうだ）。そしてあの見渡す限り真っ平のプレアリーというバス停留所でのシーン、飛行機に追いかけられ真昼の大空間が密室化するわけだ。冒険に次ぐ冒険でラシュモア山の大統領の顔の上でのアクション。巨大なモニュメント

と小さい人間の対比がより緊張感をそそる。「逃走迷路」の自由の女神と同じ発想だね。ああもう墜落する…ロジャーがイブを引上げたと思ったら、それは寝台車の上段ベッド、列車がトンネルに入りエンドマーク。実際にこんなドラマは現実にある訳はないし、荒唐無稽のホラ話なんだが「嘘でいいんだよ!……映画なんだから」と大人の童話なんだ。上品でウィットが利いて、皮肉でユーモラスで、贅沢で美しく、そして観客をハラハラ、ドキドキさせて喜ばす。ヒッチコック先生、あんたも人が悪すぎる……。

一九五九年に宝石社から。「アルフレッド・ヒッチコック・ミステリー・マガジン」が発行された。(一冊の増刊を含めて全五〇号)。多彩な短編の名手たちによる話の妙技に感嘆したものだ。そしてパロディやショートショートの軽妙さに、サスペンス小説の妙味に、奇妙な味の小説の後味に、車、ジャズ、大藪春彦による銃器の解説、これでブローバックやショートリコイルなんて銃器の言葉を覚えた。その頃のテレビで「トワイライト・ゾーン・邦題:ミステリー・ゾーン」が放映され、ロッド・サーリングによるオープニング・ナレーション……

「これはいまだ人間に知られざる次元における物語である。……我々はこの世界を未知の世界と呼ぶ」と。

## 何がジェーンに……

***I've written a letter to Daddy His address is Heaven above I've written "Dear Daddy, we miss you. And wish you were with us to love" Instead of a stamp, I put kisses.***

……お父さんに手紙を書いたわ……舞台で愛らしもこましゃくれたベビー・ジェーンが歌う。……時は過ぎ古い屋敷に年老いた姉妹が暮らす。かって名子役で一世を風靡した妹のジェーンはアル中で昔の夢が忘れられない。大女優であった姉のブランチは車椅子の生活だ。この姉妹の心の中の鬱憤、葛藤、陰湿、幻想、憎悪、残酷、狂気。そして醜悪と滑稽と哀れさと、感傷など無縁の狂気迫る世界だ。「何がジェーンに起ったか?」(62)……それにしてもベティ・デイヴィスは凄い！まさに怪演。あの「イヴェの総て」の大女優が醜怪な厚化粧の老醜を曝して見事に演じる。まあ、「八月の鯨」では心温まる老婆を演じたが……。ほら、ピアノ教師が古い楽譜を弾き始めると二階からジェーンが満面の媚びで下りて来る。踊り歌う……このシーンにはゾクゾクしてくる。何て映画作りが上手いんだろう！そう、アルドリッチだからだ。これぞプロフェッショナルだ。アルドリッチ監督の映画はどれを見ても頗る面白い。まずテーマとアイデアが凄い。異様な状況設定のなかの人間を描くのだ。そしてハラハラドキドキ観客をいたぶる技巧に冴えているのだ。徹底してセンチメンタルを排したハードボイルドである。骨太である。汗臭い。異端である。男達の面構えが不敵である。執念がある。怒りがある。憎悪がある。心理サスペンスが深い……。こんなことをいくら並べても映画を見れば分かる。

初めて観たのが「攻撃」(56)だった。気力を振り絞りジャック・パランスが神に祈る……どうかもう1分間だけ生かして下さい。絶叫の形相のままの死。これぞ西部劇「ヴェラクルス」(54)だ。バート・ランカスターの不敵な笑み、真っ白な歯がニカッ！舞台は南北戦争後の動乱のメキシコ、ガンマンたちの悪相、息もつかせぬ展開、革命軍や太陽のピラミッドで有名なテオティワカンの古代遺跡群を背景にヴェラクルスに向う、最後の決闘シーンなんて世界中が真似したのだ。主役を喰うとはこのことだ。

「キッスで殺せ」(55)も捨てがたい。「北国の帝王」(73)これまたホーボー(放浪者)対鬼車掌、無賃乗車のプロ、車体の下に隠れたをホーボー追い出すのに分銅を線路に踊らすなんざ……。「飛べフェニックス」(64)冒険小説好きにはこたえらない。

老醜といえばグロリア・スワンソンの「サンセット大通り」(50)監督ビリー・ワイルダー。その最終シーン、カメラの砲列、フラッシュ、アクション！往年の大女優が妖艶のオーラを放ちながら迫ってくる。……鬼気迫るラストだ。

「ロンゲストヤード」(74) 刑務所で囚人対看守のフットボールでの闘い。看守のエド・ローターがいいんだ。連中の凶悪な面構え、「用心棒」の丑寅の子分達を連想させる。「燃える戦場」(70) 高倉健出演、両軍を隔てる広場をひたすら駆ける。これが撮りたかったのか?…… アルドリッチには他にもたくさんあるのだが、どれもこれも飛びつきり面白いのだ。

彼の作品は決して文学作品や芸術作品ではない。映画の職人でありプロフェッショナルだ。観客をハードに喜ばせてくれるのだ。残念ながら一部を除いた日本評論家たちにはこの面白さは分からないのだ(まあ、岡本喜八、五社英雄、三隅研二監督はいたけれど)。貧乏臭いウジウジした私小説的世界が映画だと思っている連中には分からないだろうね。アメリカという風土が生んだデザイン手法なのだ。Esquire誌のジョージ・ロイスやTIME誌の表紙にあるのと同じアイディアの根源なのだ。小説家・監督であったマイケル・クライトンも同じだ。「ウェストワールド」のブリンナー扮するロボット、これはターミネーターのモトネタじゃないか!…… ロバート・アルドリッチ、観客の心に対してダイナミックにデザインしているのだ。これぞプロフェッショナルの仕事である。そうそうドン・シーゲル監督、ウィリアム・フリードキン監督も忘れてはいけない存在だ。

## F is Fake

天才、奇才、異才、鬼才、怪優、怪演、巨漢、オーソン・ウェルズは一筋縄ではいかない大曲者である。何しろ十六歳で舞台に立ち、ラジオドラマ「火星人襲来」（35）で全米にパニックを引起こし、二十五歳で制作・脚本・監督・主演をこなし「市民ケーン」（41）を作り上げた。「バラのつぼみ」という言葉の謎を追って映画は進行する。ディープフォーカス・長回し・ローアングル・光と影・鏡効果・フラッシュバックで時間経過を巻き戻し、最後に「バラのつぼみ」の意味が観客だけに解る仕組みである。全編に流れるカメラワーク美に満ちた映像である。現代の眼で見れば退屈だと言う人々もいるだろうが、そんな彼らにはミケランジェロを見せてもきっと退屈だという言うだろう。

「The Trial・審判」（63）原作：フランツ・カフカ　監督：オーソン・ウェルズ　出演：アンソーニー・パーキンス、ジャンヌ・モロー、ロミー・シュナイダー……。オーソン・ウェルズがカフカの世界にトライした。画期的な「市民ケーン」以来、「偉大なるアンバーソン家の人々」「上海から来た女」など細部には眼を見張るところがあるが映画としては？という作だ。しかし「審判」は彼の才能が遺憾なく発揮されている。カフカ的悪夢の世界だが、オープニングは「城」から始まる。法という城門に男が入ろうとする。彼は入ろうとするのだが堂々巡りするだけだ。そこには誰も来なかった。そこは彼のための法の城門だったからである……。ヨーゼフ・Kは普通の男である。ある朝、検察官が刑事とともにやって来た。Kは罪に問われたと言う。何の罪かは検察官にも解らない。法廷、インチキ裁判、叔父、弁護士、女、裁判所所属の画家。誰もKを救う事ができない。夜明けにKは逮捕され、荒野のような空き地で犬のように殺された……。不条理、ナンセンス、蛇が自分の尾を飲み込むウロボロスのような終わりのない苛立ち。Kは何故、不条理にも殺されなければならないのか。……カフカ、ある朝目覚めると一匹の巨大な虫になっていた「変身」そして「ある流刑地の話」などシュールレアリスムに満ちた世界である。

「審判」は光と影を大胆に使った映像が素晴らしい。廃駅ガール・ドルセー（現オルセー美術館）を使ったを広大なオフィスのシーンだけでも異様な世界が広がり、錯綜した空間美を見せる。今ならＣＧだろうが実写の持つ迫力が画面に漲っている。要はは監督の美意識なのだ。音楽は自らを音楽貴族と呼んだディレッタント、トマゾ・アルビノーニのソナタ（アダージョ）が効果をあげている。

しかし、バロック音楽というと必ず取り上げられる名曲だが、本当はアルビノーニの作ではない。レモ・ジャゼットという音楽研究家が、ザクセン国立図書館から受け取ったアルビノーニの自筆譜の断片をもとに編曲したというが、アルビノーニの証拠はどこにもなく、「ト短調のアダージョ」は完全なジャゾットの作であるようだ。でも99％の人がアルビノーニと信じている。わたしもそうだった。日本でもリメイク版「野獣死すべし」にも使われていたが語るも……？ものだった。

このカフカの不可思議な小説を巡って様々な論があるであろう。しかし、この映画はオーソン・ウェルズの「審判」なのだ。理解しようとするほど理解できない仕組みである。

「第三の男」あのチターのメロディーが……。荒廃したウィーンを舞台に米英仏ソの四カ国による協働管理下。廃墟、荒んだ人間、東欧諸国やハンガリーからの難民、心まで荒廃したブラックマーケットに暗躍する悪人。建物に巨大な風船売りの影が伸びる、足元にじゃれつく猫、一瞬の光のなかにハリー・ライムの不適な顔、モノクロの光と影がこれほど効果的に捉えられた映像はちょっとない。またアリダ・ヴァリの顔のショットでは殆ど白い歯を見せない。いつも影なのだ。それが神秘的な美しさをより引き出している（お歯黒もその美の強調？）。そしてプラーター公園の大観覧車。ハリーがうそぶく「ボルジア家三〇年の圧政はルネサンスを生んだ。スイス五百年の平和は何を生んだ？ 鳩時計さ」（これは英国一九世紀の画家ホイッスラーの言葉だそうだ）。地下水道の追跡、マンホールから指だけがもがく……。中央墓地、哀愁のチターが流れる、アリダ・ヴァリは待ち受ける男に一瞥もくれずに歩み去る……。アントン・カラスのチターが枯葉とともに……この忘れがたいシーンだけでも名画中の名画である。

グレアム・グリーンの原作では「彼女の手は彼の腕に通された」とあるが、映画の方がはるかに深い印象を残す。グリーンも「結果は彼リードの見事な勝ちだ」と認めている。四九年制作、監督キャロル・リード、音楽アントン・カラス。

「フェイク」は現実か？ マジックか？ が混在し、そこがフェイクという人を食ったやり方だ。彼の哄笑が聞こえてくるようだ。あの巨体をマントに包み、人を食い、担ぎ、驚かせ、大ボラを吹き、騙すことを楽しむ人だ。地中海に浮ぶイビサ島。ここに二人の「ペテン師」がいる。ピカソ、マティス、モディリアーニ、ブラマンク……どんな絵でも描き上げる贋作画家のエルミア・デ・ホーリー。そして、そのエルミアの伝記を書き上げたのがクリフォード・アーヴィングだ。彼は大富豪ハワード・ヒューズの自伝を捏造し罪に問われたこともある。そんな二人の男を「奇術師」オーソン・ウェルズが案内する。

バーバラ・リーミング著に「オーソン・ウェルズ偽自伝」がある。これは膨大なインタビューをドキュメントした真面目な本なのだが「偽」をつけるところが何ともユーモラスである。

オーソン・ウェルズ、才能があり過ぎた男である。

## 世に騙しのタネは尽まじ

世の中は騙しに溢れている。政治家を筆頭として、都合が悪くなれば「記憶にない!?」便利な言葉だな。海馬が相当にイカレているんだろう。まあ、騙しの歴史に残る奴等の手口には嬉しくなってしまう。それら騙しの錚々たる巨人たちを列挙してみれば。

★サンジェルマン伯爵／自称二千歳とも四千歳とも、革命期のベルサイユに現れて……★天一坊／将軍・徳川吉宗の御落胤を称して……★カリオストロ／アントワネットの「首飾り事件」など……★ミュンヒハウゼン、ホラ男爵の冒険。★フランク・W・アバグネイル／「Catch Me if You Can」を出版、その痛快な詐欺人生、映画にもなった。いまそれを活かしてコンサルタントだってサ……★ポール・バニヤンの大ボラ話。……★竹内巨磨／キリストの墓は日本にあるのだ。……★ヴィクトール・ルースティヒ／エッフェル塔を売った男。……★泥棒王ゲオルク・マノレスコ……★大偽書「第三の眼」ロブサン・ランパ／子供の頃、本当に信じたよ。……★東宝映画「日本一のホラ吹き男」植木等も忘れがたいネ。♬吹いて吹いて、吹いて、吹いて……そうそう、M資金や山下将軍の財宝なんて。角栄の声色詐欺とか、ペテン師たちの知恵に笑うやら呆れるやら★ご存知クヒオ大佐／ラジオの雑音を入れながら、こちら厚木上空なんて、その努力には脱帽。……あのJ・アーチャーも投資で騙されて大損「百万ドルを取り返せ」でベストセラーに、男爵様ですゾ。まだまだ大勢のCon Manたちがネ。

最高に笑えるのが英国海軍を騙した「偽エチオピア皇帝」の悪巫山戯（わるふざけ）なんて抱腹絶倒！Dreadnought Hoaxとは一九一〇年に担ぎ屋ホーレス・デ・ヴェレ・コールによる悪ふざけで、偽者のエチオピア皇帝の随行団が戦艦ドレッドノートに乗り込んで遊んだ事件だ。皇帝は「ブンガ、ブンガ！（すばらしい、実に素晴しい）」と。皇女は「チャック・アチョイ！」そして、士官たちに偽の勲章を授与したそうだ。あのヴァージニア・ウルフも一味だった（写真の左端）。後にドレッドノートがドイツの潜水艦を体当たりで撃沈した時には、「ブンガ、ブンガ！」と祝電が送られたそうだ。コールは生涯数々の悪戯を続けたという。……★そして「詐欺とペテンの大百科」Hoaxes and Scams／カール・シファキス著：本の厚さと重みにたじろぐが、面白いの何の……まあ、いるはいるは、そのユニークな奇行と発想がネ。わたしなんて一発で騙されそうだ。ホラ話の種は尽きまじ。

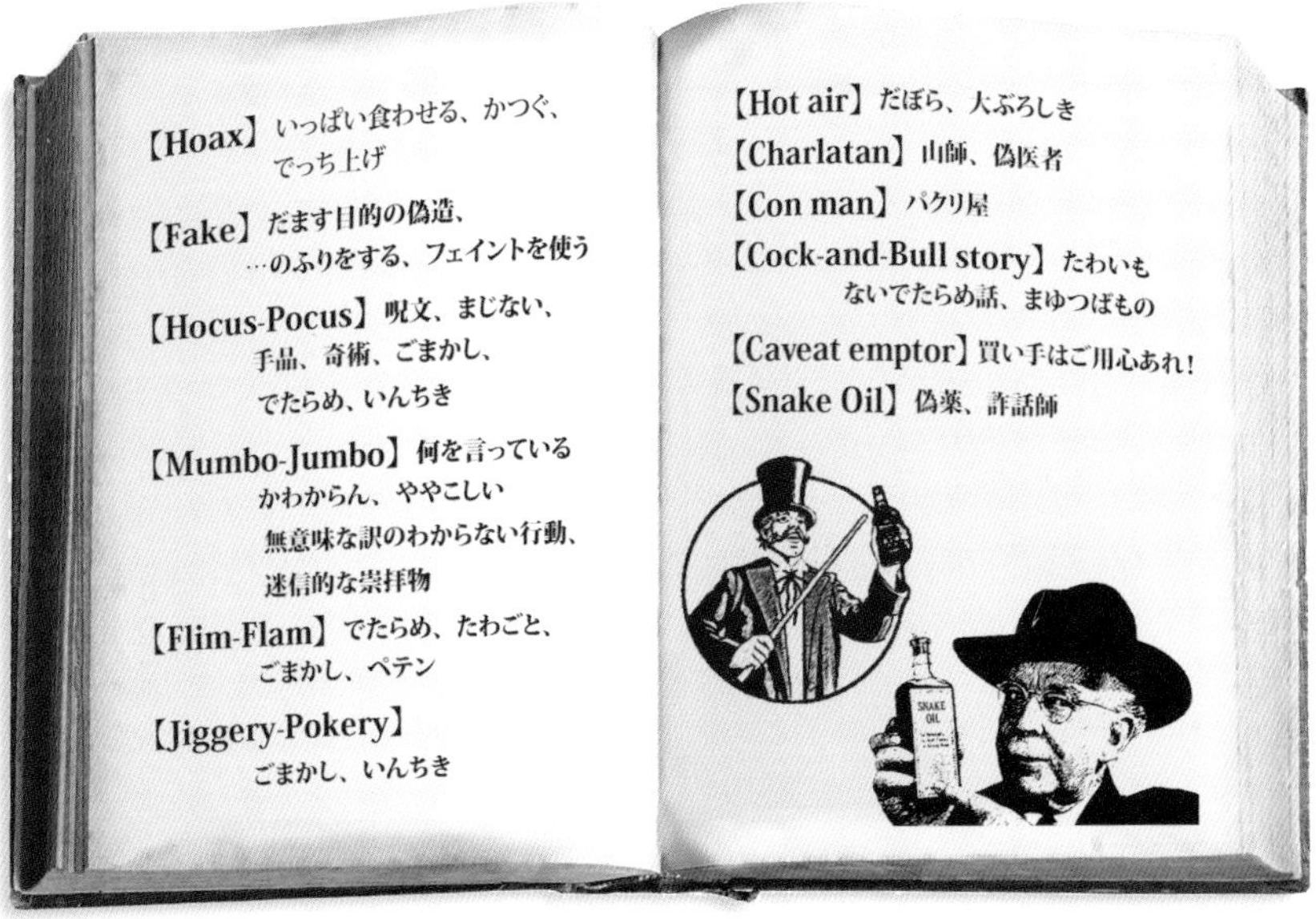

【Hoax】いっぱい食わせる、かつぐ、
でっち上げ

【Fake】だます目的の偽造、
…のふりをする、フェイントを使う

【Hocus-Pocus】呪文、まじない、
手品、奇術、ごまかし、
でたらめ、いんちき

【Mumbo-Jumbo】何を言っている
かわからん、ややこしい
無意味な訳のわからない行動、
迷信的な崇拝物

【Flim-Flam】でたらめ、たわごと、
ごまかし、ペテン

【Jiggery-Pokery】
ごまかし、いんちき

【Hot air】だぼら、大ぶろしき

【Charlatan】山師、偽医者

【Con man】パクリ屋

【Cock-and-Bull story】たわいも
ないでたらめ話、まゆつばもの

【Caveat emptor】買い手はご用心あれ！

【Snake Oil】偽薬、詐話師

# 冒険王

冒険の王者といえばインディアナ・ジョーンズにこそ止めを刺すであろう。一八九五年?アメリカ生まれ。メキシコ革命に参加、第一次世界大戦中に軍の諜報活動に従事し帰還後シカゴ大学で考古学の勉学と研究。一九三三年五月ベルリン・オペラ広場で行われたナチスの焚書に遭遇、ヒトラーと鉢合わせしたエピソードもある。一九三五年にはインドで邪教集団に奪われていた「聖なる石サンカラ・ストーン」を奪還。翌年には「失われたアーク《聖櫃》」を巡りナチスとの壮絶な争奪戦を展開する。一九三八年父ヘンリーと共にキリストが最後の晩餐で使った「聖杯」にまつわる闘い、一九五七年七月には「クリスタル・スカル」を巡るソ連のスパイと戦う。それ以後も一九六九年には高齢にも関わらず「アンティキティラの天文機器」の冒険など、枚挙にいとまがない冒険に次ぐ冒険の人生を送っている。

日本にも彼に比肩する冒険家がいた。その名は折竹孫七（おりたけまごしち）。鳥獣採集人・理学士でありアメリカ自然科学博物館所属の主席探検者でもあった。一九三〇年代後半から活躍を始め、人跡未踏の魔境に挑み「西域夷蛮地帯」や「太平洋漏水孔（ダブックウ）」「有尾人（ホモ・コウダッス）」「大暗黒（ラ・オスクリダット・グランデ）」など人外魔境に挑み続けている。どうも日本軍の諜報機関にも関係しているらしい。ムラムブウェジ、この不思議な言葉はコンゴ・バンツウ語で「悪魔の尿溜」と呼ばれる地帯である。「森の墓場（セプルクルム・ルクジ）」「大暗黒（ラ・オスクリダット・グランデ）」中国、青海省の巴顔喀喇（パイアンカラ）には現地人が「天母生上の雲湖」（ハーモ・サムバ・チョウ）と呼ぶ未踏峰があるのだ。「太平洋漏水孔（ダブックウ）」「水棲人（インコラ・パルストリス）」「畸獣楽園（デーザ・バリモー）」「火礁海（アーラン・アーラン）」「遊魂境（セル・ミク・シュア）」と、何ともそれだけで不思議さと不気味さが増すではないか。もしかしたらインディとどこかで出会い友情を交わしたのかも知れない。

ここにインディや孫七の親友であり、第一級の博物学、考古学、冒険家、数多くの著書もある、ダンカン・ウッドワード教授の言葉を伝えておこう、左頁の肖像画の右下にある手紙である。

あの少年の頃の夢と冒険の世界はどこへいってしまったのか。日常という習俗と世間という塵を払えばよい。古びたレザージャケットに袖を通した瞬間、猛獣の叫びや大瀑布の轟、密林から遠い太鼓の響が聞こえたら、君は立派な冒険家だ。君は幾つの物語を持っているかな?そう、何時までも少年のときめく心と一杯のピンクジンさえあればいい。

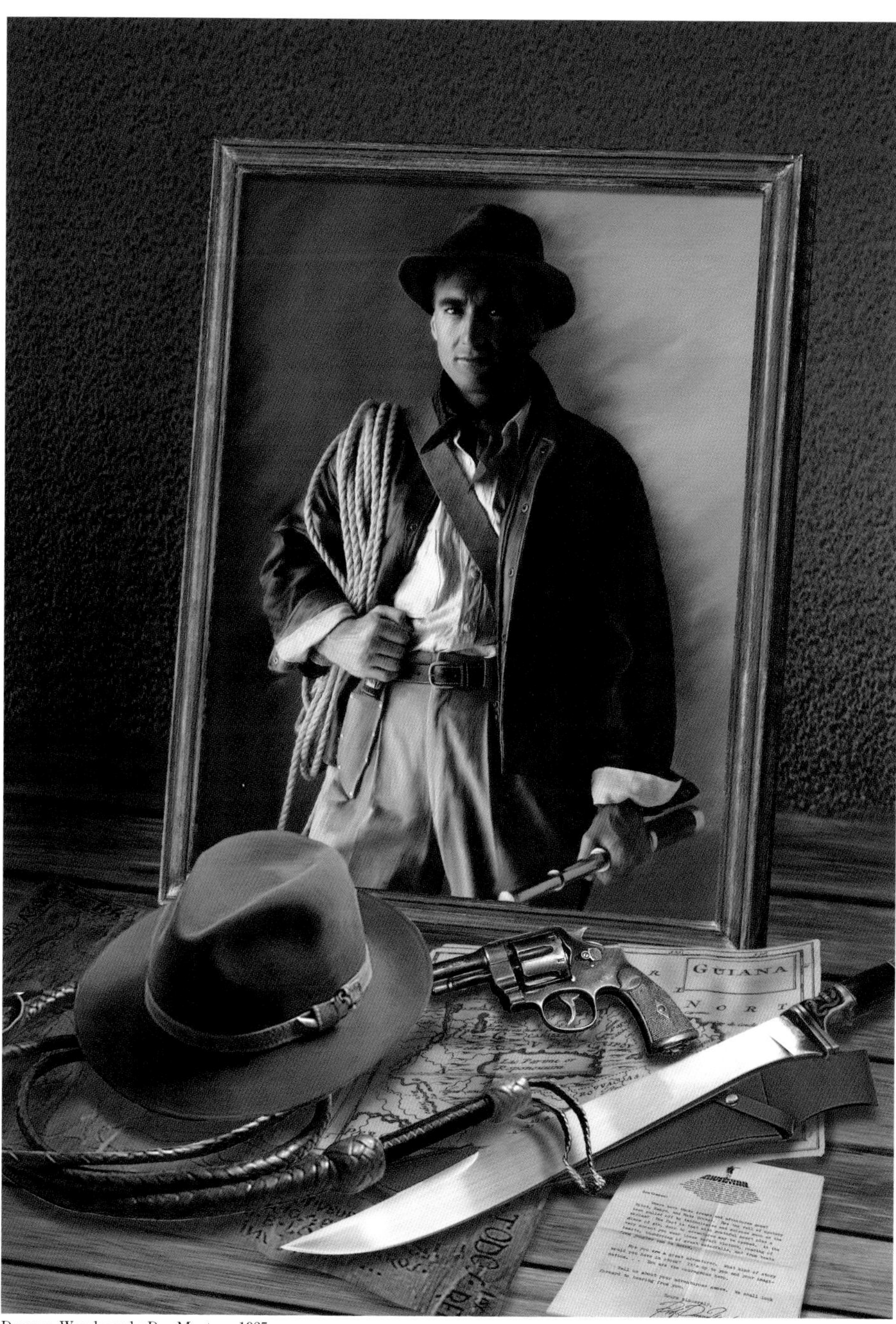


Duncan Woodward : DunMasters 1985

## 冒険といえばこの男だ!!

「ターザン カンボ ゴルゴ タルマンガニ ロタ」。何語かお分かりか? そう、訳すると「ターザンは密林の野生の人で笑う」ということになる。生まれは由緒正しきグレイストーク卿の忘れ形見である。類人猿カラに育てられターザンとは「白い皮膚」という類人猿から蔑まされた呼称である。そして語学の天才、何しろ亡き父親の小屋で発見した絵本で言葉をマスターし読み書きもできるのだ。フランス語もアラビア語も類人猿語も……。そして、あの雄叫び。アッーアァーアーの咆哮に痺れてしまうのだ。ぼくたちに流れる原始の血が騒ぐのだね。超人的身体能力、悪を憎み、血湧き肉踊る活躍、トンデモ荒唐無稽、支離滅裂のスパーヒーローなのだ。エドガー・ライス・バローズ先生に拍手! 一九一二年生まれのターザンがいなければ少年王者も少年ケニヤもいなかった。映画では六代目ジョニー・ワイズミュラーが有名だ。元オリンピック水泳選手で五つのゴールドメダリストでもある。できたらシュワルツェネッガーもターザンに出演してほしかった。まあ、ハワード原作の「コナン」には出ているけれど。そして、コミックではバーン・ホガースだ。漫画家・イラストレーターでありながら「美術解剖学」の著書もあり二〇世紀のミケランジェロとの異名を持つ。これがまた素晴らしいのだ。克明な描写力、的確な筋肉図、ダイナミックな肉体表現、ダヴィンチ的解剖図から生まれたデッサンだ。永遠のヒーロー、ターザンに乾杯!

♬大密林に とゞろくは 少年王者の叫び声 黒いひとみにばらのほゝ緑の髪を なびかせて 天にそびえる大木の 枝から枝へ飛び廻る 少年王者の勇ましさ~ 始めてこの少年に会ったのは、ぼくがこの少年より小さかった頃だ。空想が広がり興奮し眠れなかった。でも子供心にみどりの髪というのは理解できなかった。真吾、すい子、アメンホテップ、魔人ウーラが入り交じり万能薬「緑の石・マキムリン」を求めて大活劇。もちろん歌詞は憶えているが歌えない。メロディーなんて知る由も無かった時代だ。そして「少年ケニヤ」だ。友達ン家の産経新聞を毎日見せてもらっていた。ワタル、ケート、老ゼガ、巨像ナンタ―、大蛇ダーナ。地底世界の恐竜は出てくるわ、タンガニーカ湖を泳いで渡るは、巨獣との格闘、原住民との戦い、特に克明なペン画による躍動する動物の迫力に酔いしれた……。毒々しいと思えるほどの表紙だった単行本を何冊か持っていたのだが、時は過ぎ復刻版が出たので迷わず買ってしまった。やはり記憶にある猛獣のデッサンが素晴らしい。でも、山川惣治先生はケニヤに行ったのは相当の高齢になってから初めてアフリカの大地を踏んだのだそうだ。連載の頃にアフリカなんて遠い夢でしかなかった。想像力だけで描いたのだ。まあ、お手本としてターザンがあった。ぼくたちも木の上に家を作ったり、ロープで空中ジャンプしたり、池に飛び込んだり、弓や槍を作ったり少年ケニヤみたいな時だった。残念ながらあんなカッコいいナイフではなくて「肥後の守」だったけれど……。

そうそう、リヴィングストン探検記も忘れてはいけない。スタンリーとの邂逅の感動的場面なんて……。そして「砂漠の魔王」だ。いまは昔「少年」「少年クラブ」「譚海」「冒険王」などの少年雑誌に心をときめかした。漫画や工作模型がいっぱい付録に付いてその中でも冒険王の「砂漠の魔王」には仰天した。そのカッコ良さなんてもう！当時の漫画の概念と全然違うんだ。冒険、探検、怪奇、神秘、神話、怪獣、新兵器、奇想天外、荒唐無稽、縦横無尽、リアリズム、エキゾチシズム、極彩色、新鮮、苛烈……。敗戦の廃墟のなかから忽然と魔王が現れたのだ。

腹を空かせた少年にとって空想の世界こそ輝いていた。描いたのは福島鉄次先生だ。いまならアメリカン・コミック影響だと言えるのだが、まだ劇画という言葉も生まれていなかった時代に、こんな凄いデッサン力を持った人がいたのだ。

それから小松崎茂先生のＳＦ空想画の未来都市、宇宙基地、戦艦大和や空母赤城、真珠湾の零戦や九七式艦上攻撃機などの戦争画、西部の少年シリーズ、そのダイナミックな劇的シーンにため息を漏らしたものだ。

ああ、リンゴ箱に一杯こんな本を貯めていたのにどこかへ消えてしまった。本当に惜しい事をしたものだ……。いま想い出しても巨象の地響きと咆哮、冒険世界に昂ぶる自分がある。

## ホームズと映像

人間の情報入力の大半は視覚と聴覚である。「講釈師見てきたような嘘を言い」は言葉による臨場感の演出だ。そして小説家は「見てきたような嘘を書き」だろう。読書という行為は書き物を通してイメージによる実在を見ることである。その点、挿絵は直接的であり説明不要である。鹿狩り帽にインヴァネスコート、パイプを咥えればS・ホームズの出来上がりだ。映画はストーリーとドラマによる仮想現実を擬似体験する装置だ。最初のホームズ映画はキネトスコープで、これはギリシャ語のkineto（運動）とscopos（見る）という活動写真そのものであり、約一分間の映像だそうである。

そしてホームズのイメージである頬が痩けて鷲鼻、鋭い目の男をジェイムス・ブラギントンが出演の「緋色の研究」が作られた。残念ながらフィルムは残っていないが彼の写真が一枚だけ残されている。確かにホームズそのものだ。

それよりサイレントの時代には夥しいホームズ物が作られたが、殆どが翻案であり原作に名を借りた作品ばかりである。一九一六年に舞台からウィリアム・ジレットが映画に登場しコナン・ドイルも「見事な出来だ」と絶賛したという。これはYouTubeで見ることができる。その頃イギリスではエイル・ノーウッドが四七本もの長短編に出演したという。トーキーの時代となり「ストランド誌」から抜き出たようだと評された。アーサー・ウォントナーによる五本の作品、バジル・ラズボーンのホームズとナイジェル・ブルースのワトスンによる一四の作品群、そしてピーター・クッシングやクリストファ・リーによる作品も作られた。

カラー作品では「シャーロック・ホームズの冒険」（1970）は

監督ビリー・ワイルダー、奇想天外なストーリーでネッシーまで現れる愉快な作品である。他にもホームズ映画は作られ続けているのだが一九八四年、満を持してにグラナダＴＶ製作によるシリーズが始まった。（日本放映はＮＨＫ）主演はジェレミー・ブレット、ワトスン役のデビット・バーク（後にエドワード・ハードウィック）で史上最高のシリーズと呼び名が高い。まるでシドニー・パジェットの挿絵そのもので、意識して同じポーズを演じる場面には涙を流したものである。霧にけぶるガス燈、一九世紀ヴィクトリア朝時代のロンドンが再現され、馬車の蹄の音、轍の響、服装、友情に厚い紳士でエキセントリックなホームズが見事に演じられている。そう、原作よりもさらにリアルだ。テーマ音楽もホームズの愛器ストラディヴァリウスを彷彿をさせるではないか！　おお！　これぞホームズ！　ストーリーも原典に忠実で初期の作品には喝采を叫んだものだ。途中よりジェレミー・ブレットの体調不良などにより原典より離れてしまい鼻白んでしまうシーンも多いが……。

旧ソ連でもワシリー・リヴァーノフによるホームズ・シリーズが作られ、彼には大英帝国名誉勲章が贈られたという。その後、ロバート・ダウニーやベネディクト・カンバーパッチによるホームズ物は作られ続けている。

誰かＷ・Ｓ・ベアリング＝グールドの「ガス燈に浮かぶのその生涯」をそのままを作ってくれないものか。

回文

見よ逆さ 回文は 半分以下 逆さ読み

ミヨサカサ カイブンハ ハンブイカ サカサヨミ

正月に新幹線に乗って

さあ乗るは 白雪消ゆらし 春の朝

サアノルハ シラユキ キユラシ ハルノアサ

庭にて

三重の松 山茶花寒笹 妻の笑

ミエノマツ サザンカ カンザサ ツマノエミ

老夫婦

見え渋い 出枯らし夫婦 白髪で燻し笑み

ミエシブイ デガラシフウフ シラガデ イブシエミ

春の丘

咲く々 晴は燦々さ 春は草々

サクサク ハルハサンサンサ ハルハクサクサ

大晦日

儚の世 年末 詰まんね 世の中は

ハカナノヨ ネンマツマンネ ヨノナカハ

# フェイクそして言葉遊び

ミステリー小説は架空の話を作り上げ、読者の推理力や知恵を問う一種の言葉による遊びである。エンターテインメントであり、様々な工夫とジョークに満ち満ちているのだ。

人間は可笑しいから笑うのではない。
笑うから可笑しいのだ。
――アンリ・ベルグソン

## 言葉遊び

言葉とは音声や文字による意思の伝達手段であり民族・社会・地域の共通文化の一形態である。と、大袈裟に見栄を切るほどのことでもないが。言葉遊びとはまあ、コミュニケーションにおけるユーモアと遊戯である。日本語は同音意義語が多く感覚語であり、オノマトペも擬態語が豊富で駄洒落を飛ばしやすく漫画擬音も多彩である。俳句や短歌、詩、川柳、狂歌、回文、もじり、空耳、小話、ジョーク、パロディ、パスティーシュ、替え歌と枚挙に遑がない。いかに人間は遊びが好きか！言葉が始まった時から冗談を言い合っていたのだろう。幼児は口真似で言葉を覚える。ロジェ・カイヨワのいう「ミミクリ（模倣）」こそ原点である。

そして言葉をいじくり弄ぶ。日本人なら誰もに染み付いている「いろは歌」のアナグラムなどその際たるものだ。明治に黒岩涙香により創刊された「萬課報」が募集した「新いろは歌」に万にも達する応募があったそうである。その一位に輝いたのが次の歌である。

鳥啼く声す、夢覚ませ、見よ明け渡る東（ひんがし）を、空色栄えて、沖辺（つべ）に、帆船（ほふね）群れゐぬ、靄の中（うち）。何と見事なものではないか。

「君が代」にもこんなのがある。君が代は千代に八千代に八千鉾の安らに研いで針となるまで。やるもんですね。英語？読み？ Kiss me, girl, your old one. Till you're near, it is years till you're near.

あの有名な芭蕉の「古池や蛙飛び込む水の音」は Full in care cow was to become me do not. だとさ。

記憶術にも語呂合わせの傑作がある。√2≒1.41421356（一夜一夜に人見頃）、√3≒1.7320508（人並みにおごれや）、√5≒2.2360679（富士山麓オウム鳴く）。また年号の覚え方でも「アメリカ発見石の国（1492）、信長はイチゴパンツ（1582）で本能寺」元素記号は「水兵リーべ僕の船」と覚えたものだ。円周率の 3.14159・・・・は「産医師は異国に向こう産後薬なく産婦さんは城に無用散々闇に泣く」なんてね。

「空耳アワー」にも傑作があるゾ。あの「イージーライダー」主題歌ステッペンウルフの歌う「Born To Be Wild」だ。Get yourmortor runnin' Head out on the highwai ……これが「いつものラーメン えらい早いやないか」と聞こえ笑い転げるのだ。

# 忘年会　止まり木酔夢譚

今朝の雪グラス安らぐ旧の酒（ケサノユキグラスヤスラグキュノサケ：大晦日に朝まで飲んだ男の回文）

「年賀状は書いたかね?」写真家が話しかけた。

「いや、まだだ」大柄なハリスツイードに真っ赤なタートルネックという些か趣味が?の物書きが応える。隣りのチョークストライプスーツに見事な禿頭、その代わり真っ黒な髯を蓄えた商社部長がちょっかいを出す。

「君はかりそめにも作家やろ? それが毎年、謹賀新年はないやろ?」

「そう言うな。自分の事となったら葉書一枚にも苦労するんだ。プロならではの弱みだよ」

「じゃ何かい? 僕は医者だからそれらしいものを出せと?」細い金縁眼鏡にイタリア製らしいソフトジャケットが口を出す。

「君こそ写真家をしていながら、あの下手な干支の絵は無いぜ。午は豚だし申はムササビだ。君の眼球（ファインダー）はいったいどうなっているんだい?」やけにネクタイだけが目立つ弁護士が口を尖らす。

「みんな文学的才能がないんだよ。そのてん私なんか……」

「君こそなんだい。あの俳句はないぜ。〝初空に酔いの踊りや奴凧（いかのぼり）〟だっけな。毎日、屁理屈を捏ねることばっかりしているからデリカシーがないんだよ」写真家がやり返す。

今宵は忘年会だ。何かの縁で知り合ったイカれた連中が、飲む理屈をつけるために結成した倶楽部「毒蜘蛛会（たらんちゅらくらぶ）」。タランチュラに噛まれると舞踏病になるそうだ。みんな頭が舞踏病みたいな奴ばかりだからそう名付けた。その二次会だ。バーの隅のボックス席に陣取った連中はかまびすしい。

「おい、長老、寝ちゃったぜ」

「寝さしておいてあげろよ。お疲れだ。お歳だ」

「そうだな。あの口うるさい小言と大言壮語だけはご勘弁だぜ」

長老と呼ばれた男は右手にスコッチのグラスを握ったまま舟を漕いでいた。白髪に尖った鼻、これも白い口髭、英国仕立てらしきスーツ、袖から覗く指には銀の太い指輪が輝いている。

「その昔、諜報機関の重鎮で隠れた政府とも呼ばれていたとか? 百歳だぞ、一世紀生きた男だ。と、ホントかね?」

「ホラだよ。当たり前じゃないか。大法螺吹きだよ。どっかの木っ端役人でもやってたんだろうよ。大嘘と見栄に決まっているさ。ありゃ俗物の大将だぜ」

「でも俗物と言えばオレ達だって俗物だぜ。いや、人間全部が俗物さ」医者が眼鏡をかけ直した。

「俗物なんて言うな。スノブと言え。ディレッタントだ。いやシニシズムかな、犬儒派だ」キザな物書きだ。

「そういうことを言う奴を俗物と言うんだよ」

「しかし、年賀状とは誰が始めたんだ。馬鹿らしいと思いながら無い頭をひねる。そうして来るべき奴から来なかったら少し拗ねる……」弁護士がグラスを嘗める。

物書きがくわえ煙草でいった。「そう言えば江戸時代にこんなのがあるぜ。〝長き夜のとうの眠りのみな目覚め波乗り舟の音のよきかな（ナカキヨノトウノネムリノミナメザメナミノリフネノオトノヨキカナ）〟ってんだ」

「何だいそれは。お経かい?」。弁護士が混ぜっ返す。

「教養の無い奴だな。初夢の七福神を詠み込んだんだよ。回文だよ。回文!」

「回文と言うと、あのタケヤブヤケタとかダンスはすんだ、薬はリスク、とかさ。上から読んでも下から読んでも同じなんだ。こんなのも聞いたことがあるぞ。〝宇津井健氏は神経痛（ウツイケンシハシンケイツウ）〟。

あっ!即席で出来たぞ。宿酔いの〝年会はイカンネ〟〝イエッサ悪いモデルでもいるわ撮影（サツエイ）〟と、写真家。

「そういう単純なのはだめだ。もっとこう知的で教養が迸るやつでなきゃ」

〝月のもと清しといえば冬の夜の夕ばえいとしよき友のきつ（ツキノモトキヨシトイエバフユノヨノユウバエイトシヨキトモノキツ）〟（毛吹草追下、鈴木栄三編・ことば遊び辞典より）

これも回文だ。格調があるだろ?」

医者が早かった。カッコつける奴だ。「オレ、ロマンチストだろ? だからサ」

〝どんなキスでロココのココロで好き何度〟どうだ! ウマいもんダロ?

「止せよ。文体になってないヨ!」

「フィーリングだよ。フィーリング!」

ワシも出来たで。関西出身の商社マンが手を挙げた。「ワシが虎キチのことはみんな知ってるやろ。今年のタイガースは何だ！ 呆れて物も言えん。

「また始ったぜ。贔屓チームを応援するのはいいが、そりゃ自虐だぜ、マゾマゾヒズムだ。ご披露してみろよ」

〝阪神は(ハンシンハ) 三振さ(サンシンサ) 最低さ(サイテイサ) 最下位さ(サイカイサ)〟どうだ！

「部分はできてるが全体になってないじゃないか！」「うるせ～ッ」。

「じゃ、こんなのどないだ。商社マンがメモを開げた。「ワシいま単身赴任で一人やろ。そやから野良猫にまで愛情感じちやってねえ。

〝秋刀魚焼く夜や泣くな子猫鳴くなやるよ悔やまんさ(サンマヤクヨルヤナクナコネコヤルヨクヤマンサ)〟

「なかなかだがもう一つだな。もうちょっと今の時代を読むとかさ。文学的というか……」作家がわざと尊大に言う。

みんなは少し真剣になった。手帳を出す奴、メモ用紙を貰う者。

写真家がウイスキーで喉を湿らしながら言った。「このあいだ報道写真展に行ったんだ。感動したね。僕はコマーシャルフォト専門だろ。少し恥ずかしかったよ。世界にはこんなに真剣に時代を見ている人たちがいるんだ。一枚の写真にこんなに力があるんだって…。

〝世界を見しな彼の児(セカイヲミシナカノコ)、写真家に感謝し、この哀しみを生かせ(シャシンカニカンシャシコノカナシミヲイカセ)〟

「確かに今の世の中って変だね。私たちは便利過ぎる文明と平和とを享受している。だけど海の向こうじゃ、……大儀無き戦争か！」弁護士がしんみりと言った。

〝イラクも酷なとこよ夜ごと泣く子も暗い(イラクモコクナトコヨヨゴトナクコモクライ)〟みんなは酒の手を一瞬止めた。

少し白けた座を盛り立てようと医者が鼻をピクつかせながら出しゃばる「オレ英語の回文を知ってるぜ。〝Madam, I'm Adam〟アダムが初めてイヴに出会ったときの挨拶だな」物書きがしたり顔で頷く「ン、思い出した。回文のことを英語では Palindrome と言うんだ。確かロンドンのレイ・アーサーだったか〝A man, a plan a canal-Panama〟パナマ運河を最初に想したレセップスのことだな。そう言えば狐が犬を飛び越えた。なんていろは歌の英語版も読んだことがある。エーッと……」

「英語はもうええよ。しかし、難しいもんやな。駄洒落のようにはいかんわ」恥ずかしそうにまた商社マンがおずおずと手帳を差し出す。まったく顔に似合わない奴だ。

〝酔いなはれ、それ聞け俺が唄うカラオケ、切れ それはないよ〟（ヨイナハレソレキケオラガウタウカラオケキレソレハナイヨ）

「なかなかやるじゃないか。しょっちゅう接待のタダ酒飲んで、音痴をご披露している奴らしいな。人間性の現れだな。品性に欠けるぜ」弁護士が絡む。また出来た！　医者が目玉を左右に振りながら言う。

〝ワイン やんごとなきなと 今夜ン いーわ〟

「お前のは軽薄だよ。そんなのばっかりジャン」物書きが鼻で笑う。

「それじゃお前さんのはどうなんだ。三文作家の実力を見せてくれ！」

「私くしめのを拝聴したいと仰せあるか？　傑作だぞ」物書きはニヤニヤ笑いの唇をマティーニで湿らせ、勿体ぶってメモを広げた。

〝世話悪しき世の問いに言う、反省せんは有為に人の良き幸せ〟（セワアシキヨノトイニイウハンセイセンハウイニヒトノヨキシアワセ）

「何だ。意味が解らんじゃないか！」全員がここぞと責めたてる。

「まあ、この時代、政治、経済、人心、この日本の平和ボケを詠んだんだぜ。この良さが解らんかね？　じゃ、こんなのはどうだ。我れの若きやんごとなき美しき青春時代の京都を詠んだぜ」

〝八坂にて春雨白し妹想い知らしめさるは手に傘や〟（ヤサカニテハルサメシロシイモオモイシラシメサルハテニカサヤ）どうだい雅だぜ。

「分かったような解らんような……でも年賀状向きじゃないぜ。正月の文句を考えなくっちゃ」

「そうだった。しかし、いざ構えるとなるとなかなか難しいもんだな」

「ウルサイぞ！」長老が舟を漕ぐのを止めてスクッと立ち上がった。氷りの熔けたハイボールをグィッと飲み干す。酩酊してはいても炯々とした眼光、見事な白髪まじりの眉をピクリと動かす。

「いったいお前達の頭は脂肪（アブラ）で出来とるのか。嗚呼！　情けない。言葉乱れれば国滅ぶ。教育がなっとらん！　ワシが若かった頃は俳句、短歌、漢詩は誇りある日本男児（やまとおのこ）の嗜み（たしなみ）であったぞ。益荒男の気魂じゃ。儂にとっては、そんなものは児戯に等しいもんじゃ」

また始まったか、ほっとけば自慢話と悪口雑言罵詈讒謗ってやつがますます加速するぞ。

「近頃の若いモンは全くナットらん！ あれはシンガポール攻略戦のブキテマ高地であった。激戦に次ぐ激戦に兵士たちは疲れ切っておった。儂は弾丸飛び来るなか直ッと立ち上がり軍刀をスラリと抜き放ち、頼山陽の川中島を朗々と吟じてやった。それで兵たちも勇を取り戻し……～鞭聲イーイ～ 粛々ウーウ～～ 夜河ヲーオーオー 過ルーウ～～～ ……

「長老！ 長老！ その話は今度またゆっくりと。いま話していたのは回文の話なんですが？」

「ん？ 回文か。そうじゃった。正月を読むんだったな。一月は睦月だ。儂はまだ襁褓（むつき）を当てたりしてはおらんぞ！ 新年のお祝い行事を全部を詠んでやろう。謹聴して聞けイ！。

〝屠蘇は匂い粥美味いよ 新年年始 酔い舞う愉快 鬼は外〟（トソハニオイカユウマイヨシンネンネンシヨイマウユカイオニハソト） どうだ！

「では諸君！ よいお年を！」

朝、居間に降りるとホームズはいなかった。
わたしは愛犬のブルドッグと共に散歩に出かけた。
街角で赤毛の野卑な馬丁とぶつかりそうになった。
「おいホームズじゃないか、その変装は何なんだい？」
「えっ、どうしてわたしと分かったんだ？ 念入りに変装したし誰にも見破れるはずはないんだがね」
「初歩だよ、ホームズくん、何も不思議なことはないよ。わたしが連れてる犬が吠えなかったし、嬉しそうにすり寄って短い尻尾を振っているじゃないか」

# 雪の街で　止まり木酔夢譚

機体は渦巻くブリザードの中で必死に耐えていた。バイカウントの4基のロールスロイス・エンジンは金切り声を上げ、翼は大きく揺らぎジュラルミンの撓む音は神経を逆撫でする。まるで瀕死の鳥が揚力を少しでもと求めて羽ばたいているようだ。まだしも自分で操縦していれば気も休まるだろうに……もう、何回目のランディング・アプローチだろうか、旋回する度に海面が翼先に迫ってくるようだ。窓の外は雪雲が低く垂れ込め、暗灰色の雲から湧き出す雪片はざらつき、掠めるように飛び去って行く。どす黒い海面の波涛は泡立ち真っ白な飛沫を烈風が掬い去っていく。

……この海に不時着したら五分と生きていられないだろうな……。フト前座席の背の　Life jacket under your seat.その最後の t をだれかがイタズラで削り消してある。「……海の中——　嫌な冗談をしやがる。なにも好んで厳寒のシェットランドくんだりまで、それも仕事さ、ヴァイキングの火祭り「ウップ・ヘリー・アー」の取材写真を持って帰らなければ胃袋が干上がっちまう。「期待しているよ」編集長の嫌味なチェシャ猫のような笑いが鼻につく。フリーカメラマンの辛いところだ。

他の乗客も不安と緊張で顔は強張り、心なしか青ざめているようにも見える。機長のアナウンスがあった。「レディス&ジェントルメン、滑走路が凍結して降りられそうにもありません。アバディーンに引き返します」ため息とも安堵ともとれる声にならない声が機内に満ちた。北海油田に沸く空港は混み合っていた。メジャーの重鎮か？ブラックアストラカンのコートにステットソン、足元は刺繍入りのカウボーイブーツだ。奴らはテキサス流で世界をのし歩く。この神経にはかなわない。鮮やかなオレンジ色の繋ぎを着た技術者たち、島に帰るのだろうか、純朴そうな老夫婦、ヴァイキング子孫を思わせる髭面の大男……。カウンターで荷物を受け取り航空会社が手配したホテルに向かう。

ライオン・インペリアル・ホテル。燻んだ重々しい石積みとヴィクトリアン栄光の残滓、かつては壮麗だったのだろう。ボールルームには紳士、貴婦人がさんざさざめき夜毎の嬌声とシャンパンの泡が弾けたのか。名前がご大層なだけでよけいに寒々とする。擦り切れた絨毯を歩み、薄暗い廊下を幾つも曲がり、アカンサスの装飾や大理石の彫像、煤けた鏡、装飾過多、古の大老嬢を彷彿とさせる。部屋も大げさな割にはスチーム暖房器が一つ、——シャワーでも浴びるか。湯の出も細く生ぬかった。火傷をしそうな熱い刺激を期待していただけに何か裏切られたような気分だった。

急に空腹を覚えた。そういえば朝からブラックコーヒーしか口にしていなかったナ。

着替えてロビーに出た。古いツイードやチープなコートを纏った薄汚い連中が四五人たむろして声高に喋っている……ハギスとアルコールの匂いが鼻につく。

「申し訳ございません。何しろこの雪なもんですからレストランのスタッフは早退させまして食事はとても……でもこの表から少し行くとパブが開いてございます。そこなら」慇懃無礼なマネージャーに送られて外に出た。

北の夕暮れは早い。雪も風も少しはおさまったようだが歩道の雪は靴をのめり込まし痺れるような寒気が這い上ってくる。薄暗い電灯に照らされた「パブ・キャッツバック亭」。猫背屋？ 妙な屋号をつけやがる。緑のペンキを何十回も塗り重ねた年輪の重いドアを押し開けた。十人ほどの客がいた。ほとんどが年寄だ。なかにワルプルギスの夜からホウキに跨り飛んで来たのだろうか、木乃伊のような斑髪の婆さんは深い皺の中に顔があった。だらしなくビールを啜り調子外れの歌を唸っている。男どもは賭けダーツゲームに興じている。その連中の舌打ち、罵り、口笛……。

隅の席に腰を下ろした。

「ラムチョップなら」「それを、ポテトも添えて、そしてラガーだ」

不味い生焼けのラムをビールで無理やりに流しこんでいると、きつい体臭と酒精の入り混じった不快な匂いを発散させながら老いた牡牛のような男が隣の席に寄ってきた。

「アメリカ人かい？ それとも日本人、いやアメリカ人に違いない」

「……」一杯の酒を強請るこういう輩はどこにでもいる。あまり相手にはしたくない連中だ。「あっしも世界中を旅したもんさ、アメリカだって東から西まで、メキシコにまで行ったんだぜ。あっしもあの頃は大したもんだった。どこへ行っても大歓迎でよ、ステート・フェアなんかじゃあっしの舞台が一番人気さ」。急に食欲が失せた。こんな北の街で……まあ、それも一興か。

「ウィスキーをくれ、彼にも一つ」

「あんがとよ、恩に着るぜ。あんたの健康を祝して！ スキン オブ ノーズ！」

「スキン オブ ノーズ？」

「鼻の頭の皮が酒に濡れるくらい並々入っているってことさ。ところであんたは結婚しているかい？ それとも好きな女がいるんだろう？ いるんなら大事にしなされよ」。

「……」

「あっしも昔、惚れぬいた女がいたんだ。ジェーンと言ってな、すこぶるの別嬪でよ、でも気性は激しいというか浮気っぽい奴でよ。ほら何とか言ったけ？ そう、カルメンのような女でな。恋と嫉妬は兄弟だ。と言うが、見えなくさすんだ。この眼をよ。本当に惚れるとな」

時が無残に変形させた男の顔に追憶とも後悔とも自責ともつかぬ表情が浮かんだ。かっては精悍な美丈夫だったのだろう。さほどの背はないが、禿頭から生えた太い首、逞しい肩幅、七面鳥のような赤くたるんだ喉、かっての秀でた鼻梁のいまは潰れたパプリカを思わせた。白髪まじりの無精髭に埋まった肉塊？ 眼の下の弛んだ肉袋、糸ミミズの網の目ような血管が鼻と頬に浮かび、無数のクリークが顔面を覆っていた。

カラン！ ダーツゲームの矢が針金枠のスパイダーに当たったのだろう。足元に転がってきた。男は拾い上げると無造作に盤面に向かってなげた。相当な距離だ。見事ブルズアイに突き刺さった。── そんなのまぐれに決まっている。そんな訳はないさ！

「誰もあっしを仲間には入れてくれねえんだ。あんまり巻き上げたのでどこのパブでも仲間はずれさ。腕が違いすぎるんだよ。おまえのはゲームじゃない。追い剥ぎだ。みんなそう言うんだ。おかげで最近は一杯の酒にもありつけない始末さ」

男は食べ残しの皿から薄っすらと血脂に塗られたラムチョップのナイフを取り上げ、電灯に透かしたり顔を映したり、切れ味を試すように親指の腹で刃を撫でている。ごつい男の手はステンレスの重さを確かめるように軽く放りあげたり左右の手に往復させていた。生牡蠣のようなトロンとした灰色の眼、それが見えない遠くを見るように中空を彷徨っている。

「お若いの、時間というやつは忘れもさすが …… あんたも好きな女を大事にしなされや」

高鳴るファンファーレ、スポットライトを浴びてジェーンが登場した。高く結い上げたブロンド、ライトに煌めく宝石。大胆に伸びた長い脚、大胆なファーをあしらったケープの下は身体を隠すのが申し訳ないほどのスパンコール、歩みに連れて黄金色に乱反射する。続いて髑髏と大腿骨のぶっ違いマークを付けた帽子、そう、ジョリー・ロジャーだ。海賊船長に扮したキャプテン・ジャックが現れた。海賊に囚われた姫君という設定だ。ジャックはナイフ投げの達人だ。舵輪を模した大きな円盤にダ・ヴィンチの人体図のようにジェーンを縛りつけた。

ナイフ投げは阿吽の呼吸が大切だ。わずかに身体を動かすだけで大怪我、いや死にも直結する。ジェーンはジャックに微笑のサインを送った。「まかせたわよ」

ジャックは慎重に目隠しをした。もちろん隙間があり見えるのだが、観客の期待と不安をより煽るためだ。ドラムがピアニッシモからフォルテッシモに高まり一瞬に消えた。

第一投。ストッ！ 右足首すれすれに、見事だ。狙いすました第二投は左足首……ズトッ！ 続いて右手首の皮一枚、ドスッ！ 第四投は左手首に。数ミリとは離れていない。右脇腹、バスッ！ 柔毛をかすかに揺るがす。くすぐったいような感触。左脇腹にヴスッ！ 震える刃の鋼が冷い。長い脚の合わさるところギリギリに突き刺さる。スパンコールを数枚吹き飛ばした。次は頭の上だ。シュー……スタッ！ 少しずれた。結い上げた髪束に薄く突き刺さった。はらはらと数本の髪の毛が散った。首の根本にグァッ！ 反対側にもダンッ！ 右耳の上に爆裂した。ガスッ！ 近すぎる。今日のジャックは何か……バスッ！ ジェーンの耳には轟音だった。耳を掠めてブロンドを数本断ち切った。斜め上に眼球だけを動かした。柄がブルブルと震えている。

……何か変だ。いつものジャックではない。――もしかしたら？ そんなことは絶対にないわ。今日はちょっと緊張しすぎなのよ……。でも、もしかしたら？

昨夜、ジェーンはクリントのトレーラーにいた。彼はサーカスの花形スター、空中ブランコ乗りだ。逞しく引き締まった身体が空中に舞う様は華麗な蝶だ。甘く端正、酷薄そうな灰色の瞳、白い歯が印象的だ。

トレーラーの中の熱い時間……。

「誰か外にいるんじゃない？ 窓に影が……」

「気のせいだよ。誰もいやしないよ」クリントの唇は執拗だ。

「でも……」クリントが窓を開けた。月光に大テントの黒々とした影。遠くに曲馬たちのいななきが聞こえる。ライオンが一声吠えた。

「ほら、誰もいやしないよ。どうした、もう帰るのかい?」名残惜しそうにクリントがもう一度抱き寄せた。ジェーンは腕をそっと抜け出した。

シャー! ズダッ! 空気を引き裂き突進し右脇の皮膚を薄く殺いだ。生暖かいものが滲むのを感じる。最後は左脇だ。静まりかえる場内、固唾を飲む観客の眼。心臓があばら骨を突き破りそうだ。微笑が凍りついたままジェーンは声にならない悲鳴を上げた。

ジャックがギラギラとライトに照り映えるナイフを高く高く振りかぶった。

ドラムの響きが急激に高まり、一瞬に静寂。

## 雨　止まり木酔夢譚

暑い。たまらなく蒸い。雨は降り続いていた。時には烈しく、なまあたたかく、じっとりと。いまは霧のような微細さで皮膚に纏わりつき、湿気は隙間という隙間を埋めつくし呼吸するたびに肺から汗腺にまで充満していた。拭いても拭いても汗は染み出し、首筋になま冷たい蛞蝓が蠢いているようだ。昼間の作りものの真面目さをかなぐり捨てた夜の街は一層の醜悪さを発散していた。空は重く低い。時折遠雷が街を撼わす。梅雨明けが近いのだろう。冷媒機の熱風、毒々しいネオンのスペクトル、夥しい食い物屋の混雑した排気、酔客の息とわめき声、ハンディフォンに憑依された少女、前頭葉が萎縮した客引き、都会という有機体が発酵し発散する臭気の複合体、……。人という生物が蝟集し複雑極まる構造があり、それぞれがエゴの論理で生きている……。現代とは何なのだ？　生きるとは何なのだ？　俺の頭に住む「シニカルなこびとさん（ホムンクルス）」よ、いるなら教えてくれ！　……　フン、それが人間というものさ。

「いらっしゃいまし」店は半分の入りだった。マスターの会釈、いい顔だ。磨き込んだカウンター、セピア色の空気。グラスが小さい無数の十字架を煌めかす。バーは異次元だ。静かな客が穏やかに過す店だから通い始めた。マスターの寡黙さがいい。L字型のカウンターの一番奥。そこが勝手に決めた私の指定席だ。壁に半分身体を持たせかけアルコールと共同作業で空白になる。それが私流のスポーツみたいなもんだ。今夜は先客がいた。一つ空けて座った。先客は意味不明の独り言を喋り続けている。ドアの隙間から白光のストロボ、少し遅れて重苦しい響が伝わってくる。

私は精神科医を長年やっている。だが最近は仕事に疑問を感じている。大脳生理学なら分からんこともない。ＣＴ、ｆＭＲＩ、ＰＥＴ、それらは当てになっても意志や人格が画像になる訳がない。そしてだ、果して心理学は科学なのだろうか？　……　単なるドーパミン、ノルアドレナリンやエンドルフィンなどの脳内物質作用なんじゃないのか？　……　パブロフの犬、ワトソン、スキナーの鳩や鼠がどうした？　……　犬や鼠は人間じゃない　……　肛門期、口唇期だって？　一〇〇年以上前の学説がいまだに通用するのか？」またインクの染みや樹の絵で心が分かるって？　エディプスコンプレックス？　アダルトチルドレン？　トラウマ？　本当の多重人格なんているのか？　……　医者を喜ばすお芝居？　自分が自分を演じているんじゃないのか？　……　つらい思い出はすべてＰＴＳＤか！

現代文明の豊かさの享受だって？　統合失調症は、１００人に１人がかかる頻度の高いものだ。

……心の時代だと？ 癒しだと？ 占い、血液型、新興宗教、α波、サプリメント。……みんなプラシボ効果にしか過ぎないのじゃないか？ それで癒されるなら結構なことだ。

私たちはいったい何をやってきたのだろうか。最初から掛け違ったボタンだのに、理屈にあわせるために膨大な論理というバベルの塔を築いてきただけかも知れない？ 心理学？ 昼飯に何を食うかも、ジャンケンだって心理学だ！ ゲノムを解読し脳をスキャンし……。ああ、リンゴはなぜ赤い？ 薔薇の匂いはどうだ？ イメージとは？ クオリアとは？ ……脳が脳を見ているのかね。

二杯目をお代わりした。四人連れが出て行き店が急に静かになった。隣の老人を目の端で観察した。かっては偉丈夫だったのだろう？ 木乃伊のように痩せた首に喉仏だけが痛々しい。喉元と両頬に薄っすらとケロイドの瘢痕、白髪混じりの薄い頭髪、窪んだ眼窩、時間にすり減らさた肉体。しかし、何十年も心の奥津城に重いものを持ち続けた耐えることを知っている気概が感じられる。三杯目をお代わりした。客は私たちだけになった。

「どうだ、美味いだろう？ お前と飲めるなんて」……老人の独り言は止まない。典型的な症状だ。彼にとっては隣りに友か誰かがいるのだろう。彼にとっては現実に存在し、会話を交わし、……老人が私を見た。

「気になったらすみません。私がおかしいとお思いでしょう。独り言でも透明人間がいるのでもありません。でも本当にいるんですよ」

「……」

「お話してよろしいでしょうか？ どうやらあなたなら聞いていただけそうだ」職業柄、興味がわいてきた。バーで診察をするのも一興だ。四人連れが席を立った。

「そうですね。客も私たちだけになったようですし、さ、どうぞ」

白紫の閃光がドアの小さい窓から暗い酒場にフラッシュを切る。続いてバシッ！ 直近に強烈な破裂音、一瞬で電気が消えた。暗闇に懐中電灯の青白い光動き廻り蝋燭が灯った。バーのカウンターにはこの方が情緒的だ。電話が鳴った。電話は切れていないようだ。「すみません、近所で息子もバーをやっていまして、ロウソクを切らしてしまったようですので、ちょっと持って行ってやります。こんな夜はもう誰もいらっしゃいません。お酒が切れたら前のボトルからどうぞ適当にやって下さいまし。ホンの十分ほど失礼いたします」

ゆらゆらと揺れる灯に老人の顔が揺れる。ジョルジュ・ラトゥールが描く絵画のようだ。老人は一人で会話を続けている。

「あの日も今日のような雨ばかりの日々でした。とてもこんなもんじゃありません。そこは世界一の豪雨地帯で、雨期の間だ降り続くのです。もう六十年以上前にもなりますが、わたしたちは飢えに飢え、痩せこけて、病気だらけでアラカン山脈を彷徨していました。それはひっきりなしの雨、なまあたたかく、夜には身を凍らす雨でした。……それは霧雨であり、土砂降りであり、目を打ち全身を溶かす雨です。おまけにマラリア、デング熱、熱帯性潰瘍、下痢、ヤマビル、……しかし飢えこそ……這うように足を引き摺り、その一歩、一歩が食料に近づけると自らに言い聞かせ、軍服は破れ肌にまといつき靴はなくボロ切れを巻いただけです。銃は捨てました。持っていても弾はありませんしね。飯盒と手榴弾だけは捨てませんでしたよ。食うためと自決用です。哀れな敗残兵そのものです。夜中に遠近から爆発音がします。「ああ。また誰かが……」

わたしは無二の戦友、一本のタバコも二人で分けて飲みというやつです。お互いに励まし合いながら敗走していました。勇敢な男でしたよ。斬り込み隊には率先して行きました。まあ、敵を倒すと言うより食料を奪うためですが。暗闇の中、草の葉擦れも忍びつつ蝸牛のように匍匐前進し、鉄条網を潜り、手榴弾を叩き込み手当たり次第その辺のものを分捕ってくるわけです。そしお返しは数百倍の報復砲撃に耐える毎日した。

お互いに励まし合いながら骸骨が襤褸を纏った姿で生ける屍そのものです。食い物は皆無ですが雨という水だけはあり過ぎるほどに。ある夜二人とも今夜が最後だな、とお互いに分かっていました。

「おい、約束してくれ。こんなところでクタバルなんて、弾に当って名誉の戦死なら納得もしようが、こんな理不尽な死に様ってあるか。生き残って国に帰り一言でも喚いてやりたい。そして、そしてあいつに会いたい。

「俺は貧乏な百姓の三男でな、東京に出て町工場で働きそこで知りあった女と将来は一緒になろうとお互いに決めていたんだ。そいつも口減らしのために出てきて国元に仕送りを続けてよ、自分のことは一切構わず、綺麗な着物や化粧が一番したい年頃なのにな。そして俺に召集令状だ。軍隊じゃ飯も食えるし服も支給され革靴だって生まれて初めて履いたんだ。俺のことはもういい、でもあいつはどうして生きていくんだ。

「おい、約束だ。俺が先に死んだら俺の肉を喰って生き延びてくれ。そして故国に帰り一言でも上の奴らに言ってくれ！お前たちの無茶苦茶な戦争のため名誉の戦死をしたとな！そしてあいつを探し出し幸せにしてやってくれ、約束だぞ！

お前が先に死んだら俺はお前を喰う。そして生き延びてやる。ナ、約束だぞ」

「オレはとてもそんな約束など出来ん！　それより元気を出せ！　二人とも生きて日本に帰り美味い酒でも飲もう。そんな希望を捨てずに生きるんだ！　明日には何かが起こるかも知れんじゃないか」……

「いや、夢でもそんなことは起こらんよ、それより約束したぞ」

戦友はその夜に亡くなりました。それからは一人で這いずり回りながらやっとチンドウィン川が望めるところまで辿り着きました。その時です、爆音と同時に目の前に強烈な白熱が！……気がつけばインド兵が覗き込んでいました。ハッとした瞬間、激烈な痛みにまた失神しました。……イギリス軍の野戦病院に収容されていたのです。徐々に火傷の傷も癒えて収容所の意地の悪い過酷な労働生活が続きました。そして二年後に帰国できました。

焼跡と闇市の時代です。一度死んだ命です。怖いことなど何もありません。生きるために何でもやりました。その間にも戦友から頼まれた「あの女」を探し続けました。そして一年後、池袋の外れの居酒屋で酌婦をしている女を見つけました。闇市の食料など運んでやっているうちにいつしか一緒に暮らすようになりました。やがて混乱期が終わり神武景気とかで「もはや戦後ではない」という言葉が流行り、私も小さいながら従業員の四、五人も雇える町工場をやっていました。

寡黙な女でした。どんなに苦しくとも何も言わず、じっと耐える女です。高度成長期に入り工場も大きくなり、さあ、人生もこれからだ。「お前にも苦労かけたが欲しいものなら何でも言えよ」そんな話をしても「今のままでいいんです」と一言。残念ながら子供は授かりませんでした。そして家も建て電化製品も車も買い、少しの贅沢もできるようになった時、妻が病気になりました。癌です。すぐ入院、手術、手遅れでした。どんなに苦しくても一言も「苦しい」とは申しません。ただじっと耐える女です。やせ細り骨と静脈が浮き出た手を差し伸べ「あなた、有り難うございました。幸せでした」

それが最後の言葉です。

その頃からです。戦友が現れ始めました。

「有り難う。よく約束を守ってくれた。本当に有り難う。いつもその言葉です。それでうまい酒を二人で飲っているわけです。えっ？　あなたは戦友がここにいるのを信じないのですね、無理もありませんが本当に今ここにいるんですよ」

「……」

男が上着の前を広げシャツのボタンを外し始めた。

そこに見たものは引きつり、のたくったケロイドの渦の中に、まるで平家蟹の甲羅のように、いや、もっと 明瞭に一つの顔があった。

## 極端小説

短編小説。その中に面白さのエッセンスを凝縮し、冗長ならず鮮やかに切り取る手練の技を見せる。それは居合にも似て鞘のなかですでに相手を斬るというアイディアの冴えで勝負するのだ。もっと短いショートショート、いや極短小説というのもある。英語では55語以内で書き上げる。つまり〝Fifty-Five Fiction〟という訳だ。日本語なら二〇〇字以内といったところか。でもジョークや駄洒落のオチでは？で起承転結、小説の態をなしていなければならぬと。……難しい。

カトゥーンと言う一コマ漫画がある。あれって一コマに知恵を絞ること悪戦苦闘だと聞いた事がある。外国ではそのアイディアだけ売る商売があるそうだ。まあ、極短小説もそんなものか。

## 名手

ザハリコフ中尉はソヴィエト軍第一の狙撃手だ。フォン・シュタイナー少佐はドイツ軍最高の射撃教官だ。彼らはスターリングラードで相まみえた。名手であるほどチャンスは一度切りだ。五百メートルの距離は彼らにとっては必中圏だ。両者とも完璧に相手を捉えた。敵の銃口がスコープにクッキリと見える。名手中の名手であるだけに引き金を引いたのも同時だった。弾丸は当たらなかった。あまりにも完璧な射撃だったので両者の弾丸が空中で正面衝突したのだ。

## ドランカー

「そんなに飲んじゃいけませんよ。ここはバーじゃありませんし」「いいんだ。金ならある」「しかし、困るんですがね」カウンターの男は顔をしかめた。「そんなことを言っていると君を……」血液センターの職員は恐怖に震えて懇願した。「お願いです。ドラキュラ伯爵さま」

## 最初のビジネス

若く魅力的な二人は一文無しだった。一人前になるためには何か仕事をしなければならない。お腹が空いた。女はリンゴを囓った。突如、彼女の身体に衝動が走った。「ねェ……」「ン……」

気がつけば、生まれたままの姿でいることに微かな寒さと不安を感じた。金をかせがなきゃ二人は……。男はひらめいた。「そうだ！　洋服屋をやろう。絶対だよ！」。

## 長いお別れ

今日は来てくれるだろうか。いや必ず来てくれる。特別の日じゃないか。娘のサリー。あの栗色の髪、ちっちゃな唇は甘いキャンディの香りがする。ほんとうに楽しみだ。足音が聞こえるぞ。サリーのスキップだ。ハイヒールの音はヘレンだ。優雅に歩む姿が浮かぶようだ。どれほど愛しているかわかるかい？

幸せな日々は短いものだ。あのパーティの後、気分が悪くなって……。おや？　もう一人の足音がするぞ。男だ。三人が立ち止まった。花の香りが流れる。ライラックだ。雛菊もある。ヘレンの声だ。「あなた、もう来ることもないわ。今日はその区切りよ。新しい人生を始めるの。さようなら」「さあ、サリー。お父さんに最後のお別れを言いなさい。今日からヘンリーが新しいお父さんよ」「ヘンリー？　あの保険屋の？　あのパーティで飲んだ酒……」

墓石は黙して語らない。

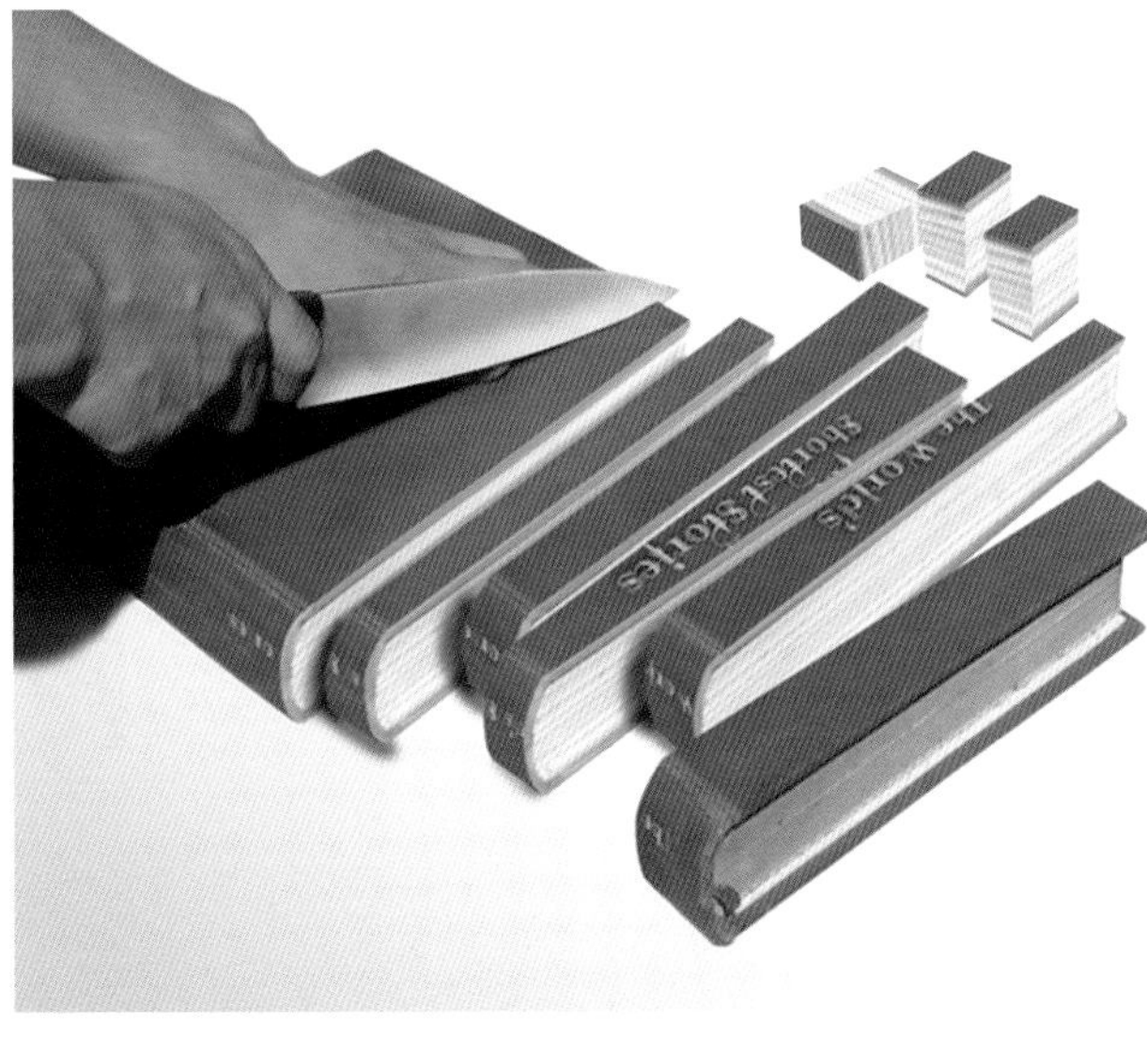


## 深層心理

彼女は手を洗い続けた。洗っても洗っても心は安まらない。それはトラウマなのか？　イドの奥底からこみ上げる脅迫観念か？　どうしても衝動を止めることができない……。

「ああ、落ちない、落ちない」森が動くように人々の一団が現れた。

「見て！見て！かわいいなー、あのアライグマ」

## 海水浴

ホームズとワトスンが休暇で海辺に行った。「泳ごうぜ」「だけど水着を持ってこなかったよ」「イイんだ誰もいないし生まれたまんの姿で泳ぐんだ。海は生命の書だ故郷だ、だからバースデイスーツでイイんだよ」さんざ泳いだ後ビーチに寝転がり「気持ちイイね。論理家は一滴の水からナイアガラ瀑布や大洋だって存在することを推察できる」「そうだね生命全体は大きな連鎖であり、推論と分析の科学は……寒くなってきた、そろそろ行こうか」「おい、ワトスン、誰かが僕たちの服を持っていっちまったらしいぞ、盗まれたんだ!!」（世界で二番目に有名なホームズジョークのパロディ）

## 不眠症

ドリーは眠れなかった。数を数えた。羊が一匹、羊が二匹、羊が三匹……。幾ら数えても睡りは訪れない。二千九百九十九……。バイオ研究所の博士が牧場主に言った。「三千匹目のクローンの誕生です」

## 最後の晩餐

拝啓、クラリス様……ハンニバルより　羊たちの悲鳴は止んだかね? 私は人生の最後を飾るに相応しい場所を得たよ。ディナーの準備も整ったようだ。湯もぐらぐらと沸いている。シャトーデュケムやチェンバロの代わりに極上の椰子酒とタムタムの響きがある。久しぶりの正餐にみんなも興奮しているよ。酋長も舌なめずりしている……。「あっ痛い! もっと紳士らしく扱えよ」

## 釣り師

釣り師の話はでかい。釣り落とした魚はもっとでかい。

「オレがユーコン河で落としたキングサーモンな。ありゃ6フィートはあったぞ」「それがどうした! 僕がマダガスカルの沖で釣った奴はな、あと僅かのところで糸をかみ切りやがった。ゴンベッサだよ。シーラカンスだ!」「何を言いやがる。ワシがカリブ海で闘った大物はな。釣り上げるのに三日三晩じゃ。しかし、帰りに鮫どもに食われてしまいよったがな」潮焼けした老人が自慢した。

その時一人の男が店に入って来た。釣り師ならぬ古風な装い、沈痛な顔に太い傷跡、脚は義足だった。みんなは急に黙り込んだ。「おい、みんなどうしたってんだ、いったい奴は何者だ?」「シーッ、エイハブだ。エイハブ船長だよ!」

**酒と薔薇の日々**

現代はストレスに満ちている。酒にのめり込んだのもそのせいだ。彼は完全なアルコール中毒者になった。当然会社はクビになった。家庭は崩壊、浮浪者になり果て「ああ、酒が欲しい。酒、酒、酒が……」。譫妄症が現れ幻覚に襲われた。彼は酒のために犯罪さえも犯した。精神病院に収容されそこで死んだ。死の間際に何か一つでも良いことを残そうと思った。「僕の身体を役立ててください。こんな人生をおくらせないために……」願いは成就した。彼はいま病理学教室にいる。アルコール漬けの脳標本として。

**側近**

権謀術数が渦巻く第三帝国の神殿はストレスが多い。忠誠心こそ生き抜く知恵だ。ナチの高官が最初は食べ過ぎ、神経をすり減らし、そして胃潰瘍になった。入院にあたって医者に一つの注文をつけた。大手術だった。手術は成功した。総統が見舞いに訪れた。

「元気になってよかったな。君は我が党になくてはならない存在だ。ところで傷口を見せてくれんかね?」

「ハッ!総統!ハイルヒットラー!」彼は痛みをこらえてサッと立ち、踵をハッシと打ち、パッと右手を挙げパジャマを勢いよく開いた。腹には大きく見事なハーケンクロイツの手術跡。

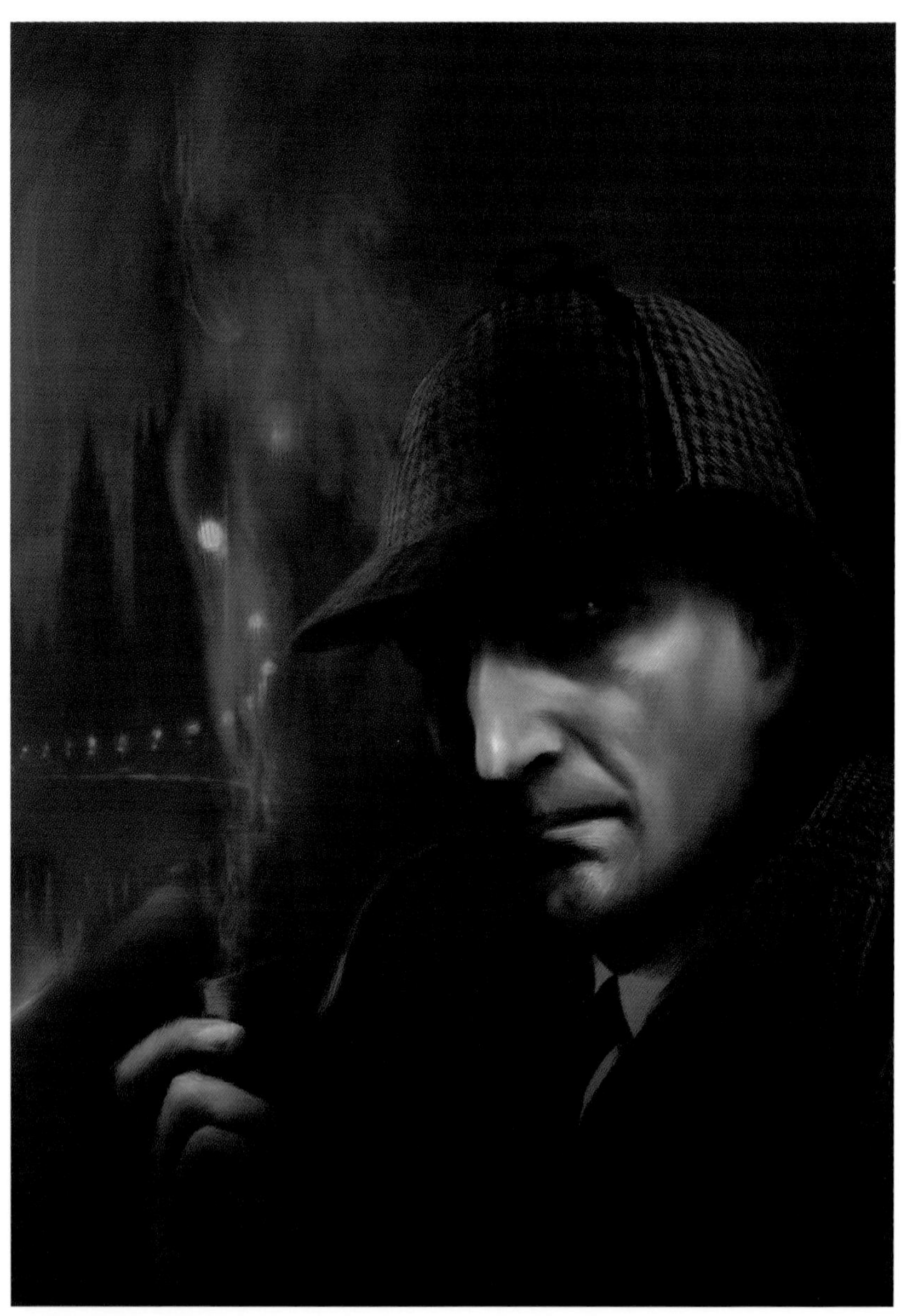

“There is nothing more deceptive than an obvious fact.”
「明白な事実ほど当てにならないものはない」シャーロック・ホームズ（ボヘミアの醜聞・1891）

# 最後の挨拶

名残惜しいがそろそろお別れの時が来たようだ。私たちの異聞冒険譚をお楽しみいただけたろうか？　まだまだ語りたいことは山のようにあるんだがネ……

# 回想のシャーロック・ホークス

ホームズの思い出の品々はまだまだ数多くあるのだがすべてをお見せできないのが残念である。ワトスン博士の未公開事件簿やその証拠品が入ったが書類ケースは未整理の状態である。いつの日にか公開する機会もあるだろうが、その片鱗をお見せしよう。

ベーカーストリート遊撃隊のウイギンズ君がMAD誌のアルフレッド・E・ニューマン君に扮した写真である。さすがにホームズ直伝の見事な変装術ではないか!

またホームズが思い出に浸る絵を入手した。「アイリーンの面影」である。画家の子孫より名は秘して欲しいとの強い要請があった。原画を見たいというシャーロッキアンが押し寄せることを危惧したのであろう。

Wiggins of the Baker Street Irregulars

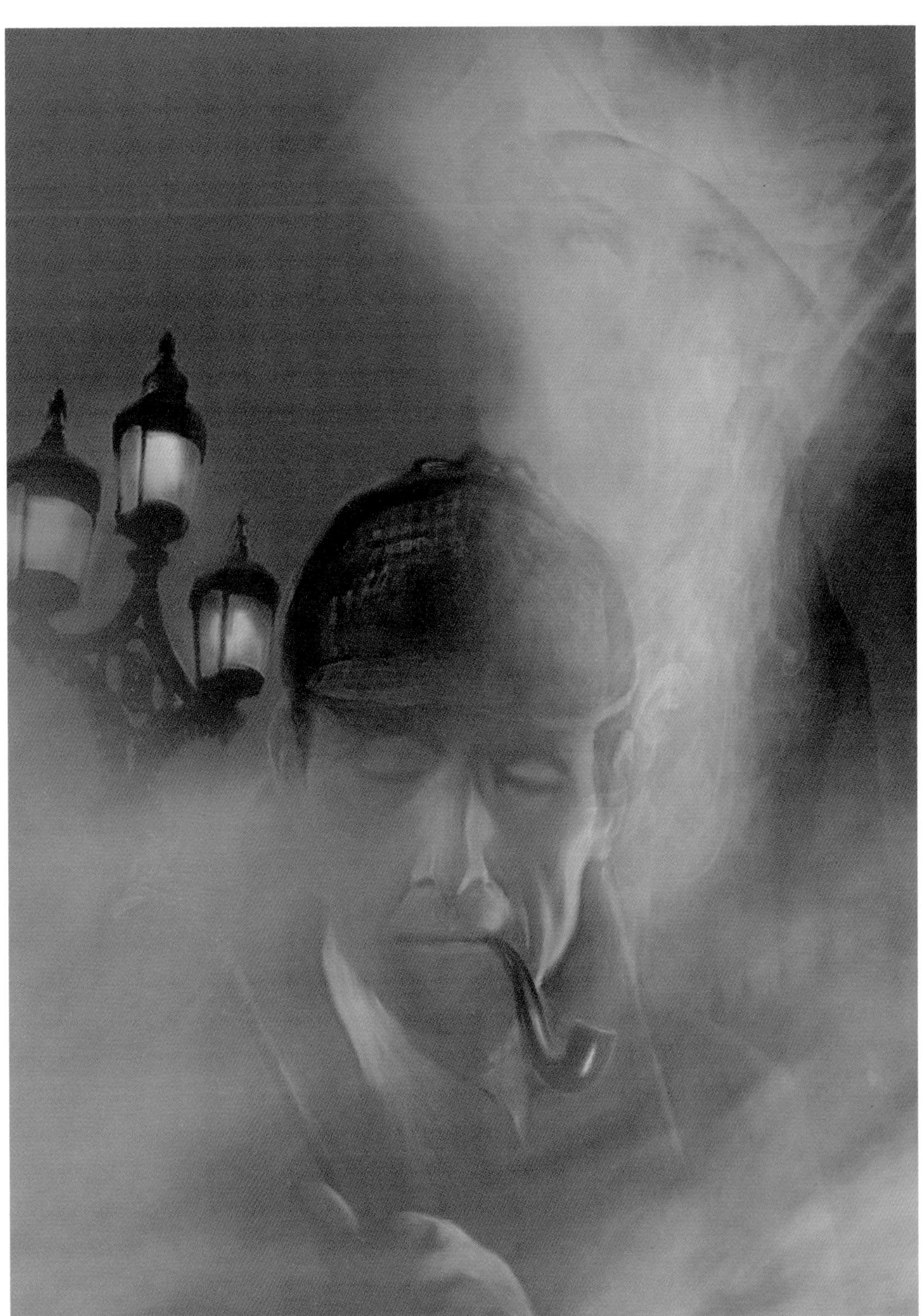

Tha Woman - Irene Adler

# To bee, or not to b ee, that is the question.

Two bee or not, two bee does it really count ?
二匹の蜂かどうか、本当に数えてみる？

「おい、ホームズ、タイトルの綴りが間違っているぞ、bee ではなく be だよ。文学の知識なしだね」
「初歩だよ、ワトスン君、ぼくが引退して何をやっているか知っているだろう。「実用養蜂便覧、付・女王蜂の分封に関する緒観察」を読んでほしいものさ。だから bee でいいんだよ」。シェイクスピアも「テンペスト」で歌っているよ。～ミツバチが吸う蜜を私も吸い、九輪桜の花の中で寝るふくろうの鳴き声が子守歌～とね。18 世紀のバーナード・デ・マンデヴィルも「蜂の寓話・私悪すなわち公益」で人間と社会を冷徹に見た詩を作っているね。そしてハチは壮大な化学者なんだ。ミツバチは、花から蜜を集め、それを蜂蜜に変えるだけでなく、ワックスや他の物質さえも作る。これは人類の長い間の驚きと不思議の源だ。……だから多くの詩人や哲学者がこの生き物を人間社会に見立てているね。女王を頂点に働き蜂という労働者、この組織や構造、まるで階層があるような生活など、人 間のそれに似た社会的構造を見たんだね。

でも、この集団は実際には家族集団であり、内容的には人間の社会とは大きく異なるよ。何でも擬人化するのは本質を見誤るね。量子力学は、決して禅哲学にはなり得ないし、光子は決して人間の意識の動きを表示しない。相対性理論は、倫理学の相対主義とはなんの関係もない。ポストモダニストたちは比喩としても、いいかげんな自然科学用語の使用が多いね。「知の欺瞞」だよ。Two bee or not, two bee does it really count ? こんなのもあるよ。

シャーロッキアンは正典・聖典（カノン）を克明に読み解き新発見と新説を論じていく。架空の？ 人物でありながら、これほど実在感のある人もいませんね。まあ、何しろ英国民謡の「Home ! Sweet Home !」（埴生の宿）でも歌われているのだから。
～There's no place like home ～だが、これが大間違いなんだ。
正しくは ～ There' s no police like Holmes ～だ。

ホームズ！ どうしたんだい？ その顔は？ 得意の変装術かね。

いや、油断したのが悪かった。ハチにこっぴどくやられちまってね。

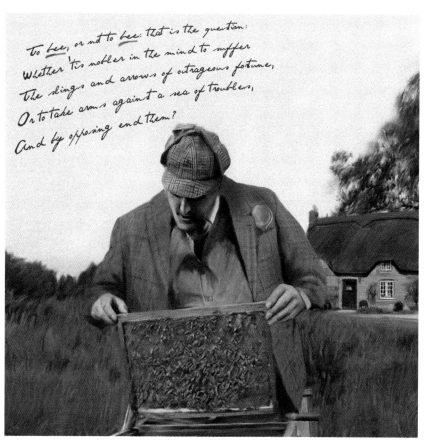

To bee, or not to bee: that is the question:
Whether 'tis nobler in the mind to suffer
The slings and arrows of outrageous fortune,
Or to take arms against a sea of troubles,
And by opposing end them?

ホームズは隠退してサセックスのサウスダウンの小さな農園で、養蜂と著作と読書の生活を送っている。いまは暇にあかせて「探偵術大全」「我が探偵術の生涯」を書き綴っている。そして化学実験と最新の物理学に関する探求の日々である。スイスを再訪しライヘンバッハの帰りにベルンに立ち寄った。そこで特許庁に務める若き研究者と偶然に知り合い意気投合、彼の言う「この世で最も理解できないことは、それが理解できるということだ」と。*

まあ、重力にその責任はないだろう。

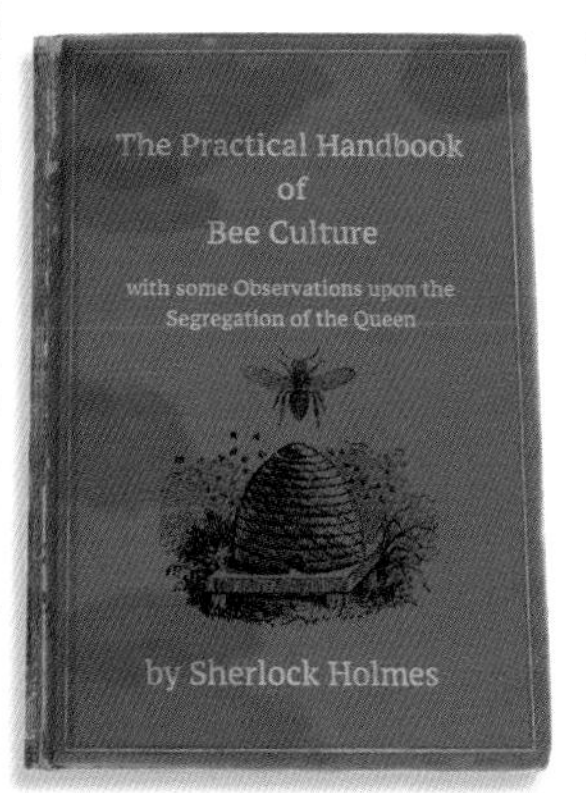

The Practical Handbook
of
Bee Culture
with some Observations upon the
Segregation of the Queen
by Sherlock Holmes


＊アルベルト・アインシュタイン：一九〇五年、「光量子仮説」「ブラウン運動」「特殊相対性理論」を発表、奇跡の年と呼ばれている。そして一九一六年「一般相対性理論」を発表。

# 黄昏

死、それは明日がないことだ。――エリック・ホッファー

ここサセックスの丘陵、ホワイトチョークの海崖が続く。男が一人夕日を浴びて崖上のベンチに座っている。相当な高齢ではあるが背筋は伸び動作も機敏である。深く刻まれた皺、暗く落ち窪んだ眼窩に斜陽を受けた鋭い双眸が光る。男は回想に浸っていた。様々な冒険があった。友もいた。盟友ワトスン、誠実な出版代理人のコナン・ドイル氏、マイクロフト兄、ハドソン夫人、スタンフォード、日本人の画家悟徹、彼の招きで日本を旅し、チベットやハルツームにも。グレグスンとイタチ目のレストレード警部、そして推理と闘いに明け暮れた日々、数多くの悪人達、ミルバートン、ロイロット、モリアーティ教授、モラン大佐・・・・・　いつも心の奥底から蘇る「あの女（ひと）」アイリーン。ああ、もう九〇年近くも生きてきた。そして皆んなみんな去って行った……。

老人は陽の落ちる遠くの水平線を見つめた。また冷たい東の風が吹き始めた。今回は前回の何増倍の暴風だろう。いまオーストリアのランスホーフェン生まれのチョビ髭の男が吠えまくっている。危険極まりない存在だ。そうだ、秘密業務局外国課SSSから依頼されたエニグマの解読も急がなければならない。

男の口から微かな言葉が漏れた。

Tomorrow, and tomorrow, and tomorrow,
Creeps in this petty pace from day to day,
To the last syllable of recorded time,
And all our yesterdays have lighted fools
The way to dusty death.
Out, out, brief candle!
Life' s but a walking shadow, a poor player

明日が来て 明日が去り そしてまた明日が来る
時は小刻みに日々を歩み この世の終わりに辿りつく
すべて明日という日は愚者どもが塵と化す道筋を照らしてきたのだ
消えろ 消えろ 束の間の灯火よ
人の一生など歩く影法師にすぎない あわれな役者だ

（シェイクスピア「マクベス」第五場第五幕）

口端に自嘲を込めた含み笑いが ……　フッ、フフフ……

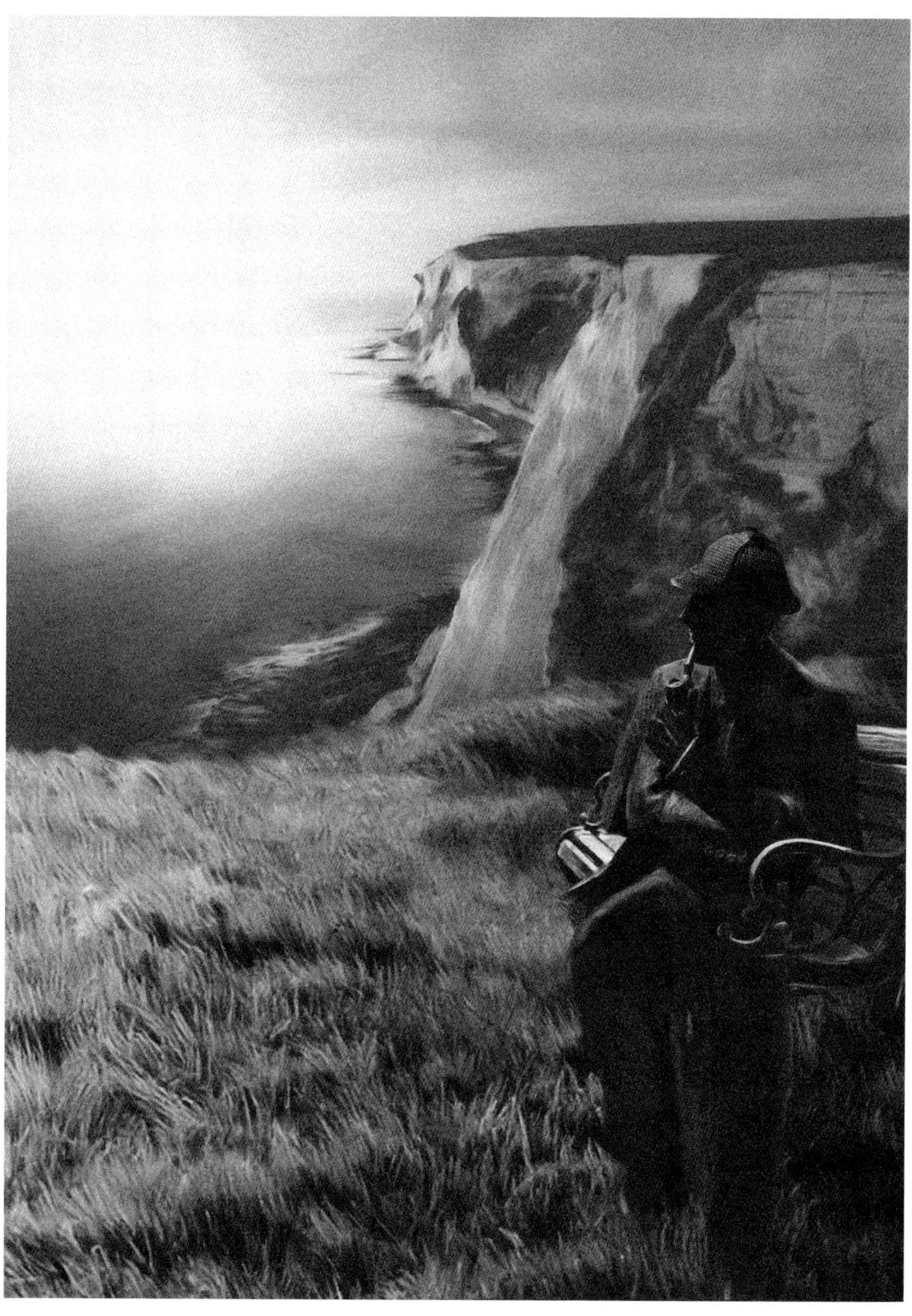

# おわりに、そして謝辞

さてお楽しみいただけたでしょうか？ シャーロック・ホームズを肴にあれやこれやと盛り沢山に詰め込みましたが、そろそろお別れの時がきたようです。ホームズの研究書や論文？は無数にあり、片っ端から読み飛ばして見たのですが……その伝記やパスティーシュの細やかなことと言ったら切りがありません。そう、「細部にこそ真実が隠れているのだ」とホームズは言いますが、シャーロッキアンたちの重箱の角を突つくことと言ったら呆れてしまうぐらいです。カノン（原典）を徹底分析し想像力を膨らまし脚色し、新たに創作されるホームズ神話？ わたしもそのカノンの原則は忠実に守ったつもりなのだが、果たして……。こんな楽しみを教えてくれた世界のシャーロッキアンに感謝するとともに、一粒の砂を投げ込みミニ波紋でも起こせたらとささやかな思いも込めました。

さて、わたしがこんな非生産的な遊びに浸れるのも先輩や多くの友人がいてくれたからこそです。

まず我が匠、繁治照男氏、わたしがまだ学生服を来ていた頃「君はどんなデザインが好きや？」はい、エスクァイア誌のアートディレクター、ジョージ・ロイスです。どうやってあんな発想ができるんでしょう！ またボブ・ピークのイラストレーションに舞い上がりました。そして映画タイトルのソール・バスです。「黄金の腕」「ウェストサイドストーリー」それからヒッチコック監督の「めまい」や「サイコ」「北北西に進路を取れ」みんなみんなです。その頃貧乏学生の少年は古本屋でエスクァイア、プレイボーイ、ライフ、セブンティーン誌を買ってその発想、広告やイラストのアイディアの新鮮さにため息を漏らし驚嘆していたものだ。そしてDunMasters社のメンズウェアの商品企画やデザインを担当し、カタログデザインの総アートディレクターが繁治氏であった。「おい飲みに行こか、次のカタログはどんなテーマなんや？」「はい冒険を背景にお宝の争奪戦を（その頃インディ・ジョーンズが評判だった）絵にしたら」「お宝は何やねん？」「マルタの鷹はどうでしょう」「ええや、鷹どうするねん」「はい作ります」早速、東急ハンズに走って粘土やスプレーを購入、ビデオを見ながら一晩で製作、布団乾燥機で乾かし庭でスプレーを、撮影当日まだ本乾きじゃなく少しネバネバしていた。それが本書の二四頁にあるマルタの鷹である。楽しい仕事だった。彼からはデザインの作法を多く学んだ。「デザインはエンターテインメントだよ！ カッコよく行こうゼ！」その言葉が忘れられない。

そして切り絵作家の成田一徹氏だ。阪神大震災の少し前に知り合い、言葉を交わした瞬間に友人となった。それより東京に行くと飲み交わし、彼が帰神すると飲み、バーのカウンターでブラッドベリやＳＦ、詩、朗読など即席の言葉遊びを楽しでいた。インターネットの時代が始まり彼のホームページやブログをわたしが制作、彼との交信を中年男二人が年甲斐もなくね。彼のホームズの切り絵を肴にパロディを作ると早速、当意即妙の返事を返してくる。それが七四頁〜のお遊びである。串カツ屋に行くと早速のパロディだ。「まだ揚げ初めし 串カツの 狐の色に見えしとき 前にさしたる竹串の 味ある人と思ひけり」こんな調子である。繁治氏も成田氏も非常にシャイな人である。生真面目で細心でないと出来ない仕事であるから繁治氏はわざと強面を通していた。お二人とも鬼籍入られてもう十年以上が過ぎた。彼らもこの本で笑ってくれたらと思う。

今も深夜のバーに一人でいると「おー来とったんか」と繁治氏、「やーゴメンごめん、遅くなって」と成田氏が入ってくる幻想にとらわれられる……。

またシャーロック・ホームズ・クラブ「仏滅会」会長、平賀三郎氏とメンバーの方々との楽しい語らいから数多くのアイディアを頂いたことに感謝するとともに、会員の皆様がよりユニークな研究発表をなされることを願って止みません。

あけび書房の岡林信一氏の叱咤激励がなければ怠惰なわたしにはとても作り上げることはできなかったと思います。

最後にこんな遊びを黙って支えてくれた家族と「やりなさい！」とけしかけてくれた妻にありがとう。

Mr. Teruo Shigeji

Mr. Itettsu Narita
成田さんは非常にシャイな方で自画像なんて作るわけがありません。そこでわたしが成り代わり切り絵を。「少し線がアマイな〜 ……」と苦笑いしていました。

## 【参考文献】


★「シャーロック・ホームズ全集」 アーサー・コナン・ドイル 深町眞理子訳 創元推理文庫 2010
★「シャーロック・ホームズ全集」 アーサー・コナン・ドイル 延原謙訳 新潮文庫 1953
★「シャーロック・ホームズ・ガス燈に浮かぶ生涯」 W・S・ベアリング・グールド 小林司／東山あかね訳 講談社 1977
★「シャーロック・ホームズの私生活」 V・スターリット 小林司／東山あかね訳 文藝春秋 1987
★「シャーロック・ホームズ世紀末とその生涯」 R・H・F・キーティング 小林司／東山あかね／加藤祐子訳 東京図書 1988
★「シャーロック・ホームズ原画大全」 J・B・ショー 小林司／東山あかね 訳 講談社 1990
★「シャーロック・ホームズ・バイブル ー永遠の名探偵をめぐる１７０年の物語」 日暮雅道 早川書房 2020
★「孤高のダンディズム」 山田勝 早川書房 1991
★「われらロンドン・シャーロッキアン」 河村幹夫 筑摩文庫 1994
★「シャーロック・ホームズ学への招待」 平賀三郎 丸善ライブラリー 1997
★「ホームズまるわかり事典『緋色の研究』から『ショスコム荘』まで」 平賀三郎（編著） 青弓社 2009
★「ホームズの不思議な世界」 平賀三郎 青弓社 2012
★「ホームズからシャーロックへ」 マティアス・ボーストレム 平山雄一監訳 作品社 2020
★「シャーロック・ホームズの推理博物館」 小林司／東山あかね 編 河出書房新社 2001
★「シャーロック・ホームズと99人の賢者」 水野雅士 青弓社 2003
★「NHKテレビ版シャーロック・ホームズの冒険」 ピーター・ヘイニング 岩井田雅行／緒方桂子訳 求龍堂 1998
★「ミステリ・ハンドブック・シャーロック・ホームズ」 ディック・ライリー＆パム・マカリスター 日暮雅通訳 原書房 2010
★「わが思い出と冒険 コナン・ドイル自伝」 延原謙訳 新潮文庫 1994
★「シャーロック・ホームズの誤謬・バスカヴィル家の犬再考」 ピエール・バイヤール 野口百合子訳 創元ライブラリ 2023
★「シャーロック・ホームズの経済学」 太田隆 青弓社 2011
★「路地裏の大英帝国」 角山榮／川北稔編 平凡社 1982
★「科学探偵シャーロック・ホームズ」 J・オブライエン 日暮雅道 訳 東京化学同人 2021
★「シャーロック・ホームズの愉しみ方」 植村昌夫 平凡社新書 2011
★「シャーロック・ホームズ ー 世紀末とその生涯」 H・R・F・キーティング 小林司 ／加藤祐子 ／東山あかね ／その他訳 東京図書 1988
★「シャーロック・ホームズの世紀末」 富山太佳夫 青土社 2014
★「わが思い出と冒険 ー コナン・ドイル自伝」 コナン・ドイル 延原謙訳 新潮文庫 1965
★「The Penguin Complate Sharlock Holmes」 Sir Arthur Conan Doyle 1981
★「The Return of Sharlock Holmes : The Case Notes」 Andre Deutsch Ltd 2016
★「漱石のロンドン風景」 アンドリュー・ワット・出口保夫 中公文庫 1995
★「ピルトダウン化石人類偽造事件」 フランク・スペンサー 山口敏訳 みすず書房
★「さかしま 」 J・K・ユイスマンス 渋澤龍彦訳 光風社出版 1984
★「闇の奥」 ジョゼフ・コンラッド 中野好夫訳 岩波文庫 1958
★「闇の奥の奥」 ジョゼフ・コンラッド 植民地主義・アフリカの重荷 藤永茂 三交社 2006
★「パリの断頭台」 バーバラ・レヴィ著 喜多迅鷹／喜多元子訳 法政大学出版局 1987
★「ギロチンー死と革命のフォークロア」 ダニエル ジェルールド 金沢智訳 青弓社 1997
★「死刑執行人サンソン ー 国王ルイ十六世の首を刎ねた男」 安達正勝 集英社新書 2003
★「斬」 綱淵謙錠 河出書房新社 1972
★「隠し武器総覧」 名和弓雄 壮神社 1998

★「与力・同心・目明しの生活」横倉辰次　生活史叢書 1994
★「薔薇のイコノロジー」若桑みどり　青土社 2003
★「薔薇十字の魔法」種村季弘　青土社 1979
★「贋物漫遊記」種村季弘　筑摩書房 1983
★「詐欺師の楽園」種村季弘　学芸書林 1975
★「切り裂きジャック― 世紀末ロンドンの殺人鬼は誰だったのか」コリン ウィルソン：ロビン オーデル　仁賀克雄訳　徳間書店 1990
★「決定版 切り裂きジャック」仁賀克雄　ちくま文庫 2013
★「真相」パトリシア・コーンウェル　相原真理子訳　講談社文庫 2005
★「白鯨」ハーマン・メルビル　阿部知二訳　河出書房 1956
★「ヴォイニッチ写本の謎」ゲリー・ケネディ／ロブ・チャーチル　松田和也訳　青土社 1979
★「ポオ小説全集」E・A・ポオ　谷崎精二訳　春秋社 1962
★「エドガー・アラン・ポー― 極限の体験、リアルとの出会い」西山けい子　関西学院大学研究叢書 2020
★「黒いカーニバル」(Dark Carnival) 伊藤典夫訳　早川書房 1972
★「刺青の男」(The Illustrated Man) 小笠原豊樹訳　早川書房 1960
★「太陽の黄金の林檎」(The Golden Apples of the Sun) 小笠原豊樹訳　早川書房 1962
★『十月はたそがれの国』(The October Country) 宇野利泰訳　創元推理文庫 1965
★「メランコリイの妙薬」(A Medicine for Melancholy) 吉田誠一訳　早川書 1961
★「華氏451度」宇野利泰訳　早川書房・世界SF全集 1970
★「ヒッチコック映画術」フランソワ・トリュフォー　山田宏一訳 1981
★「オーソン・ウェルズ偽自伝」バーバラ リーミング　宮本高晴訳 1991
★「世界の偽物大全」ブライアン・インズ／クリス・マクナブ　定木大介／竹花秀春／梅田智世訳　日本ナショナルジオグラフィック 2023
★「暗号攻防史」ルドルフ・キッペンハーン　赤根洋子訳　文春文庫 2001
★「暗号解読」サイモン・シン　青木薫訳 2007
★「乱歩の軌跡―父の貼雑帖から」平井隆太郎 2008
★「鬼の言葉」江戸川乱歩　光文社文庫 2005
★「推理小説作法」江戸川乱歩編　光文社 1964
★「マルタの鷹」ダシール ハメット　小鷹信光訳　ハヤカワ・ミステリ文庫
★「ブラックマスクの世界」小鷹 信光　国書刊行会 1987
★「ハードボイルド徹底考証読本」小鷹信光／逢坂剛　七つ森書館 2013
★「ハードボイルドの雑学」小鷹信光　グラフ社 1986
★「われらの時代 男だけの世界」アーネスト・ヘミングウェイ　高見浩訳　新潮社 1995
★「さらば愛しき女よ」レイモンド・チャンドラー　清水俊二訳　ハヤカワ・ミステリ文庫 1976
★「サンキュー、ミスター・モト」ジョン・P・マーカンド　平山雄一訳 論創海外ミステリー 2014
★「高い砦」デズモンド バグリィ　矢野徹訳　ハヤカワ文庫 2006
★「13のショック」リチャード・マシスン：異色作家短編集　吉田誠一訳　ハヤカワ書房 1976
★「夜の旅その他の旅」チャールス・ボーモント　小笠原豊樹訳　早川書房 2006
★「Dunlop Masters Catalog」1986~1988

**ケン・ヨシモト／吉本研作**

ケン・プロダクション代表、

メンズ／ゴルフ／アウトドア／ウェア&グッズなどの商品企画、
カタログ企画、店舗企画などデザイン関係に長年従事。
アートディレクター／グラフィックデザイナー／イラストレーター
コピーライター／フォトディレクター
シャーロック・ホームズ・クラブ・ウェスト「仏滅会」会員。


あそびせんとや生まれけむ
戯れせんとや生まれけん

梁塵秘抄


# 異聞シャーロックー・ホークス

2024年4月　第一刷発行

著者/挿絵　吉本研作

編集　ケン・プロダクション

〒650-0024　神戸市中央区海岸通2-3-11昭和ビル501

Mail : kenpro.yoshy@gmail.com

TEL：090-3992-3984

発行人　岡林信一

発行　あけび書房

〒167-0054　東京都杉並区松庵3-39-13-103

TEL：03-5888-4142　FAX : 03-5888-4448

印刷・製本　ITカラー印刷株式会社

ISBN978-4-87154-259-3　C0097　Printed in japan